I WANT YOU, BABE

von Emma Smith

*Dieses Buch ist all denjenigen gewidmet,
die auch noch keinen Platz in der Welt
gefunden haben ...*

Impressum
Jasmin Schürmann/Emma Smith
Marga-Meusel-Straße 25
45711 Datteln

Lektorat/Korrektorat: Katrin Schäfer
2. Korrektorat: Anna Werner
Cover/Umschlaggestaltung: Sabrina Dahlenburg
Satz & Layout: Laura Newman
- design.lauranewman.de -

Herstellung und Verlag: BoD – Books on Demand, Norderstedt
ISBN: 978-3752815504

JILL

»Was glaubst du, Jill? Wird Patrick eine Limo bestellen? Ich glaube, er tut es«, grinste Lisa mich an. Eine berechtigte Frage. Der Abschlussball fand in zwei Wochen statt und wir hatten uns noch nicht wirklich abgesprochen.

Sie war meine beste und einzige Freundin auf der Highschool und besaß die richtige Spürnase. Wir liefen gerade durch den Schulflur, bereit für die nächste Stunde.

Ich grinste und biss mir auf die Unterlippe. Mein größter Wunsch war es, wie eine Prinzessin auszusehen, wenn unser Abschlussball anstand. Schließlich würden wir danach alle aufs College gehen. Nächste Woche wäre es soweit. Patrick und ich würden wieder zusammen auf den Ball gehen. Diesmal als die Senior-Schüler. Wie aufregend ...

»Wo ist er überhaupt?«, stellte Lisa plötzlich die Frage und ich runzelte die Stirn.

Ja, wo war Patrick eigentlich?

Wir hätten jetzt eigentlich zusammen Mathe. Aber vor der Tür stand niemand. Sonst wartete er immer auf mich. Lisa sah in der Klasse nach, aber da war er auch nicht.

»Ich mach mir Sorgen«, sagte ich und drückte mir meine Bücher fester an den Körper.

»Wir finden ihn schon«, murmelte Lisa und beruhigte mich damit nicht wirklich. Es war untypisch für Patrick, nicht Bescheid zu sagen, wenn er nicht kam. Er bekam nicht umsonst ein Stipendium für Yale. Patrick würde niemals schwänzen oder unangekündigt fehlen. Mein Handy zeigte auch keine Nachricht an. Das ungute Gefühl in mir breitete sich aus.

»Und was, wenn er einen Unfall hatte?«, fragte ich mich laut.

Lisa blieb kurz vor der Mensa stehen und drückte mich zur Seite.

»Hey! Wo soll er sich denn hier verletzen? Patrick läuft hier sicher irgendwo rum und ist in irgendein Buch vertieft.«

Ich biss weiter auf meiner Lippe herum. Das beruhigte mich immer, nur heute nicht. Vermutlich hatte sie recht.

»Er sprach von irgendwelchen Gleichungen, die er unbedingt noch einmal durchlesen muss«, erklärte ich ihr und erinnerte mich an das Gespräch von heute Morgen mit ihm.

»Na, siehst du. Mach dir keine ...« Aber Lisas Antwort wurde von einem lauten Gekicher unterbrochen. Es kam aus der Mädchentoilette. Lisa und ich sahen uns verwirrt an, als eine männliche Stimme dazukam. Unsere Verwirrung verwandelte sich in die überraschende Erkenntnis, dass wir meinen Freund gefunden hatten. Die Toilettentür stand ein Stück offen.

»Oh, mein Gott«, flüsterte ich und begann zu zittern. Lisa schüttelte den Kopf, wollte es selbst nicht glauben.

»Ich muss los, Kristy. Sie wird sonst was merken«, sprach er und jedes einzelne Wort bohrte sich in meinen Kopf. Ich wusste sofort, dass ich diese Worte nie wieder vergessen würde.

»Na, und. Die dicke Kuh soll ruhig wissen, was wir hier ständig treiben.«

Ständig? Treiben?

Patrick kam als erstes aus der Toilette, erstarrte dann aber sofort, als er mich erkannte. Seine Augen wurden tellergroß.

Patricks Haare wirkten zerzaust. So als hätte jemand daran gezogen. Was vermutlich auch so war, denn Kristy Woodley kam auch aus der Toilette. Aber anstatt überrascht zu wirken, wirkte sie eher zufrieden.

Warum sollte sie es auch nicht sein?

Sie war die beliebteste Cheerleaderin der Schule und konnte jeden Typen der Schule haben. Wobei ich bis vor fünf Minuten noch gedacht hatte, dass Patrick davon ausgeschlossen war. Mein Patrick. Mit dem ich seit drei Jahren zusammen war.

»Na, dann ist die Katze wohl aus dem Sack«, sprach Kristy und grinste so gespielt zufrieden, dass ich wirklich kurz davor war ihr eine zu verpassen. Sie strich Patrick über sein Hemd. »Wir sprechen uns nachher, Baby. Und mach es kurz mit der Dicken hier.«

Lisa wollte auf Kristy losgehen, aber ich hielt sie auf, indem ich sie am Arm packte.

Kristy verschwand, ohne dass Lisa etwas tun konnte. Ich versuchte ihren frustrierten Blick zu ignorieren. Ich wollte nur noch hier weg.

»Fährst du mich nach Hause, Lisa?«, fragte ich sie und versuchte irgendeinen Fleck an der Wand zu fixieren.

»Sicher, aber ...« Sie wollte, dass ich jetzt Patrick zur Sau machte. Aber das konnte ich einfach nicht. Ich wollte ihn nicht mal mehr ansehen. Ich drehte mich um, und wollte nur noch verschwinden.

»Jill ...«

Patricks Stimme klang so schuldbewusst. Ich schloss die Augen, um ihn auszuschließen. Patrick und Jill. Jill und Patrick. Das gab es einfach nicht mehr, würde es nie wieder geben.

»Wehe, du sagst jetzt ein Wort!«, schrie Lisa jetzt herum. »Du bist das Allerletzte, Patrick. Was glaubst du, wie viele Typen diese Schlampe Kristy noch als Spielball benutzt? Du weißt, dass sie es auf Jill abgesehen hat, und tust ihr das Schlimmste an, was du nur hättest tun können!«

Sie kämpfte gerade meinen Kampf. Ich liebte sie dafür, und doch wollte ich einfach, dass er sagte, dass das alles nicht der Wahrheit entsprach.

Aber er widersprach ihr nicht. Er widersprach ihr einfach nicht.

Ich hörte nicht mehr zu, was er zu sagen hatte. Vielleicht würde er auch gar nichts sagen.

Als ich den langen Flur entlanglief, sahen mich die meisten an. Natürlich. Kristy hatte es sicherlich schon herumerzählt. Ich, die dicke, naive Jill, hatte nicht gecheckt, dass mein Freund mich mit ihr betrog. Aber es lag ja auf der Hand, dass das passieren würde.

Immerhin war ich nur Jill ... die dicke, naive Jill. Und das würde sich niemals ändern.

NICK

Die Bibliothekarin wollte mich reinlegen! Die fünf Bücher waren doch wohl als Witz gemeint!

»Die alle?«, fragte ich sie noch einmal zur Sicherheit.

Die Bibliothekarin mit dem Namen Ruthild nickte mit ernster Miene. Sollte ich sie fragen, ob das mit ihrem Namen auch ein Witz war? Eher nicht. Sie wirkte unheimlich, und leider Gottes wüsste ich auch nicht, warum sie mich reinlegen würde. Selbst ich wäre nicht so fies, und würde meiner Tochter so einen Namen geben.

Ich wollte eigentlich nur eine verdammte Info, welches Buch ich hier ausleihen musste, um alles über den Unabhängigkeitskrieg zu erfahren. Natürlich waren aus einem gleich fünf Bücher geworden. Wir Amerikaner mussten aber auch immer jeden Scheiß aufschreiben.

Seufzend packte ich die Bücher auf einen Stapel, als ich Gekicher hörte.

Ruthild wirkte sofort noch mürrischer und ich verdrehte die Augen. Diese Frau konnte einfach nicht lächeln.

»Bleiben Sie locker, Ruthild. Kurz vor Schluss interessiert es niemanden, ob es lauter wird«, beruhigte ich sie und zwinkerte ihr zu. So verwirrt wie die Alte mich anschaute, wirkte mein Charme wie eh und je. Immerhin sah ich nicht nur überdurchschnittlich gut aus, ich trug auch die Footballjacke. Diese war meist der letzte ausschlaggebende Faktor, um in die Höschen der Studentinnen zu kommen.

Seufzend griff ich mir also die Bücher und lief zur Quelle des Gekichers. Warum ich mich hinter das Regal verzog, um ungestört zu lauschen, wusste ich nicht genau, aber ich tat es.

»Ich schwöre dir, du hättest Blakes Gesicht sehen müssen. Zum Schießen!«

Sie machte sich über Blake, den Quarterback, lustig? Das konnte nur Amber sein, deswegen kam mir diese Stimme auch so bekannt vor. Ich schaute zwischen die Regale und erkannte sie. Amber saß an einem Tisch. Ihre Brille fiel mir wie immer zuerst auf. Sie war nicht hässlich, machte sich aber auch nicht die Mühe, sich hübscher anzuziehen.

»Du und Blake wieder«, seufzte eine andere Stimme. Irritiert runzelte ich die Stirn. Die Stimme wirkte ruhiger und irgendwie zerbrechlicher. Mein Blick fiel auf die Person, die neben Amber saß.

Langes blondes Haar, Stupsnase und ... fülliger Hintern. Ambers Freundin! Ich konnte ihre restliche Figur nicht wirklich erkennen, aber ich kannte das, was zu sehen war!

Jede Diskussion, die diese Amber mit Blake führte, entwickelte sich immer zu einem Kampf, der sicherlich die nächsten Jahre nicht beigelegt werden würde. Und während Amber mit Leidenschaft und ihrem Dickkopf kämpfte, fiel mein Blick jedes Mal auf ihre Freundin. Sie hielt sich meistens im Hintergrund, verteidigte aber ihre Freundin bis aufs Blut. Ihr Name war ...

»Er ist ein Arsch, Jill«, sprach Amber genervt. *Jill.* Sie hieß Jill. Genau.

»Sie sind alle Footballspieler!«, antwortete Jill ihr und betonte das so, als wäre es *die* Erklärung für alles. Also hatte sie etwas gegen Footballspieler. Das war aber auch zu schade. »Wenn sie nicht gerade trainieren oder die nächsten Spielzüge diskutieren, feiern sie und suchen sich willige Opfer fürs Bett. Und du, meine Liebe, hilfst Blake nicht dabei, besser zu spielen oder Druck abzulassen. Du bist einfach etwas, das er absolut nicht einschätzen kann.«

Jills Analyse ließ mich grinsen. Die Kleine hatte recht. Blake war ein Alpha, und einige wetteten schon, dass er demnächst zum Captain unseres Teams gewählt werden würde. Er wäre dann der jüngste Student, dem diese Ehre zuteilwerden würde. Aber wenn es um Amber ging, da war nichts mehr übrig von dem Blake, der alles ruhig und mit Bedacht plante.

»Das ist ja schön und gut, aber du vergisst, dass Blake anders ist. Er denkt anders als wir normalen Menschen!«, klärte Amber sie über Blake auf.

Ich nickte anerkennend.

»Manche Männer sind einfach so, Amber. Idioten. Flachwichser. Betrüger.«

Aus Jills unschuldigem Mund das Wort »Flachwichser« zu hören, war eine Überraschung.

»Jill.« Ambers mitfühlende Stimme machte mich nur noch neugieriger.

»Ist schon gut. Ich bin über ihn hinweg.«

Jill hatte einen Freund? Einen, der anscheinend bleibende Schäden zurückgelassen hatte. Meine Beine fühlten sich hinter dem Bücherregal schwerer an. Ich bewegte mich immer mehr, weil es wirklich anstrengend wurde, sich ruhig zu verhalten.

»Und weißt du, was das Verrückteste ist?«, stellte Jill eine Frage. Ich horchte wie ein Bekloppter, um ja nichts zu verpassen.

»Was?«

»Ich steh immer noch auf Büchernerds.«

Amber lachte, und ich starrte auf meinen Stapel voll Bücher, als wären sie gerade *die* Antwort auf *ihre* Anmerkung.

Ich versuchte wieder einen klaren Kopf zu bekommen. Ich hatte jetzt noch ein paar Stunden Zeit, um mir den Kram in diesen Büchern in die Birne zu kloppen, und dann stand schon die Party bei den Kappas an.

NICK

»Komm schon, Nicky-Boy.« Tanyas Griff um meine Eier wurde fester, nachdem ich meine Jeans schloss.

Ich ignorierte meinen völlig bescheuerten Spitznamen, den sie mir immer wieder gab. Aber dass sie jetzt schon wieder versuchte, mir die Jeans runterzuziehen, ging zu weit.

»Verdammt, Tanya. Wir haben es jetzt zweimal hier drin getrieben. Ich muss zu meinem Kurs und du musst doch auch irgendwas machen, oder?« Ich war laut geworden, starrte deswegen auch kurz zur Tür, aber es kam niemand. Tanya hatte mich vorhin abgefangen und mich in dieses leere Seminarzimmer gezogen, um eine schnelle Nummer zu schieben.

Widerstrebend ließ sie mich los und machte wieder diesen Schmollmund, der mich auch anzog, wenn meine Eier mal wieder entleert werden mussten. Aber jetzt gerade war das nur eine nervige Geste.

Seit ein paar Wochen vögelten wir, wenn wir Bock aufeinander hatten. Warum auch nicht? Sie war hübsch - künstlich hübsch mit diesen gefärbten blonden Haaren, den langen angeklebten Fingernägeln und dem vielen Make-up -, aber wer wäre in meinem Alter schon wählerisch? Hauptsache, man hatte ab und zu seinen Spaß. Beziehungen waren nichts Schlechtes, aber in den letzten Jahren passte es zu mir einfach nicht. Football war mein Leben, danach kam neben der Uni nicht viel, das mich interessierte.

»Du musst nicht immer so sauer sein. Du hattest doch auch deinen Spaß, oder?«, giftete sie zurück und griff nach ihrer Tasche, nachdem sie sich die Bluse zugeknöpft hatte.

Ich sagte nichts und verließ genervt den Raum.

»Sehen wir uns heute Abend?«, rief sie mir nach. Auch dies versuchte ich zu ignorieren, aber das war kaum noch möglich. Tanya war mittlerweile überall. Sie folgte mir, auch wenn sie mir ständig einzureden versuchte, dass ich mir das einbilden würde.

Winter traf ich wenige Augenblicke später, als er aus der Toilette kam. Ich beäugte ihn von oben bis unten, das bemerkte er natürlich.

»Ach, komm, ich war wirklich nur pinkeln«, verteidigte er sich. Corey Winter, mein Footballkamerad und Mitbewohner, schlief mit jedem Mädchen, das ihn nur ansatzweise scharf machte, und das meistens in den Toiletten auf dem Campus. Er war berüchtigt dafür, und doch schreckte es kaum ein Mädchen ab. Das sprach weder für Winter noch für die Mädchen.

Winter drehte sich mit den Händen in seinen Hosentaschen um.

»Sag mal, die Tussi, die dir immer noch hinterherruft, ist das die ...«

»Jepp«, antwortete ich rasch, während wir nach draußen liefen. Wie gut frische Luft doch tun konnte ... Winter - und auch Blake, mein anderer

Mitbewohner, - hatten bereits Bekanntschaft mit Tanya gemacht. Und hielten sie sofort für das, was sie war: völlig durchgeknallt.

»Und du hast sie gerade ...«

»Jepp.«

Winter lachte laut auf. »Du bist so im Arsch.«

Das wusste ich selbst. Ich schlief mit einer Studentin, die nicht verstand, dass es nur Sex war. Und dennoch ließ ich das weiterlaufen. Ich war so ein Depp.

»Was ist denn da los?«, fragte ich mich, als wir bereits die Schar von Leuten sahen, die vor uns irgendwas anstarrten.

»Dreimal darfst du raten«, sprach Winter und wir liefen in Richtung des Tumults.

Blake erkannte ich sofort, und somit wusste auch ich Bescheid.

Sie standen vor Blakes Wagen, und Amber gestikulierte wie wild herum. Neben ihm stand ein schmächtiger Knabe, der so eingeschüchtert wirkte, dass er nur zu den Anfängern, also den Erst-Semestern, gehören konnte.

»Was hat die Brillenschlange denn jetzt für ein Problem«, seufzte Winter und kam auf Blake zu, der schon rot angelaufen war vor Wut.

»Ich wiederhole mich nur ungern: Der Kleine muss aufpassen, *wo* er parkt. Jeder verdammte Student auf diesem Campus weiß, dass *ich* hier immer parke«, erklärte Blake gerade Amber, die wie immer einen Scheiß darauf gab, was unser Captain zu sagen hatte.

»Es ist also jetzt sein Problem, dass du beim Einparken 10 Zentimeter mit 20 Zentimeter verwechselst?

Komm schon, Blake. Das ist dir sicher nicht das erste Mal passiert!«, konterte sie und gestikulierte mehrmals runter zu seinem Schritt.

Volltreffer! Die meisten Studenten um uns herum kicherten. Ich versuchte es mir zu verkneifen, aber Winter lachte sich halb schlapp. Das bemerkte natürlich auch Blake, der noch wütender wurde. Ich sah zu den beiden Wagen. Blake hatte anscheinend das Auto des Anfängers gerammt.

»Du kannst hier gerne die intelligente, nervige Brillenschlange spielen, ich zahle sicher keinen Cent für die Dummheit deines Freundes ...«

Blake sah an ihr vorbei und musterte den Kerl, der immer noch ängstlich zu Boden starrte. »Und wenn das die Typen sind, die du rumbekommst, dann ...« Blake schnaubte leicht erheitert über diese Tatsache.

Ich jedoch schüttelte nur den Kopf über meinen guten alten Kumpel Blake. Jeder hier wusste, dass Amber nicht hässlich war. Ja, sie trug eine Brille, die vielleicht zu viel von ihrem Gesicht versteckte, aber man sah ihr an, dass dahinter so einiges Schönes steckte. Aber Blake war blind für diese Tatsache, und die beiden hassten sich. Eine Sache, die einiges zwischen den beiden wohl unmöglich machen würde.

»Du magst der Star der Uni sein, aber selbst gegen das Gesetz kannst du dich nicht stellen. Du hast Jonathans Wagen zur Seite drängen wollen, das ist ...«

Blake seufzte genervt auf. »Haben deine Eltern dich eigentlich nie gebeten, von zu Hause wegzulaufen?«

Der Satz war wie viele andere einfach so daher gesagt, aber Ambers Miene veränderte sich. Ihre Augen wirkten verunsichert, ihre ganze Körperhaltung erstarrte.

»Da ist sie stumm geworden«, lächelte Blake und fühlte sich wohl siegesgewiss. Amber sah ihn an, öffnete den Mund, aber es kam nichts heraus. Das war wirklich untypisch für Amber.

»Wenn du jetzt also fertig bist, die Großmutter für deinen Enkel zu spielen, ich muss zum Training. So manch anderer besitzt nämlich noch so etwas wie Ehrgeiz.«

Blake setzte nach, und wieder war ich erstaunt, wie er versucht, Amber in ein schlechtes Licht zu rücken. Jeder hier wusste, wie ehrgeizig Amber war. Immerhin war sie eine der besten Studentinnen unseres Jahrganges!

»Ich würde hierbleiben!«, rief eine andere bekannte Stimme. Wir alle blickten zu Ambers Freundin. Intuitiv musste ich lächeln. Jill ... Sie hielt ihr Handy in die Luft.

»Officer Wood wird in circa zehn Minuten hier sein und die Sachlage prüfen.«

»Du hast die Cops gerufen?«, fragte Blake mit zusammengepresstem Kiefer.

»Ich habe nur meine Pflicht als Bürger getan. Ich meine, es ist ein Unfall passiert. Was, wenn jemand verletzt ist?« Sie zuckte mit der Schulter und stellte sich zu Amber, die bereits ihre Tasche griff.

»Wer zum Teufel ist das?«, fragte Winter mich. Es wunderte mich nicht, dass er sie nicht erkannte. Jill war immer nur Ambers stiller Schatten gewesen, wenn wir auf sie trafen. Sie redete nicht mit uns, ließ Amber den Kampf mit Blake allein ausstehen. Aber nicht jetzt, weil ihre Freundin sie brauchte. Jill war ein ruhiger Mensch, aber Amber verteidigte sie bis aufs Blut, wenn Blake zu weit ging. Ich würde es nicht leugnen, dass ich dieses Mädchen bewunderte, wenn mich jemand danach fragen würde.

Sie trug ein langes Shirt, das ihre Hüften verdeckte. Wobei sie immer weite Kleidung trug, was ziemlich auftrug. Schon vor zwei Jahren hatte ich nicht das Gefühl, dass Jill viel von ihrer Figur hielt. Dazu kümmerte sie sich zu wenig darum, was ihr passte und nicht. Aber ihr Gesicht konnte sie nicht unter weiten Klamotten verstecken. Sie war hübsch. Langes blondes Haar, intensive Augen, die nur dann aufleuchteten, wenn sie sich wirklich für etwas interessierte. Und gerade brannten sie.

»Hier ist keiner verletzt, verdammt noch mal!«, erklärte Blake sauer. Natürlich war er angepisst, immerhin würde der Cop keine Nachsicht mit ihm zeigen. Quarterback hin oder her ...

»Das kann ich doch nicht wissen«, antwortete sie mit Unschuldsmiene. *Oh, und wie sie das wusste.*

Amber berührte Jill plötzlich an der Schulter. Beide blickten sich einen langen Moment an, dann nickte Jill. Was bedeutete das?

Plötzlich verließ Amber den Kreis, den wir gebildet hatten. Selbst Blake sah ihr kurz nach, ließ aber nicht erkennen, was er darüber dachte.

Jill schien währenddessen noch nicht genug gesagt zu haben. Sie stellte sich direkt vor ihn.

»Ich hasse dich nicht, ehrlich. Aber würdest du brennen und ich hätte Wasser, um dir zu helfen ...«, sprach Jill und schloss kurz die Augen. Sie öffnete sie schnell wieder und starrte ihn emotionslos an. »Ich würde es genüsslich trinken.« Dann verschwand sie auch zwischen den Leuten.

»Mann, die Braut ist wirklich gruselig«, kommentierte Winter Jills Warnung.

Ich grinste in mich hinein. So könnte man das auch sagen.

Ein Jahr später, Heute
Los Angeles

NICK

Ich stand gefühlt eine halbe Stunde in der Schlange beim Starbucks an. Aber da ich vertieft in ein Buch war, bemerkte ich erst, als ich an der Reihe war, dass mein Kaffee nicht mehr lange auf sich warten lassen musste.

»Hey, Nick. Das Übliche?«, fragte mich Ann, die mich wie jeden Morgen mit einem Zwinkern begrüßte. Nicht zum ersten Mal dachte ich darüber nach, sie auf einen Drink einzuladen. Aber jedes Mal redete ich mir wieder ins Gewissen. Ich hatte kein *so* großes Interesse an ihr, dass ich mich wieder auf etwas einließ, das mir nur Ärger einbringen würde.

Ja, wir sprachen von Tanya. Sie hatte dieses »Fick mich«-Gesicht perfektioniert, leider auch ihr Interesse am Stalking. Und das hatte mich in große Schwierigkeiten gebracht, aber darüber wollte ich eigentlich nicht mehr nachdenken.

Deswegen reagierte ich nicht weiter auf Anns Lächeln, griff mir meinen Kaffee und suchte mir einen Platz aus. Als ich in die rechte Ecke schaute, musste ich noch mal hinsehen, nur um sicher zu gehen, dass ich mir nichts einbildete. Das konnte sie nicht sein ...

Ohne zu überlegen, lief ich zu ihr. Wenn es eine Einbildung war, würde ich schon eine gute Ausrede finden.

»Jill?« Ich senkte etwas den Kopf, um sie genauer anzusehen.

»Mmh?« Sie hob den Kopf, weil sie in ihr Handy vertieft war, und wirkte auf den ersten Blick verwirrt. Erkannte sie mich etwa nicht? Mich? Nick O'Donnell, der verdammte Footballspieler!

»Oh ...«, kam es ihr über die Lippen. Sie hatte mich wirklich erst nicht zuordnen können. »Nick, was tust du hier?« Da war es wieder. Dieses Schüchterne, das Jill eigentlich nicht an sich hatte. Sie fuhr sich durch ihr Haar und schien auf etwas zu warten.

Ach ja, meine Antwort.

»Ich steh auf Kaffee«, war meine einfallslose Antwort.

Was hatte ich mir hierbei nur gedacht? Ich war auf sie zugegangen wie ein Idiot und gab genauso bescheuerte Antworten. Und obwohl sie wie immer ein übergroßes Shirt trug und ich deswegen nichts von ihrer Figur sehen konnte, zog es mich zu ihr hin. Warum? Weil es wirklich komisch war, dass ich sie hier in L.A. traf? Immerhin war Berkeley ein paar Meilen entfernt.

»Kann ich mich setzen?«, fragte ich sie, weil ich diese Begegnung noch nicht enden lassen wollte.

»Wenn du willst«, antwortete sie und blickte wieder auf ihr Handy. Ein Becher Kaffee stand vor ihr. Sie hatte mir kein eindeutiges »Ja« gegeben. Erstaunlich. Hätte ich einen anderen Tisch gewählt, vielleicht bei der hübschen Rothaarigen, die mir gerade zulächelte, hätte die nicht dieses murmelnde »Wenn du willst« geantwortet. Ich setzte mich dennoch zu ihr. Jetzt saß sie mir direkt gegenüber, weiterhin vertieft in ihr Handy.

Ich trank mit Vorsicht von meinem heißen Kaffee und versuchte unter dem Tisch zu erkennen, was sie genau trug. Eine enge Jeans, Flip-Flops ... und bunt lackierte Fußnägel. An ihrem kleinen Zeh trug sie einen kleinen Ring. Ich grinste.

»Okay, was willst du?«, sprach sie mich jetzt direkt an. Ihre Augen wirkten in dem Licht so bedrohlich, dass ich keinen Zweifel daran hegte, dass sie mir allein mit diesem Blick die Eier zerquetschen könnte.

»Mich interessiert es, warum du mich ansiehst, als wäre ich hier gerade die Rote Armee, und du der Ami, der kurz davor steht, Berlin einzunehmen.«

Sie runzelte die Stirn, und auch wenn die Reaktion eine ungewohnte für mich war, aber immerhin war es eine Reaktion.

»Was?«, hakte ich nach, weil sie immer noch nicht sprach.

»Nichts«, antwortete sie schulterzuckend. »Ich hätte nur nie gedacht, dass du dich mit Geschichte auskennst.« Sie tippte wieder in ihrem Handy herum.

Sie dachte, ich würde mich nicht mit Geschichte auskennen?

»Dir ist schon klar, dass das ziemlich sexistisch klingt«, erklärte ich ihr leicht genervt und wusste nicht mal genau, warum ich das auch noch laut aussprechen musste.

Sie schnaubte. »Und dir ist schon klar, dass du Blake Michaels bester Freund bist, ja?«, antwortete sie und fand wohl, dass das Aussage genug war.

»Und du bist Ambers Schatten, trotzdem sitze ich hier«, erklärte ich ihr so ruhig wie möglich.

Wieder zuckte sie mit der Schulter. »Ich habe dich nicht gebeten, dich hierhin zu setzen.«

Mir ging das Handy in ihren Händen so langsam auf den Geist und ebenso ihr gleichgültiges Verhalten. Immerhin war *ich* so nett, und hatte ihr Gesellschaft leisten wollen.

Sie biss sich auf die Unterlippe und der kurze Blick zu mir sagte dann doch etwas anderes. Konnte es sein, dass sie nervös war? Wegen mir?

»Was machst du hier in L.A.?«, fragte ich sie.

»Was tust du hier?«, stellte sie mir jetzt die gleiche Frage.

Ich zuckte mit der Schulter. »L.A. war schon immer ein nettes Plätzchen.« Ich verbrachte ständig meine Ferien hier.

»Du kommst nicht von hier?«, fragte sie weiter und ignorierte jetzt ihr Handy in den Händen.

»Chicago.«

Wieder dieses Stirnrunzeln. Mir war ja klar, dass Jill mir nicht gleich um den Hals fallen würde oder großartig interessiert davon war, dass ich hier war. Aber dass sie mich ständig so merkwürdig anschaute, war schon überraschend und vor allem irgendwie einschüchternd. Von meinem Ego brauchte ich gar nicht erst anfangen.

Sie sah mich diesmal länger an.

»Und du?«, fragte ich und versuchte weiterhin so locker im Ton zu bleiben. Obwohl ich das ganz und gar nicht war. Jill war schon merkwürdig. Auf der Uni wirkte sie ziemlich schüchtern, hielt sich im

Hintergrund und dennoch konnte ich in den wenigen Momenten, in denen ich sie beobachtete, sehen, wie lebhaft sie sich mit ihren Freundinnen unterhielt. Jill war nicht schüchtern, sie war vorsichtig.

Ich lächelte. Was, wenn sie irgendwann nicht mehr so vorsichtig war?

»L.A«, antwortete sie und blickte wieder auf ihr Handy.

»Wer hätte das gedacht«, lächelte ich. »Ein echtes Hollywood-Babe.«

Normalerweise war ich kein Typ für Spitznamen. Beim Vornamen genannt zu werden war für einen Footballspieler schon die Ausnahme, immerhin kannten die meisten mich nur unter meinem Nachnamen. Aber irgendwie passte der Spitzname überhaupt nicht zu ihr und ich wollte, dass sie mal reagierte. Also warum sie nicht reizen? Ich hatte eh nicht viel zu tun heute.

Das Schnauben, das sie ausstieß, irritierte mich etwas.

»Ich glaube, deine Ex kam auch aus L.A.«, fing sie plötzlich mit Tanya an, und trank lächelnd einen Schluck von ihrem Kaffee.

»Jeder weiß es, was?«, schnaubte ich.

»Du meinst, dass sie sich fast das Genick gebrochen hat, weil sie fünf Meter die Hausfassade hochgeklettert ist, um dich beim Schlafen zu beobachten?«

»Sie wollte mich nicht ...« Ich sprach nicht weiter, weil ich Tanya sicherlich nicht in Schutz nehmen würde. Immerhin war klar, dass sie diese Fassade nicht nur einmal hochgeklettert war. Beim letzten Mal wurde sie halt von Blake und Winter erwischt. »Ich war nicht zu Hause an dem Abend.«

Jill nickte, als wüsste sie bereits, warum ich abwesend war. Diese Vermutung würde ich ihr aber schnell wieder nehmen.

»Ich war lernen.«

»Natürlich. Worum ging es? Der biologische Aufbau des menschlichen Körpers, oder reden wir eher von Sprachproblemen und einer Lektion in Französisch?«

Sie besaß Humor.

»Englische Literatur«, antwortete ich ihr ehrlich, und man konnte ihr praktisch von Sekunde zu Sekunde ansehen, wie es ihr die Sprache verschlug.

»Du warst nie in einem Kurs, das wüsste ich«, erklärte sie.

»Es war zur Vorbereitung. Nächstes Semester belege ich den Kurs.«

Jill war sprachlos, und auch wenn es eine Herausforderung war, sie zu überraschen, musste ich zugeben, dass ich auch leicht gekränkt war.

Sie hielt mich wirklich für einen dummen Footballspieler, der nur studierte, um auf dem Platz zu spielen. Jill brauchte nicht zu wissen, dass mein Interesse am Lesen erst auf dem College begonnen hatte.

»Du überraschst mich«, sagte sie und musterte mich jetzt genauer. Kurz bevor sie den Blick wieder senkte, räusperte ich mich verlegen. Verlegen? Ich schaute mir meinen Kaffeebecher an. Mann, irgendwas musste im Kaffee sein.

»Amber und Blake haben ein Problem miteinander, nicht wir«, erklärte ich ihr, nachdem ich nichts Auffälliges in meinem Becher finden konnte.

»Amber ist meine Freundin«, verteidigte sie sich und legte ihr Handy auf den Tisch. Sie hatte ihr Display nicht geschlossen und ich konnte kurz einen Blick darauf werfen, was sie die ganze Zeit beschäftigte. Interessant.

»Und Blake ist meiner. Wir können gerne weiter über die beiden reden aber ich bin nicht hier, um darüber zu diskutieren, dass die beiden sich nicht riechen können. Es sei denn, du kannst mich auch nicht leiden. Immerhin gehöre ich zum Team. Und wir wissen ja, dass deine Freundin nicht viel von uns hält.«

Ich provozierte sie und diesmal ging sie darauf ein. Ihre braun gebrannte Haut wurde noch etwas dunkler. Sie errötete und etwas stieg in mir auf. Stolz? Immerhin hatte ich sie zum Erröten gebracht.

»Du gehörst zum Footballteam. Ich denke, du brauchst von mir nicht zu hören, dass du beliebt bist. Das weißt du auch so schon.«

»Das stimmt, aber mich interessiert, was du über mich denkst.«

Ihre Verwunderung konnte man ihr sofort ansehen. Sie verstand mein Verhalten nicht. Ein kleiner Teil von mir verstand das auch nicht.

»Warum? Wir haben nie miteinander geredet«, sagte sie, und ich gab ihr im Stillen recht. Aber das lag nicht daran, dass ich sie nicht ansprechen wollte. Sollte ich ihr sagen, dass ich in den letzten drei Jahren öfter daran dachte, sie auf einen Drink einzuladen? Oder einen Kaffee? Aber jedes Mal beobachtete ich sie lieber aus der Ferne, als ihr nah zu sein. *Ein Fehler.* Das wurde mir jetzt klar.

Wie lange saß ich jetzt hier? Fünf Minuten? Und es war lang her, dass mich eine Frau innerhalb weniger Minuten zutiefst verwirrte, aber zugleich auch beeindruckte.

»Weil wir nie allein waren«, antwortete ich, ohne wirklich zu überlegen, was ich da gerade sagte.

Jills Augen verkleinerten sich zu Schlitzen. Das sah irgendwie süß aus. Sie trug kaum Make-up, ihre natürliche Bräune, die sie dem Sommer hier in Kalifornien verdankte, ließ sie auch so frisch und munter aussehen.

»Was willst du, O'Donnell?«, fragte sie mich mit gereizter Stimme. Sie nannte mich also beim Nachnamen? »Wenn du denkst, dass du durch mich an Amber rankommst, um ihr wehzutun, dann ...«

Ich seufzte und verdrehte die Augen. »Was Blake macht, interessiert mich nicht. Ich finde es sogar ziemlich witzig, wie er versucht, sich Amber hässlich zu reden.«

Jill öffnete den Mund, schloss ihn aber wieder, dann beugte sie sich etwas zu mir rüber. »Du meinst, er mag sie?«

Lachend schüttelte ich den Kopf. »So weit würde ich nicht gehen.«

Jills Miene verschloss sich, dann lehnte sie sich auch wieder zurück.

»Ich habe vergessen, dass ihr sicher keine Gefühle braucht, um den Mädchen näher zu kommen. Für euch ist alles immer ein riesengroßes Spiel, oder?«

»Und du bist ziemlich unverschämt, wenn man bedenkt, dass du nichts über mich weißt«, gab ich genervt zurück. Warum saß ich hier eigentlich noch? Es war doch offensichtlich, dass Jill nichts von mir hielt. Was schon echt heftig war, weil eigentlich ich als der Typ im Team galt, der nicht jedes Mädchen auf dem Campus in der nächsten Ecke vernaschte.

»Wenn ich mir deine Ex anschaue ...«

»Sie ist nicht meine Ex. Ich habe Tanya immer gesagt, woran sie bei mir ist. Ich war Single, Jill. Damit habe ich niemandem wehgetan oder mit Gefühlen gespielt, die ...« Ich erstarrte.

Ich hatte mit Tanyas Gefühlen gespielt, und auch Jill nickte mir bestätigend zu, als sie meinen Blick erwiderte.

JILL

Wer hätte gedacht, dass ich mit Nick O'Donnell im Starbucks sitzen würde. Und wer hätte gedacht, dass er sich wirklich mit mir unterhalten würde.

Eigentlich wollte ich nur in Ruhe meinen Kaffee trinken und meine Kalorien-App nach Muffins durchsuchen. Aber jede Zahl, die mir angezeigt wurde, machte mich frustrierter. Ich wollte so gerne naschen, aber jedes Mal warnte mich diese dumme App mit diesem blinkenden Zeigefinger. Ja, ich hatte es kapiert. Wenn meine Hüften nicht noch breiter werden sollten, waren Muffins tabu.

Und jetzt saß Nick O'Donnell immer noch hier und versuchte mir einzureden, dass er nicht wie Blake und die ganzen Idioten war. *Natürlich.*

»Ich habe ihr mehrmals gesagt, dass ich nichts Ernstes wollte«, verteidigte er sich jetzt, und ich fragte mich, warum er das tat.

»Du musst mir nichts beweisen. Wir sind auf derselben Uni, machen nächstes Jahr unseren Abschluss, aber das heißt noch lange nicht, dass du mir irgendwas erklären musst, wenn es um dein Privatleben geht«, erklärte ich ihm.

Aber Nick wirkte nicht zufrieden. Er war frustriert. Warum auch immer.

Sein blondes Haar war länger geworden, wenn ich mich recht an deren Länge erinnerte. Wir sahen uns ab und zu auf dem Campus, aber miteinander zu tun hatten wir wenig.

»Du hast recht«, antwortete er mir und sah mich einen Augenblick lang ziemlich ernst an. Was hatte dieser Blick zu bedeuten?

Nick war attraktiv, ein Sonnyboy, wie die Mädels in Berkeley ihn wegen seiner blonden Haare und blauen Augen nannten. Bis heute war er mir aber ziemlich egal gewesen, weil das gesamte Footballteam nur so von Modeltypen belagert wurde. Hübsche Männer wollten keine Frauen, die zu viel auf den Hüften hatten, denn sie konnten *jede* haben! Wieso dann dicke?

»Ich ... ich wollte dich nicht stören«, sprach er weiter, runzelte die Stirn und stand dann auf.

Ich wollte etwas sagen, irgendwas, das ihn nicht sofort verscheuchen würde. Aber ich wusste nicht mal, was ich sagen sollte. Immerhin war mir nicht mal klar, was gerade passiert war.

»Bis dann, Jill.«

Unsere Blicke trafen sich. Ich nickte, weil ich nichts sagen wollte. Was hätte ich auch erwidern sollen? Dass er meinen Namen kannte, verwirrte mich die ganze Zeit schon. Immerhin war Nick O'Donnell doch ein Arsch, oder?

Ich sah auf den Kaffeebecher, den er zurückgelassen hatte. Was für eine merkwürdige Begegnung. Er wollte mir Gesellschaft leisten, ohne irgendeinen Hintergedanken. Das entsprach der Wahrheit. Und ich Idiotin hatte ihn wie einen Schwerverbrecher behandelt.

Ich seufzte genervt auf. Mein Verhalten war albern gewesen.

»Ein Double-Chocolate-Chip für dich«, sagte Ann und stellte mir einen Teller mit einem Muffin auf den Tisch.

»Ich habe keinen be ...«

Sie zwinkerte mir zu. »Aber deine Begleitung.«

»Meine ...« Ich sah mich im Café um, aber Nick war verschwunden.

Ann verließ mich wieder und ich sah auf den Teller. Da stand doch etwas auf der Serviette ...

Ich griff danach und las den Satz, der mit einem schwarzen Filzstift geschrieben wurde:

Du kannst es dir leisten. Glaub mir.
Nick

Ich hätte am liebsten laut geschnaubt, aber irgendwie ... gefiel mir seine Meinung. Und dann aß ich den Muffin und hatte das erste Mal kein schlechtes Gewissen dabei.

JILL

»Kann ich ein Eis haben?«

»Nein«, antwortete ich genervt.

»Eine Waffel?«

»Nein.«

»Vielleicht eine Cola?«

Ich seufzte, während die Sonne mir ins Gesicht schien. Ich lag mit der Decke im Sand und genoss die warme Luft.

»Eine Limo ist in der Kühltasche. In einer halben Stunde geht's wieder nach Hause, also wirst du solange weder Eis noch Waffeln bekommen«, antwortete ich ihr und hoffte, dass endlich Schluss für sie war.

Wir hatten Besuch von meiner Tante mit ihrer 12-jährigen Tochter, und die machte mir die restlichen Semesterferien zur Hölle.

»Mann, ey, du bist echt doof, Jill.«

Ich blickte sie durch die Sonnenbrille an. Kathy lag mit dem Bauch auf der Decke und starrte mürrisch durch die Gegend. Seufzend schüttelte ich den Kopf und gab dann doch nach.

Sie gewann, weil ich ihr trotzdem zehn Dollar gab.

»Juhu«, rief sie und rannte los zum Eisstand. Auch wenn sie nervte, war sie niedlich.

Ich setzte mich auf und zupfte meinen Badeanzug zurecht. Sah man etwas von meiner Speckrolle? Ich hatte mich extra für einen schwarzen Badeanzug entschieden und ich fand, er stand mir auch irgendwie gut.

Ein paar Kids lachten um die Wette neben uns. Eines war bis auf seinen Kopf in Sand eingebuddelt. Ich grinste und sah dann hinaus aufs Meer. Ich liebte den Ozean und diesen Ausblick. Und dann fiel mir etwas auf ...

Ich öffnete den Mund, und zog mir ein Stück die Sonnenbrille von der Nase, als ich Nick O'Donnell wie ein Gott aus dem Wasser steigen sah.

Nick fuhr sich durch sein nasses Haar, während er die letzten Schritte aus dem Wasser machte. Ich starrte auf seine Brust, die nass war ... Tropfen rannen seinen Sixpack hinunter bis hinein in seine Badehose. Vermutlich wünschte ich mir einfach, dass sie ihren Weg dorthin fanden. Jeder Muskel an diesem Körper war zum Gaffen gemacht.

Jetzt wurde mir klar, warum Onkel Vernon immer noch Baywatch schaute. Niemals mehr im Leben würde ich ihn damit aufziehen oder ihn »geiler Bock« schimpfen, denn was ich hier gerade machte, war nichts anderes.

»Hier Jill, ich habe dir ein Eis mitgebracht«, riss mich Kathys Stimme aus meiner Starre. Aber bevor ich danach greifen konnte, fiel das Eis auf meine Beine und ich schrie vor Kälte auf.

»Kathy! Pass doch auf!«, meckerte ich sie an und stand auf. Das Schokoladeneis rutschte mein Bein entlang. *Na super.*

»Tut mir leid«, murmelte sie und schon fühlte ich mich wieder beschissen, trotz der Schokolade auf meinem Bein.

»Schon gut, Kathy. Ich ... ich hätte nicht so kreischen sollen, aber es ist verdammt kalt gewesen.« Ich lächelte sie an und Kathy grinste zurück. Sie gab mir ein Handtuch, damit ich mich wenigstens säubern konnte.

»Jill ...«

Kathy stupste mich an, nachdem ich mir die Schokolade abgewischt hatte.

Ich sah hoch und erstarrte. Jetzt stand Mr. Baywatch direkt vor mir.

Er lächelte, bis sein Blick auf meine Hand fiel, die sich wortwörtlich zwischen meinen Beinen befand. Nick zog eine Augenbraue hoch und wartete auf eine Antwort.

»Mir ist Eis zwischen die Beine gefallen ... oh Gott!« Ich schloss die Augen, weil diese Erklärung nicht besser war. »Das klingt nicht gut.« Nicht mal ansehen wollte ich ihn jetzt. Was, wenn er das direkt nächste Woche an der Berkeley herumerzählte? Jill, die Eis zwischen ihren Beinen hatte, und in dem Badeanzug aussah wie eine Presswurst.

Rasch öffnete ich die Augen wieder und suchte nach etwas, das mich erkennen ließ, dass Nick genauso dachte.

Aber alles, was er herausbrachte, war ein herzliches Lächeln. Kein listiges oder eines, das gespielt war.

»Hi, ich bin Kathy. Bist du Jills Freund?«

Der Boden möge sich auftun und ...

»Kathy«, warnte ich sie.

Nick grinste immer breiter, dabei spannten sich seine Bauchmuskeln an. Ich wollte wirklich nicht hinsehen, aber Grundgütiger, ich hielt vieles für Gerüchte, aber Nick O'Donnell sah wirklich aus wie ein gemeißelter Gott aus dem Olymp.

»Deine Schwester?«, fragte er jetzt.

Ich schüttelte den Kopf. »Meine Cousine. Sie ist zu Besuch.«

Ich presste die Schenkel zusammen und verschränkte die Arme vor der Brust. *Oh Mann, meine Schenkel kleben immer noch von dem Eis.*

»Würdest du Jill und mich kurz allein lassen? Ich wollte eben etwas mit ihr bereden«, bat er sie. Ich war erstaunt über diese Bitte, ließ es aber unkommentiert.

Kathy grinste. »Ich weiß, was das bedeutet. Und beim Knutschen will ich euch sicher nicht stören. Bäh.« Sie lief zum Wasser, während ich sie verfluchte für den Kommentar. Nick grinste.

»Sie ist witzig.«

»Nervig trifft es eher«, murmelte ich und suchte mein Shirt, das doch hier irgendwo liegen musste.

»Ich hatte die letzten zwei Wochen gehofft, dich wieder im Café zu treffen«, begann er, und verwirrte mich jetzt völlig.

Erst stolzierte er wie die Ausgeburt der körperlichen Liebe aus dem Wasser, dann kam er zu uns und jetzt hätte er mich gerne eher getroffen?

»Ich war meist am Strand«, antwortete ich ausweichend.

»Na, dann habe ich ja Glück, dass ich heute auch mal am Strand bin.«

Nick strahlte mich an und die Verwirrung in meinem Kopf nahm zu.

Wir hatten die letzten drei Jahre nicht ein Wort miteinander gewechselt. Zumindest erinnerte ich mich an kein einziges. Und jetzt tat er so, schon zum zweiten Mal, als wären wir so etwas wie Freunde. Erst dachte ich, er würde im Auftrag von Blake handeln und irgendeine Geschichte gegen Amber planen, aber mittlerweile war ich mir nicht mehr so sicher.

Er bemerkte meinen nachdenklichen Blick.

»Hör mal, Jill ... mir ist schon klar, dass wir kaum etwas miteinander zu tun hatten und ich vielleicht der Letzte bin, neben Blake ...« Ich nickte, weil Blake wirklich aufgezählt werden sollte. »Der so etwas wie eine Freundschaft anbieten dürfte.«

»Freundschaft?«, fragte ich ihn völlig geschockt. Dann schnaubte ich. »Du und deine Jungs spielen sich seit drei Jahren wie die Größten auf, terrorisieren die Schwächeren und um das noch zu toppen, wird meine beste Freundin von deinem besten Freund ständig fertiggemacht.«

»Ich würde sagen, sie geben sich beide nicht viel«, antwortete er und schmunzelte, weil er recht damit hatte. Amber war keinesfalls hier nur das Opfer.

»Und wie soll das ablaufen? Wir gehen zusammen Party machen, ich check die Mädels für dich ab, damit du leichteres Spiel mit ihnen hast, oder was? Du schläfst mit ihnen, sie heulen sich daraufhin bei mir aus. Ich darf dazu natürlich nichts sagen, weil wir ja ‚Freunde‘ sind.« Ich hob die Hände, um Gänsefüßchen in die Luft zu schreiben. »Damit fährst du wunderbar, aber ich werde mich schrecklich fühlen. Das wäre keine Freundschaft, Nick. So was kann ich nicht.«

»Holst du auch mal Luft beim Reden?«, fragte er und wirkte ziemlich erstaunt.

Ich zuckte mit der Schulter, während ich mir endlich mein Shirt überziehen konnte. So fühlte ich mich nicht so ausgeliefert. »Niemand hat davon geredet, dass wir eine Wingman-Geschichte durchziehen. Ich glaube, das klappt auch nur mit zwei Männern.«

»Robin hat Barney schon mal den Wingman gemacht, also irrst du dich und bist ein Sexist«, antwortete ich ihm und fuhr mir durch mein Haar.

Nick starrte mich eine ganze Weile an.

»Was?«, hakte ich nervös nach.

»Du schaust *How I Met Your Mother*?«

Ich zuckte mit der Schulter. »Gelegentlich.«

Er grinste, weil er genau wusste, dass ein »gelegentlicher Zuschauer« nicht *so* genau wusste, was ich über die Wingman-Geschichte erzählt hatte.

»Du erinnerst dich noch an Tanya, richtig?«

Warum kam er denn jetzt auf seine Ex?

Ich nickte, wartete aber ab, bevor ich ihn danach fragen würde.

Er holte tief Luft. »Also ... sie nervt immer noch. Wirklich abgrundtief. Momentan wurde sie der Uni verwiesen ...«

»Weil sie in dein Apartment eingebrochen ist«, stellte ich klar.

Nick verdrehte die Augen. »Ja, weil sie eingebrochen ist. Jedenfalls könnte sie weiterhin den Kontakt suchen. Sie weiß, ich bin momentan Single und ...«

»Worauf willst du hinaus, Nick? Warum erzählst du mir das alles?«

Ich war wirklich neugierig und leicht genervt. Wie war das noch vor acht Wochen? Ich wollte die letzten Semesterferien einfach nur noch genießen? Jetzt stand ich kurz davor, meine Geduld zu verlieren, denn dass Nick O'Donnell etwas von mir wollte, stand wie in Stein gemeißelt auf seiner Stirn geschrieben.

»Tanya ist verrückt. So verrückt, dass sie glaubt, dass zwischen mir und ihr noch etwas ist.«

Ich reagierte nicht weiter, blinzelte nicht mal, weil es mir so langsam zu bunt wurde.

»Aber was, wenn meine Aufmerksamkeit jetzt jemand anderem gelten würde. Einer festen Freundin zum Beispiel.«

Er starrte mich an und schien auf eine Reaktion zu warten. Dann machte es »Klick« und ich lachte sarkastisch auf.

»Natürlich!«

Diesmal reagierte Nick nicht.

»Nein! Vergiss das mal ganz schnell wieder.«

»Warum denn nicht? Hast du einen Freund?« Nick wirkte jetzt ziemlich angespannt, seine Bauchmuskeln übrigens auch.

»Nein, habe ich nicht«, antwortete ich so würdevoll, wie es nur ging.

Jetzt strahlte er, als wäre die Sonne ein zweites Mal aufgegangen.

»Ich spiele nicht die Freundin von Nick O'Donnell!«

»Du würdest mir damit sehr helfen, Jill.«

»Wir kennen uns überhaupt nicht.«

»Welches Paar kennt sich, wenn es entscheidet, miteinander auszugehen? Darum geht es bei diesen ganzen Dating-Dingen doch. Man will sich besser kennenlernen.«

Jetzt reden wir schon vom Dating?

Die Verwirrung war mir anzusehen.

»Jill ...« Er kam auf mich zu und griff nach meinen Händen. Obwohl er gerade im Meer schwimmen war, fühlten sich seine Hände warm an. »Es ist unser letztes Jahr. Ich habe wirklich keine Lust, mich mit Tanya großartig auseinanderzusetzen.«

»Es wird sicher genug Frauen geben, die ...«

Nicks Blick verfing sich mit meinem. »Würde es, aber die sollen nicht meine Freundin spielen. Ich meine, sie werden eifersüchtig sein, und zig Männer werden das auf mich sein ...«

Ich öffnete den Mund, weil ich nachfragen wollte, ob das stimmte. Wären Männer eifersüchtig auf ihn? Ich dachte an einen ganz speziellen Studenten, der mich bisher nicht mal angesehen hätte. Was, wenn ich durch Nick interessanter auf *ihn* wirken würde? Das wäre mein letztes Jahr. Unser letztes Jahr auf derselben Uni.

»Du möchtest das wirklich ...«, stellte ich fest und Nick lächelte.

»Scharf beobachtet.«

»Und wie soll das alles ablaufen? Das ist doch völlig verrückt«, murmelte ich und brachte Abstand zwischen uns. Nick gewährte mir diesen.

»Wie es alle Pärchen tun. Du tust verliebt, machst dich hübsch für mich und ...«

Ich schnaubte. »Wie viel Rocklänge wünschst du dir denn? Zwei oder drei Zentimeter?«

Nick grinste breiter. »Du bist schlagfertig. Das gefällt mir. Ein hübsches Kleid würde dir stehen. Aber das ist nur meine Meinung, du kannst tragen, was du willst. Wobei ... wenn du mich wortwörtlich nimmst, kommst du wohl noch mit einem Kartoffelsack bekleidet.«

Jetzt lächelte ich. Er war gut.

»Aber genieß erst mal deine Ferien. Ich muss langsam los.«

»Ich habe nicht „Ja' gesagt«, stellte ich klar.

»Aber auch nicht ‚Nein.'«

Dann ließ er mich tatsächlich stehen mit vielen Gedanken, aber nur einer blieb bei mir im Kopf zurück:

Nick fand, dass ich in einem Kleid hübsch aussehen könnte …

NICK

»Komm schon, geh ran«, murmelte ich, während ich auf meiner Strandterrasse stand und darauf wartete, dass Winter an sein verfluchtes Handy ging. Die Sonne ging gerade unter.

»Jooooo«, brüllte er in den Hörer. Ein Gekicher und Winter selbst, der vergnügt grunzte, hielten mich davon ab sofort zu antworten.

Natürlich befand er sich auf irgendeiner Party.

»Hey, Mann, ich bin's.«

»Nick, Alter, was geht?«

»Nicht so viel wie bei dir, das steht mal fest«, grinste ich und setzte mich auf eine meiner Liegen. Das Sommerhaus meiner Eltern war für die Semesterferien immer optimal.

»Darauf kannst du wetten, Alter. Komm vorbei, wenn du Bock hast.«

Ich runzelte die Stirn. »Und wo soll das sein?«

Ich hatte keine Ahnung, wo Winter sich gerade befand.

»Tijuana. Ich sage dir, die Weiber hier ...«

»Mexiko?« Ich schüttelte den Kopf. Nur Corey Winter war so bescheuert zu denken, ich würde jetzt mal eben nach Mexiko rüberfahren, um mit ihm zu feiern und eine Nummer zu schieben.

Wieder hörte man ein Gekicher. »Das machst du ganz brav, meine Süße«, flüsterte er irgendeinem Mädchen zu.

Ich verdrehte die Augen.

»Was gibt's?«, rief er mir durch den Hörer zu.

Ich fuhr mir durch mein Gesicht. Was wollte ich noch mal von ihm? Winter und seine Exzesse hatten mich völlig aus dem Konzept gebracht.

»Sag mal, was hast du immer über die Frauen gesagt?«

»Sie lullen dich ein, fressen sich an dir satt, und wenn du schon gar nicht mehr damit rechnest, da wieder rauszukommen, spucken sie dich zerkaut wieder aus. Meinst du den Spruch?«

Ich überlegte, warum mir nie aufgefallen war, wie merkwürdig ruhig er den Spruch aufsagte. Aber ich unterbrach meine Gedanken, nachdem ich ihm gesagt hatte, dass ich nicht diesen Spruch meinte.

»Du meinst, dass du jedes Mädchen haben kannst, das du willst?«

»So würde ich es jetzt nicht sagen ...«

Aber genau darauf wollte ich hinaus. So weit war ich bereits. Ich rief Winter an, weil ich mir von dem durchtriebensten Idioten, den ich kannte, Tipps holen wollte, wie ich Jill ins Bett bekommen könnte. Sie war eine harte Nuss, die härteste seit ... tja, seit jetzt!

Ich ignorierte die Stimme, die mir immer wieder zuflüsterte, dass es nicht nur der Sex war, den ich von ihr wollte. Aber momentan musste das reichen. Ich wollte mir auch ganz einfach keine weiteren Gedanken über meine permanente Träumerei von Jill machen müssen.

»Scheiße, hast du dich verknallt, oder so? Süße, lass mich mal eben allein.« Ich hörte ein Platschen, als wären sie gerade baden oder so, dann begann Winter weiter zu quatschen. »Das ist unser letztes Jahr, Alter. Wenn du unbedingt eine Pussy brauchst, besorge ich dir jeden Tag eine neue.«

»Darum geht es ...«

»Alter, ohne Scheiß. Du musst nur hartnäckig genug sein, der Süßen direkt zeigen, was du willst - und bääm, du kriegst sie alle. Ich hatte sie bereits alle, O'Donnell. Ich würde sie dir großzügig überlassen ...«

Er redete noch weiter bekloppptes Zeugs, aber für mich stand fest, was zu tun war. Eigentlich hielt ich den Anruf für Zeitverschwendung, aber Winter hatte mir bei einer Sache die Augen geöffnet. Ich musste hartnäckig bleiben. Auch wenn ich mir das nach Tanya nicht mehr antun wollte ...

» ... und ich schwöre dir, die riechen wie süßer Honig«, beendete er seinen Satz über was und wen auch immer.

»Ich wollte dich eigentlich nur daran erinnern, nächste Woche pünktlich zum Training zu erscheinen«, log ich ihn an.

»Deswegen rufst du an? Moment mal. Nächste Woche? Nächste Woche fängt doch unmöglich schon die Uni wieder an«, hakte er ungläubig nach.

Seufzend ging ich ins Haus hinein. In meinem Flachbildfernseher lief gerade eine Wiederholung eines der Footballspiele, die ich den Sommer über immer wieder mal angeschaut hatte.

»Was glaubst du eigentlich, wie lange wir Semesterferien haben? Nächste Woche ist bereits der 12.

September, du Idiot«, antwortete ich ihm und betrat meine Küche, die alles hatte. Auch wenn ich nie ein Küchengerät außer meinem Mixer benutzte, war es toll, alles zu haben. Es hätte ja sein können, dass ich irgendwann tatsächlich mal eine Pfanne oder so was benutzen müsste. *Na klar, wer's glaubt ...*

»Wir haben September?«, rief Winter geschockt in den Hörer.

Ich schüttelte belustigt den Kopf, nachdem ich mir eine Wasserflasche aus dem Kühlschrank geholt hatte.

»Was zum Teufel treibst du eigentlich da unten?«

Winter seufzte. »Danke, dass du angerufen hast, Alter. Ich wäre niemals pünktlich zur Uni gekommen, wenn du mir jetzt nicht Bescheid gegeben hättest.«

»Kein Problem.«

»Was gibts Neues bei dir?«, fragte er mich jetzt und ich nickte siegessicher. Jill wollte es auf die harte Tour haben, das würde sie bekommen.

»Ich will nicht, dass es überall die Runde macht, damit das klar ist«, begann ich.

»Klar«, antwortete Winter ruhig.

»Ich sage dir, der Sommer war echt ... shit, ich gehöre wohl zu den Idioten, die, na ja ...«

»Also doch!«, rief Winter genervt aus. »Mann, wir hatten doch so was wie eine Absprache.«

Hatten wir nicht. Winter fühlte sich nur dazu berufen, jedem Kerl zu erklären, wie schädlich eine feste Freundin sein konnte. »Immerhin«, so Winter, »vögelst du nur eine Einzige, wobei du sie alle haben könntest.«

»Das mit Jill ist echt mega frisch. Wir daten uns, sie ist schüchtern und ...«

»Schüchtern? Na toll, Alter!«, schnaubte er verbittert.

Ich verdrehte die Augen, was er natürlich nicht sehen konnte.

»Wer ist diese Jill?«

Jill war mürrisch, still, wenn sie einem nicht genau zeigen wollte, wer sie war, und vor allem war sie ... schlagfertig. Ich grinste. *Schlagfertiges kleines Ding.*

Ich erinnerte mich an diesen grässlichen Badeanzug, den sie getragen hatte. Ein Bikini würde ihr hundertpro besser stehen, aber so konnte ich zumindest erahnen, was sie unter ihrer Kleidung verborgen hatte. Jill besaß Hüften, aber verdammt, das musste doch sein, wenn man Spaß mit ihr im Bett haben wollte. Wer stand schon auf knochige Mädels, die nicht mal wussten, wie ein deftiger Hamburger schmeckte?

»Jill Cooper geht auf unsere Uni, deswegen ... erzähle es nicht überall herum, okay. Ich will erst wissen, wohin das Ganze führt.«

»Klar«, wiederholte er seine Antwort von vorhin. »Von mir erfährt es keiner.«

Ich grinste. In der nächsten Stunde würde es die halbe Uni wissen und ich hoffte darauf.

JILL

»Hast du noch Dreckwäsche?«, rief mir Mom durch meine Zimmertür zu.

»Nein!«, rief ich zurück und hörte über mein Handy Musik. Ich lag auf meinem Bett und vertrödelte die restliche Zeit, bis ich wieder nach Berkeley musste.

Eigentlich wollte ich noch zum Strand, aber irgendwie war die Angst, Nick noch einmal zu treffen, zu groß. Was, wenn er schon wieder mit dieser verrückten Idee kam? Oder schlimmer. Er würde wieder diesen Hammer-Auftritt hinlegen. Nick halbnackt, feucht und ... ich schüttelte energisch den Kopf.

Ein schöner Körper macht noch lange nicht einen guten Menschen aus ihm. Ed Sheeran sang gerade von der großen Liebe, wie immer eigentlich, als mein Handy klingelte. Die Ohrenstecker hatte ich bereits angelegt.

»Und deine Socken?«, rief Mom mir noch zu. Ich verdrehte die Augen.

»Mom! Ich trage bei 30 Grad keine Socken!« Und auch nicht in Berkeley, aber da konnte ich mit meiner Mutter Stunden drüber diskutieren.

Ich hörte Mom laut auflachen. »Ich vergesse immer wieder, dass du Semesterferien hast.«

Seufzend schüttelte ich den Kopf.

Ich runzelte die Stirn. Mein Handy zeigte Courtney Jones an, die im selben Philosophiekurs war wie ich.

»Hey, Courtney«, begrüßte ich sie, leicht verwirrt über ihren Anruf.

»Stimmt es?«, fuhr sie mich aufgeregt an.

»Was?«

»Na, das mit Nick O'Donnell, du Nudel!« Sie schnaubte, als wäre *ich* die mit der lockeren Schraube in der Birne.

Ich runzelte die Stirn. Dass eine fast unbekannte Studentin von mir Informationen über Nick wissen wollte, irritierte mich nur noch mehr und machte mich ehrlich gesagt auch ziemlich nervös. Was hatte dieser Schwachkopf über mich erzählt?

»Sorry, Courtney. Ich weiß nicht, was du meinst. Nick und ich haben uns vor ein paar Wochen getroffen und ...«

»Ach, du Scheiße! Es stimmt!«, rief sie laut aus.

»Was stimmt?«

»Du bist mit Nick O'Donnell zusammen!«

Großer Scheiß! Was zum Teufel dachte dieser Mistkerl sich eigentlich?

»Ich glaube, du missverstehst da was«, versuchte ich die Situation noch zu retten.

»Was gibt es denn da misszuverstehen? Lisa rief Julia an, die mit Gillian geredet hat, die wiederum hatte mit Winter gesprochen, und der sagt, Nick sagt, ihr wärt euch nähergekommen und seid jetzt ein Paar.«

Ich versuchte ihr wirklich zu folgen, aber das Problem war bei all den Weibern, die mehr Nagellackfarbe im Unterricht schnüffelten als gut für sie waren, dass sie halt für so einen Scheiß wie Tratsch lebten. Wir atmeten Sauerstoff ein, die anderen Tratsch. Und das hier war gerade eine mega Schlagzeile:

Footballspieler datet Pummelchen

»Oder willst du etwa sagen, dass Nick sich das nur ausgedacht hat? Ihr seid gar nicht zusammen?« Sie schnaubte. »Träum weiter. Wir reden hier von Nick O'Donnell. Ihr hattet Sex, und er will irgendwie mehr von dir. Steh dazu, Jill. Auch wenn Amber alles andere als gut darauf zu sprechen sein wird.«

Ich seufzte. Amber ... Natürlich. Ich hatte vorhin eine SMS von ihr bekommen, dass sie erst eine Woche später zur Uni käme. Ihre Schwester brauchte sie mal wieder. Auch wenn ich kein Fan davon war und ich der Meinung war, dass jemand anderes auf ihre autistische Schwester aufpassen sollte, verstand ich sie und fand es auch gerade wunderbar, dass sie diesen ganzen Kram nicht mitbekam. Amber hielt nicht viel von Handy und Co. Sie würde nicht erfahren, was Nick hier herumerzählte. Fürs Erste zumindest.

»Wir hatten keinen Sex!«, stellte ich klar.

»Wie?« Jetzt horchte Courtney auf.

»Er konnte nicht«, stellte ich klar. Dann grinste ich. Er dachte, er würde das hier unter Kontrolle haben? Oh, Nick. Wie naiv von dir!

»Er konnte nicht?« Ihre Stimme war schrill und laut.

»Ja, also ... er hat das Problem wohl schon länger«, beschwichtige ich meine Aussage und machte es natürlich damit noch schlimmer. Sie sollte nur wissen, dass es ganz sicher nicht an mir gelegen hatte. »Aber behalte das bitte für dich. Ich habe ihm versprochen, mit ihm zum Arzt zu gehen. Es ist, denke ich, nichts Ernstes. Er hat halt viel Stress gehabt, wegen Tanya und dem ganzen Kram.«

»Ja, natürlich«, flüsterte sie und ich bekam mein Lächeln kaum noch in den Griff.

»Ich danke dir, Courtney. Wir sehen uns dann nächste Woche.«

Sie verabschiedete sich und ich war höchst zufrieden mit mir selbst. Wobei die Wut über Nicks Aktion nicht so schnell verrauchen konnte.

»Dieser Mistkerl!«

»Was ist mit deinen Schlüpfern?«, rief Mom mir wieder zu.

»Ruf noch lauter Mom, die Nachbarn haben es noch nicht mitbekommen«, rief ich ihr aufgebracht zu.

NICK

»Lauft schon«, brüllte Winter den Jungs zu, während ich meine halbe Wasserflasche durstig leer trank.

Ich hatte es vermisst, auf dem Feld zu stehen, und doch musste ich zugeben, dass mir das Schwitzen nicht gefehlt hatte. Ich machte gerade eine Pause, weil das B-Team dabei war, zu zeigen, warum sie das B-Team waren. Laut Winter war deren Spielzug nur noch zum Heulen.

»Sieh dir den Linebacker an«, seufzte er und Blake brummte zustimmend. Er stand neben ihm. Ein schmerzvolles Stöhnen kam vom Spielfeld. Ich sah nicht hin, Winter gab auch so seinen Unmut von sich. »Und das war mal die *Defense* gewesen. Scheiße, sind die Jungs schlecht.«

»Mach es erst mal besser«, grinste ich und zog mir meinen Helm wieder auf.

Winter drehte sich zu mir und nahm die Herausforderung an, das sah man an seinem selbstsicheren Grinsen.

»Ihr macht gar nichts. Das ist unser letztes Jahr. Ihr verletzt euch ganz sicher nicht, weil wir uns untereinander irgendwas beweisen wollen«, mischte Blake sich ein und spielte mal wieder die gute Seele des Teams.

Aber das war sein Job. Er war der Captain. Auch Blake zog sich wieder den Helm auf. »Außerdem nutzt Nick sein Hirn, während du nur mit den Muskeln arbeitest. Er würde dich platt machen, bevor du es begreifst.«

»Was?«, schrie Winter völlig entsetzt. Ich grinste und schlug ihm auf den Helm. Er wollte mich abwehren, erreichte meinen Arm aber nicht mehr.

Wir drei wohnten jetzt schon 'ne Weile zusammen, den Sommer über hatten wir aber getrennt verbracht. Da Winter erst in der Nacht wiedergekommen war, und Blake den Abend zuvor Frauenbesuch gehabt hatte, konnten wir noch nicht wirklich über unsere Sommer reden. Deswegen fragte Blake mich auch nicht wegen Jill. Die anderen stellten auch keine Fragen, weil wir heute vor dem Unterricht trainierten. Die Fragen würden kommen, aber darauf war ich vorbereitet.

»LOS! Macht euch bereit!«, rief der Coach und gab den Anpfiff, damit wir wirklich alle mitbekamen, dass es jetzt wieder so weit war.

Jason war der Letzte, der zu uns rübergelaufen kam. Er hatte mit irgendwelchen Weibern am Zaun gequatscht.

Wir stellten uns an die Bande, weil der Coach uns triezen wollte. Indem er uns 10 Meilen in voller Montur laufen ließ, wollte er sehen, wer sich auch im Sommer fit gehalten hatte.

Winter stöhnte auf, ich lachte in mich hinein. Er war so im Arsch. Er wusste es. Wir wussten es alle.

»Sind wir auch endlich da, McCoy?«, fuhr der Coach Jason an. Dieser hob beschwichtigend die Hände und stellte sich zu uns.

»Ich musste einfach hören, was die Damen mir zu sagen haben, Sir«, antwortete Jason dann auch noch ziemlich belustigt.

»Du legst es auf Ärger an«, seufzte ich und hoffte, der Coach würde nicht noch mehr ...

»Und weil McCoy so ein netter Gentleman ist, zwei Extrarunden für alle!«, antwortete der Coach süffisant. Alle im Team stöhnten genervt auf.

»Oh, mein Freund, du hast den Ärger. Ich ganz sicher nicht«, sprach Jason mich plötzlich an. Unter seinem Helm konnte ich sein breites Grinsen praktisch vor meinem inneren Auge sehen.

»Und was soll das jetzt heißen?«

Ich sah ihn an, er jedoch konzentrierte sich auf den Weg, der beim nächsten Pfiff auf uns wartete.

Der Pfiff erklang, bevor ich eine Antwort bekam, also liefen wir alle los. Da der Lauf am Ende höllisch werden würde, bewegten wir uns alle in einem gemäßigten Tempo.

»Du willst mich doch verarschen!«, brüllte einer aus dem Team. Der Nächste folgte sofort.

»Never!«

Einer lachte sich halbtot, bevor er fast über seine eigenen Füße stolperte.

»Oh, Scheiße, warum hast du mir das nicht gesagt?« Winter lief plötzlich neben mir. »Ich hätte dir helfen können. Immerhin bin ich mit ein paar Apothekern befreundet.« Wir beendeten gleich die erste Runde.

»Sollte mich diese Frage beunruhigen?«, fragte ich ihn.

Er schnaubte. »Alter, ich bin deine letzte Hoffnung.« Dann wurde er schneller und lief weiter. »Ich bewundere dich, ehrlich. Ich hätte mir längst eine Kugel in den Kopf geschossen, wenn mein bester Freund keine

Pussys mehr wollen würde. Aber du nimmst das locker. Impotenz macht dich stark.« Dann machte er ein Peace-Zeichen mit seiner Hand und lief weiter.

Ich wurde langsamer, weil ich Winters Worte erst mal sacken lassen musste. Was zum Teufel hatte er mir da gerade vorgeworfen?

Ich blinzelte rüber zum Zaun. Die Mädels standen immer noch da. Eine schöner als die andere und sie tuschelten. Sie tuschelten über mich. Normalerweise war das nichts Neues, wir Footballspieler wurden angehimmelt. Aber dieses Getuschel hatte nichts Bewundernswertes an sich. Sie lachten über mich!

Meine Beine gehorchten mir nicht mehr, ich stolperte und flog mit voller Wucht auf den Boden. Auf den Boden der Tatsachen!

Jemand hatte Scheiße erzählt. Bullshit. Dinge, die nicht stimmten!

Und während der Coach mich zusammenschiss und mir einige Extraeinheiten aufbrummte, war mir klar, wer das getan hatte. *Oh, nicht doch!*

Schweißnass betrat ich die Kabine. Die anderen Idioten waren alle schon geduscht und beobachteten mich. Ich versuchte, die Blicke alle zu ignorieren.

Wenn Jill wirklich das getan hatte, was ich vermutete, dann war sie so gut wie tot.

Ich riss meinen Spind auf und griff nach meinem Duschgel.

»Alter«, begann Blake mich anzusprechen.

»Lass es!«, bat ich ihn wütend, damit er gar nicht erst damit anfing. Dann riss ich mir meine Schoner und das Trikot vom Leib.

Warum zum Teufel hatte ich diese bescheuerte Idee gehabt, Jill als meine Freundin auszugeben? Der Sex mit ihr würde diese Scheiße, in die sie mich gebracht hatte, niemals wieder wettmachen. Aber gut, was hatte ich erwartet? Wir hatten nie wirklich ausgemacht, dass sie bei der Sache dabei war. Und was hatte ich mir dabei gedacht? Ich kannte sie kein Stück, und nur weil ich sie beobachtet hatte, hieß das ja noch lang nicht, dass da etwas zwischen uns war. *Okay, jetzt versuche ich mich echt nur noch herauszureden.*

Ich dachte, sie hätte etwas an sich ... was genau hätte ich vielleicht noch herausfinden können, aber jetzt? Jill hatte herumerzählt, dass ich keinen mehr ‚hochbekommen‘ konnte. Ich!

»Hier«, sagte Winter und drückte mir eine Visitenkarte in die Hand.

»Und was soll ich damit?«

»Der beste und vor allem verschwiegenste Apotheker in der Stadt, ich kann‘s bezeugen«, erklärte Winter, und wäre Blake nicht gewesen, der mich zurückgehalten hätte, dann wäre Winter jetzt nur noch ein Haufen Brei.

»Komm mal wieder runter, Alter. Was soll denn deine süße Jill denken«, lachte Winter und fand sich wohl besonders witzig.

Blake erstarrte, ich lief wieder zu meinem Spind.

»Jill?« Blake stellte sich direkt neben mich, um mich zu mustern.

Als ich Jill diese Idee vorschlug, hatte ich nicht an Blake gedacht. Da er jetzt vor mir stand, war Blakes Reaktion darauf genau die, die ich erwartet hatte. Ein Wunder, dass er noch nicht vorher davon erfahren hatte.

»Wir daten«, war meine sachliche Antwort. Warum log ich immer noch? Warum?

Offensichtlich war das Extratraining doch zu viel gewesen.

»Wir alle kennen nur eine Jill«, antwortete Blake mir mit seinem üblichen Akzent in der Stimme. Er kam aus Texas und verhielt sich meistens auch so. Erst draufschlagen, dann Fragen stellen.

»Ich kenne keine Jill«, behauptete Winter und packte seine Tasche voll.

Ich verdrehte die Augen und griff nach meinem Handtuch, aber Blake blieb immer noch vor mir stehen. Mit einem mordsmäßig wütenden Gesichtsausdruck. Ich erwiderte ihn genauso genervt. Es war mucksmäuschenstill in der Kabine, weil alle uns anstarrten.

»Krieg dich wieder ein, Michaels«, stellte ich klar. Wir waren fast gleich groß, und vermutlich war ich neben Winter der Einzige hier, der sich jemals mit Blake anlegen würde. Aber ich würde es tun. Für eine erfundene Freundin ... was für ein Schwachsinn!

»Dein Problem mit Amber war nie mein Problem«, stellte ich klar und gab nur die Wahrheit von mir. Wenn Blake Theater mit ihr hatte, hielten wir uns alle meistens raus. Natürlich musste Winter immer wieder mal ‚nen Spruch schieben, aber das gehörte einfach zu ihm. Dadurch, dass ich mit Amber einige gemeinsame Seminare hatte, verstanden wir uns gut. Warum sollte ich das ändern?

Lange musterte er mich. »Ihr seid zusammen?«

Ich zuckte mit der Schulter, weil ich vor Blake irgendwie nicht so richtig lügen wollte. Ein »Ja« wäre einfach schlimmer gewesen als ein Schulterzucken.

Man konnte sich auch gewisse Lügen schönreden. Funktioniert wunderbar.

»Na ja«, seufzte Blake und schien sich wieder zu entspannen. »Schlimmer als bei Tanya oder bei Winters Ex kann es nicht mehr werden, oder?« Er grinste, weil er eh nicht glaubte, dass Jill lange Thema war. Daran war ich selbst schuld, immerhin hatte ich nach Tanya unmissverständlich klargemacht, keine Lust auf Frauen zu haben.

»Ach, kommt schon, wir wollten nie wieder darüber reden!«, mischte sich Winter ein, der sich gerade einen Proteinriegel in den Mund schob. Die anderen Teamkollegen machten auch bereits wieder mit ihren Dingen weiter.

»*Du* wolltest nie wieder drüber reden. Wir tun es«, grinste Blake und griff nach seiner Tasche. Dann sah er mich wieder an. »Wer hat den Scheiß mit der Impotenz herumerzählt?«

Ich war erleichtert. Es war ein guter Anfang, wenn Blake mir schon mal den Scheiß nicht zutraute.

Ich schloss meinen Spind. »Ich kümmere mich drum.«

Ein halbe Stunde später begann ich damit, meine ach so tolle feste Freundin zu suchen.

»Was los?«, fragte Winter mich, den ich im Flur von Gebäude eins traf.

»Nichts«, murmelte ich und lief weiter, um endlich Jill zu finden. Wo befand sie sich verdammt noch mal?

»Ach komm, du bist doch nicht wegen dieser ganzen Impotenz-Geschichte sauer, oder?«, grinste mein Mitbewohner und konnte mich gleich zehn Mal mehr am Arsch lecken.

»Sieh mal einer an, wen haben wir denn da?«, fragte Dave spöttisch, der mit zwei weiteren vom Schwimmteam auf uns zugelaufen kam. Die hatten mir gerade noch gefehlt.

Die Flure wurden langsam leerer, die Seminare begannen. Wunderbar. Ich hatte keine Ahnung, ob Jill in der ersten Stunde einen Kurs hatte, sie war nicht zu finden, und jetzt kam mir ausgerechnet dieses Arschloch Dave in die Quere.

Wir standen uns direkt gegenüber und hielten wie immer nichts voneinander. Der gesamte Campus wusste, dass wir uns nicht riechen konnten. Und die meisten Leute tuschelten sich die Münder wund, warum das so war.

»Hast du mir irgendwas zu sagen, Dave? Dann sprich es aus. Wir hören dir gerne alle zu«, erklärte ich ihm mit ruhiger Stimme. Zu ruhiger Stimme, das wusste auch Dave, der mich abwartend anschaute.

»Hab gehört, du hast dir schon wieder ein neues Mädchen besorgt. Wir dürfen hoffen, dass das diesmal ohne die Cops klappt? Wobei das das kleinere Problem ist, was?« Seine Jungs lachten, nachdem er einen provokanten Blick auf meinen Schritt machte. Auch er wusste Bescheid.

Dave wirkte zufrieden mit sich. Ich wiederum stand kurz davor, ihn daran zu erinnern, warum er derjenige war, der im Wasser paddeln durfte, und ich verdammt noch mal Nationalsport betrieb.

Ich trat einen Schritt vor. Dave zog sich nicht zurück, sein Kiefer mahlte nur. Mutiger Junge!

Jetzt trennten uns nur noch wenige Zentimeter.

»Du solltest ganz genau überlegen, was du über mein Mädchen erzählst, Dave. Wir wissen beide, dass unsere Coachs keine Prügeleien zwischen uns sehen wollen, aber wenn du es darauf anlegst, mach ich dich platt. Hast du das verstanden?«

Dave antwortete nicht, er wirkte nur ziemlich angefressen. Dennoch kam die Drohung an, und Dave war Idiot genug, um sich zusammenzureißen. Seine Sportkarriere war dem Wichser heilig.

Ich ging los, als einer von Daves Leuten rief.

»Wenn dein Mädchen mal einen echten Kerl braucht, dann ...« Ich hörte auf einmal einen Schmerzenslaut und sah nur noch, wie der Kerl auf dem Boden lag.

»Er ist einfach gestolpert. Diese Meerjungfrauen können einfach nicht laufen«, behauptete Winter und ging dann mit mir weiter. Kopfschüttelnd grinste ich und dankte Winter im Stillen.

JILL

Ich war eine emanzipierte attraktive junge Studentin, die nichtsahnend den ersten Unitag in ihrem Senior-Jahr genoss. Wer konnte mir schon dumm kommen? Ich lief mit Amber Jenkins seit drei Jahren über diesen Campus. Wenn ich nur annähernd so viel Courage wie sie besitzen würde, dann ...

Ach, verdammte Hühnerkacke! Was zum Teufel machte ich mir hier vor?

Ich hatte mir meine Haare zu einem Zopf gebunden und trug diesen unter meinem Käppi. Dabei hielt ich meinen Kopf gesenkt, damit man mich nicht erkannte. Natürlich war das eine völlig bescheuerte Idee. Das wurde mir klar, als mich Matthew aus unserem gemeinsamen Nachhilfekurs begrüßte, und Eva, Sam, Jones und ... ach Mist, Plan Nummer 64 musste her. Die Uni schmeißen und als Au-pair irgendwo leben, oder aber Nummer 66 durchziehen, Nick O'Donnell loswerden. Nur kostete so ein Auftragskiller auch etwas und die Kohle besaß ich ganz einfach nicht.

»Sieh einer an!«

»Verflucht«, murmelte ich. Kelly hatte mich kurz vor Gebäude eins abgefangen. Wenige Meter von meinem ersten Seminarraum entfernt. Ich hätte es fast geschafft ...

Räuspernd hob ich den Kopf und sah sie unschuldig an. Kelly Sanders war auf der Highschool kopftechnisch zurückgeblieben. Sie dachte immer noch, dass viel Make-up »schön« aussah, und zu viel Parfum gut für die Nase war. Nur fürs Protokoll: Dem war nicht so.

»Kelly«, begrüßte ich sie gespielt fröhlich.

Sie musterte mich intensiv in ihrer Cheerleaderuniform. Jeder verfluchte Idiot auf dem Campus wusste, dass das Cheerleaderteam nur zweimal die Woche trainierte, und zwar mittwochs und donnerstags. Wir hatten Montag.

Aber da wären wir wieder bei meiner Vermutung, dass Kelly vergessen hatte, dass wir uns verdammt noch mal nicht mehr auf der Highschool befanden und vor allem sie, die reiche Erbin eines sehr großen Batzen Geldes, nichts mehr beweisen musste. Sah ihr Hintern knackig in diesem Rock aus? Oh ja, und jeder Kerl mit mindestens drei Kreditkarten in der Hosentasche kannte diesen auch bereits! Kamen ihre Brüste zur Geltung? Ja, Mensch!

Und doch reichte es diesem Miststück nicht. Sie musste ständig ihren Senf zu allem geben! Und deswegen stand sie auch jetzt hier.

Sie musterte mich unter den langen künstlichen Wimpern. »Was zum Teufel ist mit dir im Sommer passiert? Du siehst noch beschissener aus als letztes Semester.«

Ich seufzte. Natürlich sah ich völlig bekloppt aus. Ich hatte mir das längste Shirt aus meinem Schrank genommen, das ich besaß. Ich hatte als 16-Jährige darin gerne geschlafen. Mittlerweile war es so verwaschen, dass man die Schrift vorne - »Fu** you!« - kaum noch sehen konnte. Einzig meine Jeans saß stramm an meinem Körper, nur sah man das eben nicht, weil ich das lange Shirt gewählt hatte. Dazu dann das Käppi und mein verrücktes Verhalten, bloß nicht erkannt zu werden. Jedes Mal starrte ich den Asphalt vor meinen Füßen an, wenn jemand an mir vorbeilief.

»Ich kann echt nicht glauben, dass du Nick daten sollst. Ey, Gigi, komm mal her.« Sie rief ihre Freundin her, und ich verdrehte die Augen.

»Ich date Nick nicht!«, klärte ich sie auf.

Sie schnaubte. »Jetzt soll Nick lügen? Was findet er nur an dir!«

»Eifersüchtig?« Die Frage war mir so herausgeplatzt, aber als ich Kellys Reaktion sah, wurde mir bewusst, dass ich richtig lag. Kelly war eifersüchtig.

Großer Gott. Auf mich!

Ich wusste, dass sie auf Blake stand. Der halbe Campus stand auf ihn. Aber so wie ich das sah, würde sie nie seine feste Freundin sein. Auch wenn sie sich das wünschte. Und jetzt kam da die kleine pummelige Jill und schnappte sich einfach einen Spieler.

Auch wenn es nicht der Wahrheit entsprach, gefiel es Kelly selbstverständlich nicht.

»Auf dich? Ich bitte dich! Sieh dich an!«

Kelly zeigte auf meine Klamotten, als wäre Müll noch besseres Material, um sich zu kleiden. Ja, ich hatte mich absichtlich so angezogen, aber musste sie unbedingt mein Lieblingsschlafshirt aus meinen Teenagerzeiten miesmachen?

Ich ging zwei Schritte auf sie zu. »Danke, dass du mir wieder mal gezeigt hast, wie ich niemals werden will.«

Sie schnaubte belustigt. »Alle wollen so sein wie ich!«

Gigi kicherte auch, als Kelly ihren Augenkontakt suchte, um auch bei ihr Bestätigung für ihre Aussage zu bekommen.

Ich schüttelte den Kopf. »Und das glaubst du wirklich, ja?« Ich verzog keine Miene, so ernst sah ich sie an. Ich mag keine Topfigur wie Kelly haben, ich trug kein 200-Dollar-Parfum und ganz sicher war ich kein Star auf dem Campus, aber ich war stolz darauf, dass ich mich nicht durch die Betten kämpfen musste, um Bestätigung zu bekommen. Und tief in sich drin wusste Kelly das auch.

»Du bist ein Niemand, Jill. Das wirst du auch nach dem Abschluss sein!«, fuhr sie mich an.

»Na na na, wen hast du jetzt schon wieder vor zu fressen, Kelly?«

Corey Winter kam auf uns zugelaufen. Der größte Frauenheld auf dem Campus. Es gab Geschichten über ihn, die waren so versaut, dass selbst die eigenen Teamkollegen nicht darüber sprachen. Aber sie stimmten alle. Das sagte sein lockerer und selbstbewusster Gang, sein tiefes Grinsen, sein Grübchen, das er jedem weiblichen Wesen zeigte, wenn sie als potenzielle Figuren für diese Horrorgeschichten dienen sollten. Und sie wollten alle darin mitspielen, sie wollten erwähnt werden. Selbst jetzt sahen einige Mädels ihn an, als wäre er genau der Mann, der ihre Träume erfüllen könnte. Ich schüttelte nur den Kopf. Was war nur los mit diesen Frauen? Wo war ihre Selbstachtung? Amber wäre sicher stolz über meine Gedanken. Ich vermisste sie.

»Winter«, begrüßte sie ihn und klang genauso erfreut wie er. Obwohl er eigentlich immer grinste, schaute er Kelly an, als wäre sie hier das Insekt, das einfach nicht totzukriegen war. Ich war positiv überrascht.

Er bemerkte mich und natürlich auch meinen Aufzug. Seine rechte Augenbraue schoss in die Höhe. »Und du bist?«

»Nicks Freundin«, antwortete Kelly grinsend für mich. *Oh, und wie sie diese Show gerade genießt.*

Winters Augenbraue schoss noch höher, wenn ich mir das nicht einbildete.

»Jill? Die Jill?«

Ich seufzte. Was wurde erzählt? Was würde noch erzählt werden? Kopfschüttelnd stieß ich mehrmals die Luft aus, als hätte ich Schmerzen. Dass Winter mich dabei die ganze Zeit beobachtete, machte es auch nicht besser.

»Und du wolltest ihr vermutlich alles *Gute* wünschen, was«, schnaubte Winter und sah jetzt wieder zu Kelly. Die zuckte unschuldig mit der Schulter. Ein Schuldeingeständnis, und ihr war scheißegal, dass wir beide das sahen.

Er seufzte und fuhr sich durch sein Haar. Winter hatte ich bisher noch nie genervt gesehen. Bis jetzt. »Verschwinde Kelly. Vielleicht gehst du zu Blake.«

Ihre Miene hellte sich auf. »Hat er mich gesucht?«

Er sah sie nicht mehr an. »Ne, aber wenn du ihn vielleicht frühzeitig nervst, schickt er dich auch schnell genug wieder aufs Abstellgleis.«

Ich war sprachlos, Kelly war es auch. Nun rauschte sie mit Gigi wütend ab. Ich starrte Winter an, als würde ich ihn das erste Mal sehen.

Warum zum Teufel half er mir?

»Sieh mich nicht an, als wäre ich dein strahlender Ritter oder so. Ich finde einen Zahnarztbesuch angenehmer als eine Kelly Sanders, das ist alles«, verteidigte er sich.

Ich verdrehte die Augen. »Ein Danke hättest du von mir auch niemals bekommen.«

Wir waren zusammen losgelaufen, ohne es wirklich bemerkt zu haben. Einige starrten schon. Natürlich. Ich sah aus wie eine Verrückte, Winter sah aus wie ...

Selbst Professor Jeggins sah uns nach. Er war einer der jüngsten Lehrer auf dem Campus und leider auch der größte Nerd. Übergroße Brille, schlaksige Arme und Beine und ungebügelte Hemden ... er tat mir ziemlich leid.

Fast jedes Mädchen sah sich nach Winter um und der wusste das. Er zwinkerte einer zu, die bescheuert kicherte. Lag es vielleicht auch an seiner Footballjacke, die jeder im Team trug? Es könnte sein, aber ich glaubte das nicht wirklich. Corey Winter war attraktiv und ein Arschloch. Weil er es ausnutzte.

Und jetzt lief ich mit eben diesem Arschloch durch Gebäude eins.

»Ein Danke erwarte ich nur, wenn sie unter mir liegt und ich ...«

Rasch hob ich warnend die Hand und er grinste dreckig.

»Du bist also jetzt mit Nick zusammen.« Wieder musterte er mich, als müsste er den Grund dafür suchen.

Ich antwortete nicht darauf und war froh, zumindest schon die Tür des Raumes von Weitem zu sehen, in dem ich mein erstes Seminar dieses Jahres hatte.

»Gesprächig bist du nicht gerade, wobei das ja nicht mal negativ gesehen werden kann. Nick ist da aber anders als ich. Dein Stil ist auch eine einzige Katastrophe«, zählte er seelenruhig auf und starrte die zwei Finger an, die er hochgehoben hatte. »Da bleibt ja nur anzunehmen, dass du hammermäßig im Bett sein musst.«

»Jetzt pass mal auf, du blöder ...«, begann ich, wurde aber auf einmal so ruckartig von ihm weggezogen, dass mir selbst der panische Schrei im Halse stecken blieb.

Ich fand mich wenige Sekunden später in einem der leeren Seminarräume wieder. Gerade war der Typ, der mich hereingezogen und seine Sweatshirt-Kapuze über den Kopf gezogen hatte, dabei die Tür zu schließen. Wer war er?

Er drehte sich um und schob die Kapuze vom Kopf. Nick sah mich grimmig an.

Nick war im Gegensatz zu Winter blond, und ich musste zugeben, er gefiel mir besser. In Nicks Blick sah man wenig Überheblichkeit. Er gab sich nicht so wie Winter, als wäre er etwas Besseres als wir.

Immer noch starrten wir uns stumm an. Er sagte nichts zu meinem Aufzug, sondern blickte mich wütend an.

»Gibt es einen Grund, warum du mich wie ein Irrer ...«

»Du hast herumerzählt, ich hätte Probleme, einen hochzubekommen«, sprach er mir wütend dazwischen.

Ahhh! Das war sein Problem.

»Bis zu mir ist es noch nicht durchgedrungen«, zuckte ich mit der Schulter. »So schlimm kann es also nicht sein.«

»So schlimm«, wiederholte er unter zusammengebissenen Kiefer und machte einen Schritt auf mich zu, nur um dann wieder den Abstand zwischen uns zu vergrößern. »Dir ist schon klar, dass du herumerzählt hast, dass dein Freund Probleme im Schlafzimmer hat.«

Ich öffnete den Mund, um ihm zu sagen, dass das *so* nicht richtig war. Ich war nicht seine Freundin, aber für die anderen war ich das.

Er schnaubte. »Bevor du mir eins reinwürgen willst, solltest du dir überlegen, dass es auch dir schadet.«

»Du hast diese Geschichte zwischen uns erfunden, ohne mir überhaupt Bescheid zu geben«, warf ich ihm die Tatsache vor.

»Ich hatte keine Nummer von dir«, erklärte er sich und fand das wohl auch noch verständlich.

»Du hattest meine Nummer nicht?«, fragte ich ungläubig. Dann aber siegte die Wut. »Was glaubst du eigentlich, wer du bist? Glaubst du, weil du ein kleines dickes Mädchen als deine neue Errungenschaft ausgibst, dass ich dir dafür auch noch dankbar sein soll?«

Verwirrt schüttelte er jetzt den Kopf. »Warte mal, du bist nicht …«

»Ich will nicht deine Freundin sein, Nick. Heute nicht, morgen nicht und auch nicht übermorgen.«

»Dann tue es für mich«, sagte er mit ruhiger Stimme. Seine Wut schien schon wieder Geschichte zu sein.

»Für dich?« Ich hörte mich nicht nur ungläubig an, sondern meinte das auch so.

Er seufzte und sah kurz gedankenverloren hinaus.

»Es ist mein letztes Jahr. Ich muss mich voll und ganz auf den Stoff und den Sport konzentrieren.«

»Da wäre eine Freundin, selbst eine Alibi-Freundin, im Weg«, stellte ich fest und hoffte, er würde das auch mal begreifen.

»Das sehe ich auch so. Deswegen sollst du meine Freundin spielen. In den letzten drei Jahren habe ich mir keine Gedanken darüber gemacht, bis ich eine Stalkerin an der Backe hatte, die sich heimlich immer wieder nackt in mein Bett gelegt, meine Sachen angezogen hatte und dann wieder ging, weil sie dachte, ich würde ihren Geruch vermissen, wenn wir uns nicht sahen.«

»Ernsthaft?«

Er nickte, als wäre es ihm peinlich. Sollte es auch, das war wirklich verrückt. Ich versuchte mich an Tanya zu erinnern, aber mehr als hübsche lange blonde Haare hatte ich nicht mehr im Kopf und dass sie jetzt in irgendeiner Einrichtung war.

»Ich wusste nicht, dass es so schlimm war«, sagte ich ihm.

»Ich bin selbst schuld. Selbst Winter hatte gecheckt, dass sie etwas ...« Er suchte nach einer genaueren Beschreibung.

»Verrückt ist?«, half ich ihm.

Nick schmunzelte und sah mich dann wieder an. »Sie hatte Probleme zu Hause, dann dachte sie, ich wäre ihr Fels in der ... egal.« Er winkte ab, holte einmal tief Luft und wurde dann ernster. »Ich will einfach jemanden vorweisen, wenn sie wieder zurückkommen sollte. Und außerdem hält mich das von anderen Studentinnen ab, die mir vielleicht Angebote machen.«

Die Betonung bei dem Wort »Angebote« war nicht zu überhören. Natürlich hatte er Möglichkeiten, so gut wie jede Frau auf dem Campus zu vernaschen, nur warum nahm er sich diese nicht?

»Ich habe vor, meinen Abschluss gut zu machen«, klärte er mich weiter über seine Absichten auf.

»Du brauchst so etwas wie eine Aufpasserin?«

Nick verdrehte die Augen, nickte aber dann. »Wenn es dir besser mit dieser Beschreibung geht, dann bitte. Ich brauche eine Aufpasserin. Offiziell bist du meine Freundin.«

Das hier war kein Versuch, mich ins Bett zu bekommen oder sich lustig über mich zu machen. Er schien wirklich Hilfe zu brauchen.

Dennoch haderte ich mit mir. Was, wenn das alles nach hinten losging? Ich kannte ihn nicht, er kannte mich nicht.

Ich sah in Nicks ruhige Augen. In seinem Blick konnte ich sehen, was ihn von den anderen Jungs unterschied. Winter hatte immer diesen Schalk in den Augen, Blake jedoch wirkte gerissen, als wäre er ständig auf der Hut. Wenn ich immer wieder an Amber geraten würde, sähe mein Blick vermutlich nicht anders aus. Und die Sache mit Tanya war die einzige Frauengeschichte, die ich über Nick gehört hatte.

»Okay, ich mach's.«

»Du tust es?«, fragte er ungläubig. So als hätte er mehr Gegenwind von mir erwartet.

Ich zuckte mit der Schulter. »Es denken eh alle, dass wir daten. Aber ich warne dich!« Zornig hob ich den Finger und zeigte auf ihn. »Es wird keine Gerüchte geben, dass wir es in irgendeiner Toilette getrieben haben …«

Nick schüttelte grinsend den Kopf. »Das ist Winters Revier.«

Oh, das beruhigt mich aber jetzt so richtig!

»Keine Umkleidekabinen, kein Gefummel unter der Tribüne, das Auto ist auch tabu und ... hör auf zu grinsen!«

Natürlich hörte er nicht auf mich. »Sorry, ist halt komisch.«

»Was? Dass ich die Grenzen gleich abstecke?«

Er verneinte. »Du hast das Bett vergessen.«

»Das Bett?«, fragte ich ihn verwirrt.

»Wenn du schon glaubst, ich würde Gerüchte über uns im Umlauf bringen ...«, erklärte er und hörte sich ziemlich spöttisch dabei an, »... dann solltest du das Bett mit einschließen.«

»Oh.« Hatte ich tatsächlich das Bett vergessen? Egal. Das war ja wohl selbstverständlich.

Wir blickten uns in die Augen. Nicks Augen schienen nicht mehr belustigt, sie sahen eher wachsam aus.

»Was?«, herrschte ich ihn an, weil mich die Situation langsam nervös machte.

»Wird mir irgendein Kerl Probleme machen? Immerhin habe ich keine Ahnung, ob du schon anderweitig ...«

»Nein«, antwortete ich hastig. Vermutlich zu hastig. Es gab niemanden, auch wenn ich gehofft hatte, es gäbe jemanden. *Ihn* hatte ich heute noch nicht gesehen, aber irgendwann würde es darauf hinauslaufen.

Nick wirkte ziemlich zufrieden.

»Die ganze Woche über habe ich zusätzliches Training«, erklärte er mir und klang dabei ziemlich genervt. »Aber danach sitzt du in der Mensa bei mir.«

»Ich soll ...« Mein Schock saß tief, auch wenn seine Bitte nur logisch war. Immerhin hatte ich gerade zugestimmt, seine Freundin zu spielen. »Wie lange soll das Ganze eigentlich gehen?«

Er zuckte mit den Schultern. Irgendwas sagte mir, dass er diese Frage niemals beantworten würde.

Auch mir ging eine Frage im Kopf herum. *Warum steht für ihn fest, dass alle glauben würden, dass ICH seine Freundin sein könnte?*

»Vielleicht solltest du dir eine andere ...«

»Hast du einen Zweitnamen?«, unterbrach er mich.

Verständnislos nickte ich. »Eleanor.«

Er lächelte. »Passt zu dir.«

»Weil du mich ja auch so gut kennst«, verspottete ich ihn.

»Wir daten, Jill. Wir lernen uns also noch kennen. Deine Lieblingsfarbe?«

»Blau«, antwortete ich, obwohl ich ziemlich überrascht von seinen Äußerungen war.

Er hob meine Tasche hoch, die irgendwann auf den Boden gefallen war und kam damit auf mich zu.

»Hobbys?«

»Mich nicht von Footballspielern nerven lassen«, antwortete ich und wurde von seinem intensiven Blick angezogen, den er auf mich richtete.

Sein Grinsen wurde breiter, als ich weiterredete. »Lesen, Musik hören, was man halt so macht.«

»Lieblingsessen?«

»Genug«, schnaubte ich.

Nicks Stirn runzelte sich. »Du bist wirklich merkwürdig.«

Hatte er das auch mal begriffen?

Er sah auf seine Uhr. »Ich muss langsam los.«

Nick zog sich die Kapuze wieder über den Kopf. Er bemerkte meine Verwirrung darüber.

»Es geht tatsächlich herum, dass ich Probleme mit meiner Standfestigkeit hätte. Kaum zu glauben, was?« Er klang belustigt, nicht mehr wütend darüber.

Na, toll. Ich war nicht besser als Kelly Sanders. Jetzt musste er sich verstecken, weil alle den Schwachsinn glaubten. Immerhin gab es hier genug Studentinnen, die wussten, dass das nicht stimmte.

»Mach dir keine Sorgen. Morgen redet keiner mehr darüber«, antwortete ich ihm.

»Ach, und da bist du dir sicher.« Er glaubte mir nicht, aber wenn einer verstand, wie diese ganze Gerüchteküche funktionierte, dann wohl ich. Immerhin war ich für Kelly, die Cheerleader und wer weiß noch für wen ein perfektes Opfer, das man nerven konnte.

»Absolut«, beendete ich das Thema.

Einen Augenblick lang sahen wir uns wieder an. Es war ruhig hier drin, was kein Wunder war, immerhin waren wir allein. Und dieser Gedanke machte mich gerade ziemlich nervös.

»Weißt du, was ich mich gerade frage?«

Ich schüttelte den Kopf.

»Wie würde meine Freundin wohl ...« Er kam noch näher, bis ich zurückwich und irgendwann die Tür hinter mir spürte. »In einem Kleid aussehen?«

Sein Atem roch nach Minze, sein Duschgel war so präsent, dass klar war, woher er kam. Er hatte vorhin Training gehabt. Vermutlich hatten sie ihn alle aufgezogen. Und das nur, weil ich gelogen hatte.

»Ich glaube«, sprach er weiter und ließ mir dann wieder etwas Platz. »Sehr gut sogar.«

»Sehe ich heute etwa nicht gut für dich aus?«, grinste ich und da hatte ich ihn kalt erwischt. Nick wirkte unsicher, was er antworten sollte. Wollte er meine Gefühle nicht verletzen? Warum zögerte er. Mir war doch bewusst, wie ich herumlief. »Ich sehe völlig verrückt aus, Nick. Sag lieber die Wahrheit, anstatt dich blöde herumzudrucksen.«

»Mach ich«, antwortete er betont ernst.

Ich holte tief Luft. »Also, wenn du jetzt los musst ...«

Eigentlich gab es so einiges zu besprechen, nur fand ich diesen Ort, diese Situation alles andere als passend.

»Ich muss, wenn ich aber könnte ...«, antwortete er und ich winkte gespielt fröhlich ab. Auf keinen Fall würde ich ihm zeigen, dass ich mir wünschte, er würde bleiben.

NICK

»Morgen«, murmelte Jason, als er an mir vorbeilief. Ich wartete noch auf einen weiteren netten Spitznamen. Winter hatte mir gestern Abend noch so einige reingedrückt, wie zum Beispiel Schlappi oder Mr. Viagra.

Ich tat so, als würde mir das am Arsch vorbeigehen. Denn wenn man erst versuchte, sich zu verteidigen, sah man schuldig aus. Ein schuldiger Impotenter war in einem Footballteam der Zirkusclown. *So gefühlt für immer.*

Und da ich schon völlig plemplem im Kopf war, holte ich mir abends erst mal einen runter. Vielleicht um mir selbst etwas zu beweisen, vielleicht aber auch, weil ich diese kleine Zicke nicht mehr aus dem Kopf bekam.

Von wegen schüchtern. Jill war ein Biest, wenn sie einen einschätzen konnte. Und anscheinend dachte sie, mich mittlerweile zu kennen.

Ich kam wie ein unerfahrener 15-Jähriger in wenigen Minuten auf meinem Bauch, nur weil ich an ihre scharfe Zunge dachte. Da brauchte ich mir nicht mal vorstellen, wie sie unter diesen riesigen Klamotten aussah. Ich wusste es auch so ...

Ich starrte zu Jason, der meistens der Letzte beim Training war. Heute war dem nicht so.

»Ist was?«, murmelte er, weil ich ihn wohl zu lange angestarrt hatte.

»Nö«, antwortete ich und ließ ihn weiter am Spind herumhantieren. Bester Laune war er nicht, aber gut, das war Blakes Problem.

»Scheiße, der Typ hat es drauf«, sprach Winter, der jetzt auch in die Kabine kam.

»Ich sag dir, zwei Weiber auf einmal - in dem Alter? Der Typ hat ‚ne Krone verdient«, redete Mike weiter.

Wovon sprachen sie?

»Hey«, begrüßten sie mich beide und setzten sich auf die kleine Bank vor mir.

»Eine von den beiden soll ein norwegisches Model sein. Ich meine, wo zum Teufel hat der Jeggins die aufgegabelt?« Mike schien völlig fasziniert.

»Du solltest dich lieber fragen, warum du kein norwegisches Model abbekommen hast«, lachte Winter laut auf.

»Wovon redet ihr?«, fragte ich verwirrt.

Winter sah sich um, als dürfte das niemand wissen. »Du glaubst das echt nicht, aber es wurde mehrmals bestätigt. Der Jeggins hatte gestern Nacht einen Dreier.«

Jeggins?

»Der Hornbrillen-Jeggins?«, fragte ich überrascht nach.

Winter nickte ernst. »Ich wollte es auch nicht glauben, aber es ergibt irgendwie Sinn. Ich meine, der Typ ist mitleiderregend, das kann schon mal zu Sex führen.«

Ich runzelte die Stirn.

»Ohne Scheiß, ich bin echt neidisch«, seufzte Mike und schloss kurz die Augen, als würde er sich gerade den Dreier vorstellen. *Gruselig.*

»Ihr redet vom Jeggins, oder? Scheiße, er soll eine rassige Rothaarige durchgevögelt haben«, mischte sich jetzt Sean ein, der dazugekommen war. Die Truppe wurde immer größer.

»Echt? Ich habe gehört, dass auch eine vierte dabei gewesen sein soll.«

»What?«

»No way.«

»EYYYYYYYYY!«, brüllte plötzlich Blake durch die Kabine. Er wirkte leicht gereizt. »Wenn ihr so weitermacht, gibt euch der Coach nie wieder die Möglichkeit, euch nur ansatzweise an Jeggins Vorbild heranzureichen. Also los, Ärsche bewegen!«

Und sie taten es. Alle bewegten sich, zogen sich um, während Blake sich zu mir stellte und seinen eigenen Spind öffnete.

»Krass, was Jeggins da abzieht. Hut ab«, murmelte Blake und zog sein Trikot aus dem Spind.

Ich sah ihn an.

»Immerhin ist er wirklich der größte Idiot, der mir je untergekommen ist. Er ist nicht viel älter als wir, und doch spielt er in einer völlig anderen Liga. Echt verrückt, wenn das wahr sein soll, was erzählt wird.«

Je mehr ich Blake zuhörte, umso nachdenklicher wurde ich.

»Und du bist auch nicht mehr Gesprächsthema Nummer eins. Auch wenn Winter dich sicher nicht so schnell vom Haken lassen wird.«

Blake grinste mich an und ich versuchte es ihm gleichzutun. Es gelang mir nur bedingt.

»Ich bin so im Arsch«, murmelte Winter. Wir hatten nicht viel Zeit für eine Pause, also saßen Blake, Jason, Winter und ich auf der Wiese draußen herum. Ein paar Mädels kicherten ein paar Meter von uns entfernt wie wild herum. Aber selbst Winter fühlte sich zu müde für den Mist.

Das Wetter spielte wie immer mit. Sonne satt am Himmel.

»Seine Frau hat ihn verlassen. Klar, dass er die Nerven verliert«, verteidigte Blake den Coach.

»Das ist ein Grund zu feiern«, entgegnete Winter und hielt die Augen geschlossen, um die Sonnenstrahlen zu genießen. »Und kein Grund, uns das Training zur Hölle zu machen!«

Blake verdrehte die Augen, und ich schüttelte den Kopf. Den ganzen Morgen ging das Gerücht über Mr. Jeggins rum wie ein Lauffeuer. Jeder dichtete immer wieder etwas dazu. Es begann mit einem Dreier und endete mit Gruppensex, an dem wohl auch noch ein anderer Lehrer beteiligt sein sollte. Momentan standen die Wetten 2:1 auf die heiße Spanischprofessorin Mrs. Alvarez.

Und meine angebliche Impotenz? Als hätte es das Gerücht nie gegeben.

»Wer zum Teufel ist das?«, fragte Winter, und ich sah ihn verwirrt an.

Er starrte geradeaus, und ich folgte seinem Blick.

Ich spürte, wie auch Blake und Jason ihre Köpfe drehten.

»Heilige Mutter Gottes«, redete Winter weiter.

Ich sah mich um. Den popelnden Professor Winston konnte er nicht meinen. An ihm lief gerade eine Kleine vorbei, die mir irgendwie bekannt vorkam. Bekannt? Ne, nicht nur bekannt!

Ihre Haare wippten wild umher, während sie über den Campus lief. Ihr grünes Kleid ging ihr bis über die Knie, braun gebrannte Knie wohlgemerkt. Sie trug wieder Flip-Flops, und ich wettete meinen Arsch darauf, dass ihre Fußnägel wieder bunt lackiert waren und ein kleiner Zehenring zu sehen war. Von hier aus konnte ich das nicht genau erkennen.

Ich grinste.

»Okay, ich stell mich wohl mal vor«, sagte Winter und zog an seinem Kragen.

Ich drückte seine Schulter. »Das ist Jill, du Vollidiot. Mach sie an, und das war dein letzter Versuch jemals wieder bei einer zu landen«, klärte ich mal eben die Sachlage und stand auf.

»Hast du Amber bei ihr gesehen?«, fragte Jason dazwischen, und bekam von Blake einen wirklich gefährlichen Gesichtsausdruck geschenkt.

»Jill?«, hakte Winter überrascht nach. Mir gefiel sein Gesichtsausdruck, der sich plötzlich erhellte, ganz und gar nicht.

Bevor er wirklich noch etwas sehr Dummes tun würde, in dessen Verlauf ich ihm eine reinhauen müsste, griff ich mir meinen Rucksack und folgte ihr.

»Hey, Nick«, trällerte mir irgendeine Brünette zu. Ich nickte kurz, lief aber weiter.

Wo zum Teufel war sie?

Ich lief ins Gebäude, direkt in die Mensa. Vermutlich wollte sie frühstücken, und ich hatte recht damit. Jill war gerade dabei, das Papier von ihrem Muffin zu entfernen. Es war viel los hier drin, sie hatte sich keinen Sitzplatz gesucht. Wäre vermutlich eh ein schwieriges Unterfangen geworden. Sie biss gerade hinein, als ich sie rief.

»Jill!«

Auf einmal begann sie wild zu husten. Schnell lief ich zu ihr und klopfte ihr auf den Rücken.

»Alles okay?«

Sie hustete noch zweimal, dann holte sie wieder tief Luft. Heute hatte sie Locken. Lange, blonde Locken. Ich starrte absichtlich nicht auf das Kleid, weil mich das wieder zu sehr ablenken würde, und Jill war schnell zu verunsichern. Dennoch sah ich auf ihre Füße. Ich grinste. Bunt lackiert.

»Natürlich muss mir das wieder passieren«, murmelte sie vor sich hin.

»Ist ja nicht wirklich etwas passiert«, versuchte ich sie zu beruhigen.

Sie schnaubte. »Muffins sind einfach nicht gut für mich.«

Jill steckte ihn samt Papier in ihre Tasche, und ich musste jetzt einfach auf ihren Hintern starren. Es war nicht so viel zu erkennen, aber ihre Figur konnte ich mir darunter gut vorstellen.

»Du starrst mich an!«

Mein Blick zuckte sofort wieder zu ihrem Gesicht zurück. Sie wirkte misstrauisch, und ich hatte ihr genug Gründe geliefert.

»Dein Hinterteil hat mir nur eben gesagt, dass der Muffin ihm überhaupt nichts getan hätte, er hätte ihn womöglich nur noch knackiger gemacht.«

Jill sah mich sprachlos an, dabei wollte ich gar nicht ihr Hinterteil erwähnen. Aber jedes Mal forderte mich die Kleine hier auf, ihr zu zeigen, dass sie viel zu viel Bullshit redete. Irgendwie wollte ich ihr so vermitteln, wie sie auf mich wirkte. Nicht so, wie sie dachte. Das war schon mal klar.

»Sieh mich nicht so an«, sprach sie und ich hob verteidigend die Hände.

»Du bist die mit dem Kleid.« Anzüglich zuckte ich mit der Augenbraue und sie lächelte. Jill errötete sogar, bis sie etwas vor uns sah und strahlend lächelte. Ich folgte ihrem Blick.

Mr. Jeggins war in die Mensa gekommen, und alle starrten ihn an, natürlich bemerkte er es. Zögerlich drückte er seine große Brille fester auf die Nase. Er versuchte freundlich zu lächeln, aber die Nervosität war ihm anzusehen. Als er sich zur Essensausgabe aufmachen wollte, hielten ihn zwei Frauen auf. Die erwähnte Spanischlehrerin und eine mir unbekannte Professorin. Sie lächelten und hofften auf seine Aufmerksamkeit, die sie auch bekamen. Mr. Jeggins zitterte wie ein 15-Jähriger, ging aber mit ihnen mit, um am Lehrertisch zu sitzen. Sie hatten ihm sogar schon Frühstück besorgt.

Der Typ konnte den Frauen nicht mal in die Augen sehen. Wenn Jeggins einen Dreier - geschweige denn überhaupt Sex - letzte Nacht gehabt haben sollte, dann ... shit, ich würde so einiges dagegen setzen.

Ich sah wieder zu Jill, die sich aufrichtig für ihn zu freuen schien. Sie machte sich nicht lustig oder hoffte, ihren Wetteinsatz zu gewinnen. Sie war kein Typ für so was.

»Moment ...«, sprach ich meinen Gedankengang laut aus. Jill schenkte mir nur einen kurzen Blick, dann sah sie wieder zu Jeggins und den Frauen. Die Reaktion war Bestätigung genug für mich. »Du hast das Gerücht über Jeggins in die Welt gesetzt.«

Jill zuckte so beiläufig mit der Schulter, dass es mir die Sprache verschlug.

»Zwei Fliegen mit einer Klatsche. Über dich wird nicht mehr geredet und Professor Jeggins ist so beliebt wie nie zuvor.«

Sie lief los und ich blieb für einen Moment wie ein Idiot an Ort und Stelle stehen, folgte ihr aber schnell wieder.

»Du hast das für mich getan?«

Wer hatte jemals zuvor so etwas für mich getan?

Sie öffnete mit Schwung die Tür, um wieder hinauszugehen.

»Ich hätte das mit deinem Potenzproblem nicht erzählen sollen«, gab sie zu.

Ich griff nach ihrer Hand und sie blieb sofort stehen. Fragend sah sie auf meinen Arm.

»Da gibt es kein Problem«, machte ich ihr noch einmal klar. Auch wenn es Jill selbst war, die das erzählt hatte, stimmte es nicht. Und verrückterweise wollte ich, dass Jill nicht einmal darüber nachdachte, ob ich impotent war. Sie schmunzelte und entriss sich meinem Griff.

»Und warum hast du das Kleid angezogen?« Ich musste es einfach wissen.

»Es lag ... in meinem Schrank, und ich wollte es tragen. Ganz einfach.«

»Lügnerin«, grinste ich, und sie erwiderte meinen Blick, nur mit mehr Wut in den Augen.

»Wenn du glaubst, ich hätte das für dich getan, dann träum mal schön weiter, Nick.«

»Ich stelle nur die Tatsachen fest, Jill.« Ich betonte ihren Namen, wie sie meinen betonte.

»Und? Wie sieht das für dich aus?« Sie hob leicht den Rock ihres Kleides.

Stirnrunzelnd sah ich sie an. »War es nicht so, dass ihr den Studentinnen Noten gibt?«

»Das machen wir schon Jahre nicht mehr.«

Falsche Antwort. Jill schnaubte.

»Und es waren keine Noten«, verteidigte ich mich und die Jungs weiter. »Es waren Punkte.« Wieder falsche Antwort. Und da es jetzt eh kein Zurück mehr gab ... »Von null bis zehn. Zehn ist das beste Ergebnis.«

Jill schüttelte seufzend den Kopf.

»Meine Güte, wir waren Frischlinge und gerade ins Footballteam gekommen. Warum verteidige ich mich hier eigentlich?«

»Weil ich mit einem Studenten offiziell zusammen bin, der Frauen eine Note aufgrund ihres Aussehens gibt!«

»Punkte«, verbesserte ich sie genervt.

»Dann sag mir mal, was der Unterschied zwischen Noten und Punkten ist«, flüsterte Jill und kam mir ziemlich nah. Sie bemerkte das nicht mal. Ich dafür umso mehr. Sie duftete nach irgendwas, das ich noch nie gerochen hatte. Es war angenehm, frisch und würde mich, so flüsterte mir meine Stimme zu, immer an Jill erinnern.

»Siehst du Kelly?«, begann ich ihr also den Unterschied zu erklären. Vorhin hatte ich sie im Augenwinkel am Kaffeestand stehen sehen, und dort fand auch Jill sie.

»Ja, und? Lass mich raten? Sie ist eine 10?« Sie wirkte ziemlich nüchtern, als sie Kelly erwähnte.

»Keiner von uns würde ihr eine verdammte 10 geben. Dafür ist ihr Rock zu kurz, das Gesicht zu bemalt und ihr aufgesetztes Lächeln zu nervig.«

Während ich ihr all die Gründe aufzählte, warum Kelly in unser aller Achtung niemals steigen würde, fand ich zig Gründe, warum Jill eine 10 von uns bekommen würde.

Sie war natürlich, setzte kein Lächeln auf, wenn sie meinte, wir wollten es sehen. Jill war nicht schüchtern, aber vorsichtig. Sie würde niemanden einfach so in die Arme fallen.

»Ihr wollt mir also sagen, dass ihr einer Frau wie Kelly, die Captain der Cheerleader ist, keine 10 geben würdet, weil ihr Rock zu kurz ist?«

Ihre Frage war berechtigt, aber ich sah nur den kleinen Schönheitsfleck, den sie unter dem rechten Auge hatte. War der immer schon da? Sie trug kein Make-up, sonst hätte man den niemals so deutlich gesehen.

Jill Cooper war nicht mal geschminkt! Dennoch sah sie wie der feuchte Traum jedes Teenagers aus!

»Nick! Ich rede mit dir.«

»Sorry, was?« Ich schüttelte seufzend den Kopf, weil ich mir eigentlich nie so viele Gedanken wegen einer Frau machte.

»Was soll das hier eigentlich werden, Nick? Du siehst doch, dass wir nur streiten, anstatt das süße Pärchen zu spielen, das ja *sooo* verliebt ist.« Auch wenn der Sarkasmus gegen mich ging, gefiel er mir. Jill dachte wirklich noch, sie hätte eine Wahl bei der Sache. »Selbst Tanya würde nicht glauben ...«

Sie war ja süß, wenn sie sich aufregte, aber auch viel zu nervtötend gerade. Also tat ich das, was ich eh die ganze Zeit schon tun wollte. Ich griff mir ihr Handgelenk, zog sie schnell zu mir und küsste sie.

Jill erstarrte, während meine Lippen den Geschmack von ihr in sich aufnahmen. *Himmel Herrgott, so schmeckt sie?*

Ich wollte nicht zu weit gehen, also löste ich mich schneller von ihr, als mir lieb war. Und auch Jill schien ziemlich überrascht. War es jetzt wegen des Kusses? Oder weil sie sich mehr erhofft hatte? Was würde ich jetzt dafür geben, Gedanken lesen zu können.

Vielleicht wollte sie mir auch eine knallen? Bei Jill musste man auf der Hut sein.

Sie blinzelte mehrmals, bis ihr empörter Blick mich traf. Abwehrend hob ich die Hände.

»Denk dran«, flüsterte ich ihr zu und tat so, als hätte uns jemand beobachtet.

»Paare küssen sich.«

»Und denk du dran ...«, flüsterte sie. »Dass ich in meiner Tasche Pfefferspray habe und das Zeug ohne zu zögern benutzen kann.«

Mein Blick huschte zu ihrer Tasche, die sie umgehängt hatte. Ich zweifelte keine Sekunde daran, dass die Story echt war.

Sie lief los und ließ mich selbstverständlich wie einen Deppen allein zurück.

»Bis nachher, Babe«, rief ich ihr nach. Sie hob die Hand und winkte. Wobei das eher kein Winken war. Sie hatte mir den Mittelfinger gezeigt. Aber gut, es hatte keiner weiter gesehen.

JILL

»Aufgeblasener, mieser ...« Ich war voll in Fahrt. Zu schnell. Mein Körper prallte gegen einen anderen und ich flog zur Seite. Innerlich machte ich mich schon auf den Schmerz gefasst, der kommen würde, sobald ich den Asphalt treffen würde, aber nichts passierte.

Warme Hände umschlossen meine Hüften und ich stand sekundenschnell wieder auf meinen zwei Beinen.

»Alles okay?«

Zwei tiefbraune Augen musterten mich besorgt.

Dave Miller hatte mich aufgefangen und starrte mich besorgt an. Von Nahem sah er genauso schön aus wie aus der Ferne.

Ja, es hört sich merkwürdig an. Und ja, ich habe mit Dave noch nie gesprochen und doch ist mir immer schon klar gewesen, dass ich seit meinem ersten Jahr hier in ihn verliebt bin.

Warum ich noch nie mit ihm geredet hatte? Ja, warum wohl? Er, Mitglied im Schwimmteam, superintelligent und supersexy mit den dunkelbraunen Haaren, und dann kam ich ... die moppelige, Blondine, dessen Namen er sicher nicht mal kannte. Sowas konnte doch gar nicht gehen.

»Hast du dir den Kopf verletzt?«, fragte er jetzt weiter.

Ich zuckte erschrocken zusammen, weil ich bisher nur wie bescheuert vor ihm gestanden hatte.

»Oh, nein ... mir geht's gut. Dank dir.« Ich lächelte und hoffte nicht allzu bescheuert dabei auszusehen.

»Du bist Jill, richtig?«, fragte er mich und wirkte ziemlich neugierig.

Er kannte meinen Namen? *Oh mein Gott, er kennt meinen Namen!*

»J-ja.« Eine ganz interessante Antwort.

Dave musterte mich kurz von unten nach oben, dann lächelte er wieder spitzbübisch. Das tat er oft.

»Meine Güte, Jill. Da bist du ja. Wir haben dich schon gesucht.«

Winter drückte mir seinen Arm auf die Schulter. Irritiert sah ich ihn an, aber er konzentrierte sich nur auf Dave, der ziemlich belustigt schien.

»Winter«, sprach Dave ihn an.

Winter sagte kein einziges Wort. »Komm, Jill, die Jungs haben eine Frage ...«

Ich sagte zwar kein Wort, als er mich mit sich nahm, aber ich war auf 180. Ach was, 250!

Blake und Jason saßen auf der Wiese und starrten vor sich hin.

»Oh ja, ich sehe schon, ihr seid schwer beschäftigt«, sagte ich ironisch und riss mich von Winter los.

»Nick ist nicht hier«, sagte Blake und griff nach seinem Rucksack.

Ach was. Das konnte ich auch so sehen.

»Sie war bei Dave Miller. Ich musste sie da wegbekommen«, antwortete Winter, und Blake verharrte in seiner Position.

»Dave Miller?«

Jason schnaubte.

»Und was ist jetzt dein Problem?«, herrschte ich Jason an.

Er schüttelte den Kopf und stand dann auch auf. Ich sah zu Blake, der lieber aus seiner Coladose trank. Winter seufzte.

»Lass dich einfach nicht von Dave anquatschen, okay.«

»Er hat mir nichts getan. Ich kann reden, mit wem ...«

Winter trat ein paar Schritte auf mich zu. »Wenn du mit Nick zusammen bist, solltest du dich erst recht von Dave fernhalten.«

»Lass sie doch, Winter. Sie ist sicher nichts Dauerhaftes«, murmelte Blake und ging an uns vorbei.

»Was zum Teufel hat er für ein Problem?«, fragte ich Winter und hatte wirklich Schwierigkeiten, an Ort und Stelle stehen zu bleiben. Denn liebend gern hätte ich Blake eine verpasst.

»Keine Ahnung, vielleicht fehlt ihm Amber«, erklärte Winter mir. Irritiert sah ich ihn an. Er erwiderte meinen Blick. »Na, die beiden können sich einfach nicht ab. Das gibt ihm, denke ich, einen Kick oder so. Du kennst doch Amber. So ,ne Blonde, mit Brille. Ganz niedlich eigentlich.«

Ich verdrehte die Augen, weil ich Winter einfach nicht glauben konnte, dass er so blöd war.

»Nick hat übrigens nach dir gesucht«, sprach er weiter und holte mich sofort wieder ins Hier und Jetzt zurück. »Hat er dich gefunden?« Er starrte mich neugierig an, und das machte mich ziemlich nervös.

»Warum interessiert dich das?«

Er zuckte mit der Schulter und wandte den Blick von mir ab.

Die Antwort schien er zu kennen, aber warum sagte ich ihm nicht einfach, dass er mich gefunden hatte?

Der Kuss kam mir wieder in den Sinn oder besser: Er war nie aus meinem Kopf verschwunden. Selbst Dave konnte nichts an der Tatsache ändern, dass Nick O'Donnell mich geküsst hatte und ich es ... nicht mal ansatzweise abstoßend fand.

Ja, es war kein leidenschaftlicher Kuss. Es war ein sanftes Vortasten. Vielleicht ein Vortasten auf mehr?

Ich erschauderte bei dem Gedanken.

»Alles in Ordnung?« Winter musterte mich, als hätte er auf genau so eine Reaktion gehofft.

»Natürlich. Ich muss zum Unterricht.«

Es war kurz vor zwei am Mittag, als ich endlich ins Wohnheim gehen konnte. Der Tag war voll von Seminaren, Terminen und einer Menge an Informationen. Ich freute mich ja jetzt schon so richtig auf das letzte College-Jahr.

»Jill, warte mal!«

Dave kam gerade auf mich zugelaufen, als ich ins Wohnheim gehen wollte.

»Dave ...«

Ich biss mir auf die Unterlippe, um mich etwas zu beruhigen.

»Hast du eine Minute für mich?«

Eine Minute? Ich hätte länger Zeit. Viel mehr Zeit.

Er lächelte mich abwartend an, und ich nickte schnell, damit das Gespräch wenigstens nicht stockte.

Dave sah wirklich toll aus in diesem Jogginganzug, der ganz klar vom Schwimmteam stammte. Dunkelblau stand ihm ausgezeichnet.

»Cool, ähm ... ich hoffe, du hast keinen Ärger bekommen. Winter sah aus ...«

Ich winkte ab.

»Winter wollte nur etwas wegen einer Klausur wissen«, stellte ich schnell klar.

»Ah okay, weil, na ja, die Footballspieler sind nicht so gut auf das Schwimmteam zu sprechen. Warum, weiß ich gar nicht. Es ist irgendwie schon länger so.«

Ich nickte, wusste aber nicht wirklich, was er damit meinte.

Er kratzte sich an seiner Stirn. Eine unsichere Geste? Bei Dave?

»Ich weiß gar nicht, wo ich anfangen soll.«

»Vielleicht am Anfang?«, lächelte ich und fand es total süß, dass er nicht wusste, wie er mit mir reden sollte.

»Ja, genau. Bist du jetzt mit Nick zusammen?«

Die Frage überraschte mich.

»Ich meine, ihr hängt oft zusammen und so.«

Oft zusammen? Wann wurden wir denn mal zusammen gesehen? Vielleicht heute Vormittag, als wir uns geküsst hatten. Der Kuss? War das der Grund? Die Gerüchte taten natürlich ihr Übriges.

»Ja, das mit Nick ...«

Was sollte ich ihm sagen? Die Wahrheit? Dave war schon immer mein heimlicher Schwarm gewesen. *Ja, das hört sich vielleicht total kindisch an, aber so ist es.*

Nach Patrick hatte ich so dermaßen die Schnauze voll von Männern, dass ich aktiv nie auf die Suche gegangen war. Als ich aufs College ging, sah ich Dave bei einem

Spiel. Es war Liebe auf den ersten Blick. Seitdem sah ich immer erst ihn in der Mensa, wenn ich eintrat. Er sah mich zwar nie an, aber jetzt endlich redeten wir miteinander. Das war doch ein guter Anfang ...

»Dave, kommst du?« Ein Student rief nach ihm, und er seufzte.

»Ich komme gleich«, antwortete er ihm. »Sorry, wir müssen gleich zum Training. Pass auf, ich würde mich echt freuen, wenn wir mal was zusammen machen.«

Ich öffnete den Mund, um ihm zu antworten, aber er kam mir zuvor.

»Nick muss auch nichts davon wissen.« Er zwinkerte mir verschwörerisch zu.

»Ich muss los. Wir sehen uns.«

Dave lief los und ließ mich sprachlos zurück.

Hatte er mir gerade wirklich vorgeschlagen, mit ihm auszugehen, obwohl er in der Annahme war, ich wäre mit Nick zusammen? Das hatte er nicht!

»Hatte er doch«, seufzte ich und fuhr mir durch mein Gesicht.

Der, dem ich drei Jahre immer hinterhergesehen hatte, der in meinen Träumen aufgetaucht war ... der hatte diese ganze Schwärmerei mit wenigen Sätzen zerstört.

Na, wunderbar! Offiziell war ich mit dem Schwerenöter schlechthin zusammen, und der andere miese Kerl war ernsthaft interessiert.

Ich sah hoch in den Himmel.

War das dein Ernst?

Natürlich kam keine Antwort. Selbst wenn eine gekommen wäre ... das war doch einfach beschissen und ich wüsste schon, wen ich dafür verantwortlich machen konnte.

NICK

»Nick!«, rief meine kleine Schwester fröhlich in den Hörer.

»Na, wie gehts dir? Was macht die Schule?«

Ich setzte mich auf mein Bett und wartete ab. Das Thema war heikel, aber es musste angesprochen werden.

»Können wir nicht über was anderes reden?«, stöhnte sie genervt auf. Ich schüttelte den Kopf.

»Das letzte Mal, als wir sprachen, hattest du gerade ein F in Mathe gehabt.«

»Hmm ...«

»Komm schon, Molly. Du musst ...«

»Wenn du jetzt nur anrufst, weil du Dads Vortrag wiederholen willst, dann ...«

Auch wenn sie sich sträubte, über ihre schlechten Noten zu reden, beruhigte es mich, dass Dad bereits seinen Job erledigt hatte.

Meine Eltern waren keinesfalls normal. Sie waren stinkreich und sollten sich nach der Faustregel um nichts weiter mehr kümmern. Okay, vielleicht nahm ich mir zu oft Blakes Eltern als Vorbild, da die sich einen Scheiß um ihren einzigen Sohn kümmerten. Tja, aber unsere Familie war schon lang reich, und mein

Großvater hielt sich immer an das Motto, mit dem er meinen Dad großgezogen hatte: *Man wird nicht besser, wenn man andere schlecht macht.*

So lebte und liebte er, und das gab mein Dad auch an uns weiter. Deswegen wollte Dad, dass wir etwas für unser Geld taten, zum Beispiel die Schule gut beenden. Tja, was war also das Negative an so einem Leben?

Dass meine 10-jährige Schwester gerade erzählte, sie hatte Mom und Dad innig im Whirlpool erwischt. Für mich war das nichts Neues, die beiden fielen praktisch überall übereinander her. Aber Molly? Ich hatte erwartet, dass sie sich wenigstens etwas zurückhalten würden, wenn sie mit ihr allein waren. Tja, weit gefehlt.

»Ich bin nicht Dad, aber dein großer Bruder.«

Mom und Dad hatten es nach mir noch viele Jahre versucht, ein weiteres Kind zu bekommen. *Mann, ich habe sie bei fast jedem Versuch erwischt.* Als sie die Hoffnung schon aufgegeben hatten, wurde Mom dann doch noch schwanger. Für einen 12-Jährigen war das damals der Horror. Jetzt freute ich mich auf jeden Anruf mit der Kleinen.

»Ich muss jetzt zur Nachhilfe«, murrte sie, und ich grinste.

»Als ich in deinem Alter war, saß ich Stunden in der Nachhilfe.«

»Echt?«

»Na klar. Mathe, Geschichte, sogar Kunst war nichts für mich. Mom und Dad haben …«

»Stimmt das, Dad?« Ich kratzte mich an meinem nackten Bauch. Wenn ich zu Hause war, trug ich meistens nur eine Jogginghose.

»Was?«, hörte ich meinen Dad fragen.

»Nick musste in noch viel mehr Nachhilfestunden als ich.«

Ich hörte Dad schwer seufzen. Das Grinsen in meinem Gesicht konnte er Gott sei Dank nicht sehen. Er hätte mir vermutlich eine verpasst.

»Dein Bruder hat noch weniger gehört als du. Also nimm dir ein Beispiel an ihm. Er hat sich geändert, so halbwegs.«

Das war eine Spitze an mich, weil ich Molly von meinen anfänglichen Schulproblemen erzählt hatte. Ich verstand den Wink auch so.

»Grüß den Esel mal. Und du machst bitte deine Hausaufgaben weiter«, redete er weiter und verließ wohl ihr Zimmer. Ich hörte noch, wie die Tür sich schloss.

Molly seufzte wieder.

»Tu, was Dad dir sagt, Molly.«

»Ja ja. Hab dich lieb, ach, und schöne Grüße von Dad.«

»Ich dich auch,« antwortete ich und verdrehte gespielt fröhlich die Augen.

Ich legte auf und starrte Jill an, die in der Tür stand und mich fragend anschaute. Falsch. Sie sah eher so aus, als würde sie gleich platzen. Hinter ihr stand Winter, der amüsiert irgendein Zeug aß. Ich wettete auf seine heißgeliebten Cornpops.

»Da will dich jemand besuchen.« Winters Grinsen konnte er sich sonst wohin schieben.

»Jill.« Ich legte das Handy auf meinem Nachttisch ab und war mehr als überrascht, sie hier zu sehen.

Sie trug noch das gleiche Kleid wie vorhin.

Jill drehte sich zu Winter um. »Hast du nicht irgendwas zu tun?«

Winter grinste. »Nicht dass ich wüsste.«

Sie sah an Winter vorbei ins Wohnzimmer. »Brennt da etwa ein Mülleimer?«

»WAS?«

Ich versuchte nicht laut loszulachen, während Winter sich panisch umdrehte und Jill dies nutzte, um die Tür hinter sich zu schließen.

Sie schüttelte den Kopf, schaute dann wieder zu mir. Ich spürte ihren Blick auf meiner Brust.

»Könntest du dir was anziehen?«

»Ne«, antwortete ich amüsiert.

Sie seufzte. »Na gut. Amber kommt nächste Woche zurück. Wenn wir beide ein Paar spielen müssen, dann ...« Jill lief zu meinem Regal, das viel zu überladen war mit Büchern. »Das mit uns muss sich langsam entwickeln. Sonst glaubt sie mir kein einziges Wort, was uns angeht.«

Ich beobachtete sie genau, während Jill alles in meinem Zimmer neugierig musterte. Es war verblüffend, wie sie gerade über unsere Fake-Beziehung redete. Vor ein paar Stunden war sie sauer abgezogen, jetzt schien sie mir erklären zu wollen, wie die Sache doch durchgezogen werden sollte.

»Du willst Amber also auch vorspielen, dass wir ein Paar sind«, sagte ich und verschränkte die Arme vor der Brust. Ich bewunderte ihren Hintern.

»Sie würde mich für völlig verrückt erklären, wenn ich ihr die Wahrheit sagen würde. Auch wenn ihr beide euch versteht.« Sie wandte sich zu mir um und sah mich an. »Ich will sie nicht belügen, aber ich will auch nicht, dass ...«

»Was?«

Sie kratzte sich an ihrem Hals. »Ich habe meine eigenen Gründe, das jetzt doch durchzuziehen. Das muss reichen.«

Ich runzelte die Stirn. Sie verheimlichte mir etwas. Jill versuchte, meinem fragenden Blick auszuweichen.

»Ich weiß nicht, was mich mehr schockieren soll. Dass du tatsächlich die Bücher von *Thomas Hardy* auf deinem Regal gelesen hast oder dass du alle Staffeln von *How I Met Your Mother* besitzt.«

Ich grinste. »Du weißt vieles nicht über mich.«

Und der Plan war, dass sie so einiges noch erfahren sollte.

»Du hast eine Schwester?«

Sie hatte also mein Telefongespräch mitbekommen.

»Jepp, Molly heißt sie.«

Sie nickte und spielte auf meinem Schreibtisch herum.

»Und deine Eltern?«

Ich seufzte, als ich mich zu ihr an den Tisch stellte. Einen guten Meter Abstand ließ ich aber zwischen uns.

»Sie sind seit 25 Jahren verheiratet, superreich und supernervig.«

Jill grinste daraufhin, und ich fühlte mich deswegen einfach grandios. Ich hatte sie zum Lächeln gebracht.

»Nein ehrlich, die beiden sind immer noch so verdammt verknallt ineinander, dass es selbst Molly oft zu viel wird.«

Jill lachte, und der Klang war atemberaubend. Ich fühlte mich fast so euphorisch wie nach einem gewonnenen Spiel.

»Und deine Familie?«

Sie lächelte sanft. »Ich bin Einzelkind, sie leben in L.A., wie du bereits vermutest. Meine Eltern sind seit …« Sie schien vor sich hin zu rechnen. »Ich werde im Januar 22, also sind sie … jetzt knapp 21 Jahre verheiratet.«

Ich nickte schelmisch.

»Ja, ein handfester Skandal.«

Jetzt lachte ich über ihre Antwort.

»Und sie sind normalsterblich.«

»Normalsterblich?«, wiederholte ich fragend.

Jill sah auf meine Brust und schüttelte dann den Kopf.

»Vergiss es.«

Ich musterte ihr Gesicht. Jill wirkte jetzt schon die ganzen fünf Minuten hier ziemlich nachdenklich. Als würde sie etwas beschäftigen.

»Warum hast du deine Meinung geändert?«, fragte ich sie also direkt.

»Was meinst du?« Wieder schaute sie mir nicht ins Gesicht, und das machte mich so langsam wahnsinnig.

»Du hast mir vorhin klipp und klar gesagt, wie sehr du keinen Bock hast, meine Freundin zu spielen.«

»Das war nur so dahingesagt.« Jill sah an die Decke.

»Und der Mittelfinger?«

Es gelang ihr nicht, das Schmunzeln zu unterdrücken.

»Okay, der war wohl so gemeint.«

Ich sagte nichts, sondern wartete darauf, dass sie von sich aus endlich Tacheles redete.

»Es ist wegen Dave …«

Dave? Welcher Dave? Die Verwirrung war mir anzusehen, und sie bemerkte es.

»Dave Miller.«

Ich erstarrte. Sie wollte mir doch jetzt nicht sagen, dass er, ausgerechnet dieses Arschloch ...

»Nick?«

Jill schaute mich fragend an.

»Sorry, rede weiter.« Ich versuchte ruhig zu wirken. Wer wusste schon, was sie über ihn sagen würde. Bevor ich hier ausrastete, schaltete ich erst einmal meinen Kopf wieder ein. Ich war verdammt noch mal nicht wie Blake oder Winter, die erst mit der Birne durch die Wand liefen, bevor sie darüber nachdachten. Und was, wenn er sie auch ...

»Er ist ein Mistkerl.«

Die Erleichterung war mir anzuhören. Ich holte laut und sichtlich zufrieden Luft. Sie sah mich nicht an, während sie weiterredete. Wir beide standen immer noch angelehnt an meinem Schreibtisch. Eine merkwürdige Situation, aber sie fühlte sich nicht falsch an. Es war nur ... wann stand ich jemals mit einem hübschen Mädchen in meinem Zimmer herum, ohne irgendwas Versautes zu treiben und einfach nur zu reden? Ich konnte mich an keine Einzige erinnern. Smalltalk zählte nicht.

»Hat er dir irgendwie ... ist er dir zu nahe gekommen, oder so?« Angespannt wartete ich auf ihre Antwort.

Aber Jill überraschte mich, indem sie schnaubte. »Wir haben nie miteinander geredet. Außer heute.«

»Okay«, antwortete ich, verstand aber immer noch nicht ganz, worauf das hinauslaufen sollte, also entschied ich mich einfach, auf Jills Antwort zu warten.

»Nichts ist okay. Dieser Mistkerl wollte mit mir ausgehen, obwohl er dachte, wir beide wären zusammen,

Nick. Weißt du wie ... wie demütigend das ist?« Sie fuhr sich durch ihr Gesicht, als hätte sie es wirklich gewundert, wie Dave war. Je länger ich ihr enttäuschtes Gesicht betrachtete, umso mehr wurde mir etwas klar.

»Du stehst auf ihn«, sprach ich mit monotoner Stimme.

Wieder kam dieses Schnauben von ihr. »Ich war eigentlich hier, um dich zur Sau zu machen.«

»Mich?«

»Ja, dich!«, antwortete sie etwas lauter und aggressiver. »Immerhin ist dieses Gerücht, wir wären zusammen, schuld daran, dass ich plötzlich interessant für Dave bin.« Sie lachte freudlos auf. »Ich dachte, er könnte sich nach unserer Vereinbarung vielleicht für mich interessieren. Aber das jetzt? Da schwärmt man jahrelang für einen Typen, und der will einen nur, weil er denkt, ich wäre mit einem anderen zusammen. Das ist doch ...«

Ich wollte diesen Namen weder hören noch wollte ich sie so traurig erleben. Ich nahm den letzten Schritt, der die ganze Zeit gefehlt hatte, und küsste sie. Jill war überrascht, aber das änderte sich schnell. Ihre Hände berührten meine Oberarme, sie drückte mich allerdings nicht von sich weg. Jill hielt sich an mir fest.

Also ging ich weiter und öffnete meinen Mund, um ihre Zunge endlich zu schmecken. Jetzt hielt ich sie fest, drückte sie an mich und spürte ihre Zunge, die meine massierte.

Meine Jogginghose wurde immer enger im Schritt. Wir küssten uns lang, bis sie irgendwann die Lippen von meinen löste.

»Nick ...« Sie seufzte. »Was ...«

Bevor sie mir Vorwürfe machen, es leugnen würde oder sonst irgendwas sagte, sprach ich.

»Wir spielen ein Paar, Jill. Paare küssen sich.«

Wir standen nur Zentimeter voneinander entfernt. Sie spürte meinen Ständer, ich spürte jede verfluchte schöne Rundung unter ihrem Kleid. Es wäre der perfekte Moment gewesen, weiter zu gehen. Aber ich tat es wegen vieler Dinge nicht.

Jill war hier, weil sie jemanden zum Reden brauchte. Auch wenn sie das vermutlich abstreiten würde. Weil sie mit mir geredet hatte, wusste ich jetzt, dass Jill auf Dave Miller stand und es bitterlich bereute. Gott sei Dank. Sonst hätte ich ihr bereits die Wahrheit über ihn und das gesamte Schwimmteam erzählt. Aber der Idiot hatte es von selbst vermasselt.

Ich sah auf ihre leicht geröteten Lippen.

»Dave wird die Finger von dir lassen.«

»Ich werde ihm sicher nicht die Gelegenheit geben ...«

»Schön zu hören, aber trotzdem ist es keine Diskussion wert. Du bist meine Freundin.« Argwöhnisch musterte sie mich. »Fake-Freundin. Du bist tabu, und das sollte er wissen.« Das sollten alle wissen!

»Ich werde mich nie mit ihm treffen. So was tue ich nicht.«

Das war auch nicht mein Problem. Nicht mal ansatzweise würde ich glauben, dass sie so etwas tun würde. Es ging hier aber um etwas anderes. Das würde sie nicht verstehen, also sprach ich nicht mehr davon.

»Wann wird Amber zurück auf die Uni kommen?«, fragte ich also stattdessen. Ihr schien der Themenwechsel auch ganz recht zu sein.

»Montag, denke ich.«

Keine Ahnung, warum sie später kam, es schien Jill aber wichtig, dass Amber die Beziehung zwischen uns als »echt« ansah. Und wenn es ihr so wichtig war, würde ich da nichts gegen sagen.

»Wir lassen es also langsam angehen«, sprach ich ihre Bitte jetzt an. »Damit es glaubwürdig wirkt.«

Ich war froh, dass sie hergekommen war, aber gleichzeitig auch leicht verunsichert. Warum hatte sie mich direkt aufgesucht, nachdem Miller ihr offensichtlich klargemacht hatte, was für ein Arsch er war? Ich war doch nicht etwa in diese ewige Friend-Zone gerutscht? Ich hatte davon gehört, es aber nie am eigenen Leib spüren müssen.

Never! Sie hatte den Kuss erwidert und auch körperlich auf mich reagiert. Sorgen darüber musste ich mir also nicht machen.

»Ich werde nicht mit dir schlafen, Nick.«

Jills feste Stimme holte mich aus meinen eigenen Gedanken zurück. Ich nahm noch etwas Abstand, damit ich selbst auch wieder atmen konnte. Mein Ständer hatte sich mittlerweile auch wieder gelegt.

Ich sah sie an. *Blöd bin ich nicht. Niemand reagiert so extrem, wenn man dabei nicht an Sex gedacht hat.*

»Du hast ja eine echt nette Meinung von mir.«

JILL

Nicks Miene verwandelte sich in Wut.

»Ich ... wollte nur die Fronten klären«, erklärte ich mit zittriger Stimme. Ich war zu weit gegangen. Aber was erwartete er eigentlich? Nick hatte *mich* geküsst! Und das, obwohl niemand hier war, der das sehen konnte. Immerhin spielte ich vor anderen seine Freundin.

»Ach, die Fronten«, schnaubte er und das stand ihm ganz und gar nicht. Er wirkte gekränkt. *Oh ja, ich bin definitiv zu weit gegangen.*

Als er dann auch noch mehr Abstand zwischen uns nahm, fühlte sich das irgendwie falsch an.

»Ich meine ...«

»Du meinst«, fuhr er mir dazwischen und hatte innerhalb von Sekunden ein Shirt angezogen. Das gefiel mir noch weniger, was mich ziemlich irritierte. »Dass du mich ständig daran erinnern musst, wie wenig du von mir hältst? Das hast du doch gerade wieder anschaulich klargemacht.«

»Das ist ziemlich unfair«, konterte ich mit sehr leiser und auch unsicherer Stimme.

»Unfair ist ...« Nick sprach nicht weiter, schien sich stattdessen auf die Innenseite seiner Wange zu beißen. »Warum spielst du das Spiel mit?«

Nick schien auf meine Antwort zu warten, die aber nicht kam. Was sollte ich ihm sagen? Ich war eigentlich hier, um ihm zu sagen, dass er daran schuld war, dass Dave Miller ein Arschloch war. Okay, vielleicht war es nicht seine Schuld. Aber er war schuld, dass ich es erfahren hatte. Die rosarote Blase war geplatzt, und das nur wegen Nick!

»Du willst ihn eifersüchtig machen ...«

Gut, was sollte ich jetzt dazu sagen?

»Ach, komm schon«, lächelte ich, wusste aber, dass ich total verrückt dabei klang. »Ich wollte dir nur erklären, dass ein Kuss irgendwie okay ist, aber Sex ...«

Seinem Gesichtsausdruck nach zu deuten, waren das nicht die richtigen Worte.

»Nick, du willst doch nicht wirklich mit mir schlafen«, sprach ich ungläubig.

Er sagte nichts, fuhr sich durch sein Haar und ging dann zur Tür, um sie zu öffnen.

Davor stand schon Winter, der mit den Händen vor der Brust verschränkt am Türrahmen stand und schmunzelte.

»Alles klar hier?«

»Sicher, Jill wollte gerade gehen.«

Überrascht öffnete ich den Mund. Er schmiss mich raus?

Nick sah mich abwartend an und dann reichte es auch mir.

»Die ganze Zeit über habe ich mich gefragt, wer mich an dich erinnert ...«

Nick und Winter sahen sich verwirrt an. Aber ich legte noch eines drauf.

»Unser 5-jähriger Mischling Robby. Der markierte auch jede bescheuerte Stelle, und war sofort sauer, wenn ein Weibchen nicht darauf eingestiegen ist.«

Winter räusperte sich belustigt hinter seiner Faust. Nick wirkte noch wütender als sonst, aber das war ja beabsichtigt.

»Ich wünsche den Herren einen wunderschönen Nachmittag«, verabschiedete ich mich und drückte mich an den beiden vorbei. »Und achte auf deinen Mülleimer, Winter.«

»Haha, sehr witzig«, rief er mir nach.

NICK

Ich sah ihr nach, wie sie das Apartment verließ.

»Sie hat Krallen«, kommentierte Winter ihren Abgang und wirkte ziemlich zufrieden mit dieser Tatsache. Das wiederum nervte mich nur noch mehr.

Ich brauchte dringend ein Bier, also lief ich in die Küche und öffnete den Kühlschrank. Natürlich war dieser halb leer und kein Bier darin zu finden.

Frustriert schmiss ich die Tür zu.

»Du bist mit Einkaufen dran. Also erledige das endlich!«, meckerte ich Winter an, der sich an den Tisch gesetzt hatte und mich musterte.

»Sicher, dass es hier um den Einkauf geht?« Winters ironische Bemerkung konnte er sich sonst wohin schieben. »Worum ging es eigentlich bei eurem Streit? Um Miller?«

Ich sah ihn an. »Du weißt das mit ihm?«

Hatte sie ihm auch erzählt, dass sie auf den Idioten stand? Das wurde ja immer besser.

Winter zuckte mit der Schulter. »Hab sie auf dem Campus mit ihm gesehen. Und mich ganz gentlemanlike benommen, indem ich sie von ihm weggebracht habe.« Winter grinste stolz und drückte die Brust etwas heraus.

Ich beruhigte mich nur bedingt. Jill hatte ihm nichts über Dave erzählt, aber der Penner hatte wirklich Interesse an ihr, weil ich ins Spiel gekommen war. Mieser ...

»Danke Winter, dass du mein Mädchen gerettet hast«, äffte dieser mich völlig übertrieben nach.

»Halt's Maul!«, antwortete ich ihm und griff mir aus Frust die letzte Cornpopspackung.

»Hey, das sind meine!«

»Dann geh einkaufen und du hast mehr davon«, konterte ich und lief zu meinem Zimmer.

»Weißt du, was ich nicht kapiere?«, rief er mir fragend nach.

Ich drehte mich zu ihm um.

»Was?«

Winter drehte sich mit dem Stuhl in meine Richtung. »So frisch Verknallte müssten doch wie die Karnickel die ganze Zeit vögeln. Stressabbau und so.«

»Ist das eine Frage?«, konterte ich genervt.

Winter zuckte beiläufig mit der Schulter und drehte sich wieder nach vorn.

»Wollte es nur mal gesagt haben. Du wirkst ziemlich gestresst.«

Ich biss mir auf meine Zunge, um mich zu beherrschen, und verzog mich dann wieder in mein Zimmer. Der Penner hatte viel zu viel mitbekommen. Aber der Vogel hatte auch recht.

Ich war gestresst, weil das mit Jill in eine Richtung ging, die so nicht geplant war.

Seufzend warf ich die Cornpopspackung auf meinen Schreibtisch. Das Zeug war noch nie was für mich gewesen, aber um Winter eins reinzuwürgen, war es das wert gewesen.

Ich sah länger als nötig auf den Schreibtisch. Jill hatte dort gerade noch gestanden, als ich sie geküsst hatte.

Wie war noch mal der Plan gewesen? Jill so lange mitspielen lassen, bis sie von dieser Fake-Beziehung so überzeugt war, dass sie gar nicht mehr aufhören wollte? Dass sie mit mir wirklich zusammen sein wollte? Ich würde jetzt breit grinsen, wenn ich nicht an ihre Beweggründe denken würde.

Dave hatte sie enttäuscht und es war nicht schwer zu erraten, dass sie ihn jetzt eifersüchtig machen wollte. Nur würde das nach hinten losgehen. Ich kannte Miller. Wir alle kannten das Team. Allein schon, weil sie absolut keine Ahnung von deren Geschichten hatte, wollte ich sie beschützen. Und natürlich, weil Tanya irgendwann zurückkommen könnte. Ich glaubte nicht mehr wirklich daran, ihre verrückten Briefe aus der Anstalt waren nicht mehr im Briefkasten, und die nächtlichen Anrufe hatten auch aufgehört ...

Aber das musste Jill ja nicht wissen. Wieder schoss mein Blick zum Schreibtisch rüber. Der Kuss war nicht nur ein Kuss gewesen. Sie hatte reagiert, wollte es auch, und nur aus Selbstzweifeln und vielleicht aus Selbstschutz hatte sie das beendet.

An ihrer Denkweise mussten wir etwas ändern. Dass sie mich ständig mit Lucifer verglich, ging mir gehörig gegen den Strich, wobei ... Ich griff instinktiv nach einer meiner *How I Met Your Mother*-DVDs. Manchmal half es ja doch, das Arschloch vom Dienst zu spielen.

JILL

Den restlichen Tag über redete ich mir ein, dass es das jetzt gewesen war. Dennoch tauchte ich am Montag wieder mit einem Kleid auf - der Kartoffelsack blieb zu Hause - und belog meine beste Freundin. Okay, ich belog sie nicht, nur erzählte ich ihr auch nichts von Nick oder Dave. Von Dave wusste sie sowieso nichts, da ich es noch nie jemanden erzählt hatte. Wie hätte sie mich angesehen? Wie eine Verrückte, weil ich drei Jahre lang einen Typen anschmachtete, ohne ihn jemals wirklich angesprochen zu haben.

Und was Nick anging: Amber hatte sich noch nie etwas aus Gerüchten gemacht. Sie saß in ihren Seminaren, las konzentriert ihre Arbeiten oder Notizen und schiss wortwörtlich auf oberflächliches Geschwafel. *So* war sie nun mal, und ich wollte meine beste Freundin gar nicht anders haben.

Außerdem hatte sie selbst einige Dinge zu klären. Amber hatte sich wohl nicht viel dabei gedacht, aber mit Jason begann irgendeine Flirterei. Nur dass sie jetzt nicht mehr so davon überzeugt schien.

»Keine Ahnung, er ist so ... ich hätte es am Anfang nicht gesagt, aber er spricht nur über sich«, erklärte sie mir. Ich hatte es bereits vermutet, aber Amber wollte sich nicht davon abhalten lassen, Jason näher kennenzulernen. Das ging nun gründlich daneben.

Redete Nick viel über sich? Er mochte Jasons Teamkollege sein, aber er schien nicht so eitel wie Jason zu sein. Nein. So war er nicht.

»Es gibt halt Gründe, warum ich mich von solchen Typen fernhalte«, redete sie weiter und brachte mich dabei auch leicht aus dem Rhythmus.

Genauso dachte ich auch mal. Warum also sagte ich ihr nicht, dass da ein Deal mit Nick war, den ich jetzt aber sicher nicht mehr durchziehen würde? Warum zum Teufel sagte ich kein Wort mehr darüber?

So verging der erste Tag mit meiner besten Freundin. Ich sagte ihr kein Sterbenswörtchen, auch wenn sie mich immer wieder neugierig musterte. Ich wusste warum. Sie beobachtete mich, sah sich mein Outfit an, und ich? Ich lächelte sie so unschuldig an, dass mir irgendwann meine Gesichtsmuskeln wehtaten.

Das letzte Seminar war heute Literatur. Ich war froh, dass Amber nicht hier war und ...

Nick setzte sich direkt neben mich. Und ich hatte mir extra eine der letzten Reihen gesucht, weil ich einfach keine Lust hatte auf die Blicke, die mir in den anderen Seminaren immer wieder zugeworfen wurden.

»Was tust du hier?«, flüsterte ich ihm genervt zu.

Professor Smith redete indes über die Bedeutung unseres neuesten Buches, das wir im Seminar besprechen würden.

Nick hob fragend die Augenbraue, während er seinen Rucksack auf den Boden legte, dann holte er einen Notizblock heraus.

Ich schnaubte. »Du willst mir doch nicht wirklich sagen, dass du ...«

»Soll ich mich wieder gemobbt fühlen, Jill, oder glaubst du mir?«, stellte er mir eine Gegenfrage und wirkte ziemlich ernst dabei.

Ich verdrehte die Augen, zweifelte aber seine Worte nicht an. Er besaß Bücher von Thomas Hardy, und soweit ich wusste, las er auch ab und an mal in den Pausen.

Er sah nach vorn zu Mr. Smith, und ich musterte ihn. Ich hatte ihn vorhin schon gesehen, als Amber und Blake mal wieder ihren morgendlichen Fight zum Aufwärmen ausführten. Ich hielt mich im Hintergrund, er hatte mich nicht gesehen. Aber ich ihn umso mehr. Nick trug Jeans und T-Shirt unter seiner Footballjacke. Jetzt hatte er seine Jacke abgelegt, und die Muskeln an den Oberarmen waren wieder gut zu sehen. Zu gut, wenn ich ehrlich war.

»Genug gestarrt?«, fragte er beiläufig und schien sich wirklich währenddessen Notizen über Professor Smith' Gerede zu machen.

»Ich habe nicht gestarrt«, log ich, und so unsicher wie ich klang, wussten wir beide das. Selbstverständlich würde ich das nicht zugeben.

»Du starrst deinen Freund an, das muss dir nicht peinlich sein, Babe.« Wieder schaute er mich dabei nicht an und das machte mich wahnsinnig. Als wäre ich ein beiläufiges Thema, nicht wichtig genug.

»Meinen Fake-Freund«, korrigierte ich ihn und blickte jetzt auch extra nach vorn. Nur bekam ich kein Wort davon mit, was Professor Smith ausführte.

»Du bist also immer noch dabei?«, hakte er nach. Hörte ich da Neugier in seiner Stimme.

»Von mir aus geht das in Ordnung«, antwortete ich, ohne wirklich zu wissen, warum. Ich hätte hier und jetzt alles abbrechen können. Warum tat ich es dann nicht?

»Gut, dann hoffe ich mal, dass ich mich während unseres Deals beweisen kann.«

Fragend sah ich ihn an, diesmal erwiderte er meinen Blick. Er wollte mir unbedingt beweisen, dass er nicht so wie die anderen Typen aus seinem Team war? Warum?

»Nick, ich finde nicht, dass du ...«

Auf der anderen Seite ertönte ein Gestöhne und ich sah instinktiv zu dem Geräusch. Winter saß im Stuhl und hatte irgendeine Studentin auf dem Schoß. Bekamen die beiden überhaupt noch Luft bei dem Geknutsche?

»Winter ist aber nicht hier ...«

Nick schüttelte frustriert den Kopf. »Der ist aus anderen Gründen hier.«

Und wir alle konnten auch sehen, welcher Grund das war.

»Wir gehen heute auf die Kappa-Party. Du solltest auch kommen.« Er sah mich abwartend an. Eine Party? Bei Kelly und den anderen Leichen?

»Meine Freundin sollte auch dabei sein, Jill.«

Ich nickte. »Sollte sie wohl ...«

Nick lächelte, und mir war einfach nur noch übel.

NICK

Winter hatte mich gefragt, ob Jill auch auf die Party kommen würde. Ich war überrascht, dass er tatsächlich ihren Namen behalten hatte. Als ich bejahte, nickte er zufrieden und verzog sich dann wieder in sein Zimmer. Nur leider zweifelte ich auch immer mehr, je näher der Abend rückte, dass Jill kommen würde.

Sie war kein Partygirl und war nie zuvor auf einer Verbindungsfete gewesen. Das hätte ich mitbekommen.

Also war ich mehr als überrascht, sie doch auf der Party zu sehen. Ich war vor den Jungs hier, weil ich auf keinen Fall verpassen wollte, wenn Jill kam. Sie redete mit Amber, während ich sie von der Küche aus beobachtete. Ich hatte mir bereits einen Drink besorgt. Die üblichen Partymäuse saßen mittlerweile überall herum und warteten auf Blake und die anderen. Selbstverständlich ging es bereits rum, dass Blake so langsam keinen Bock mehr auf Kelly hatte. Nur Kelly bekam das nicht mit.

»Hey, Nick.«

Irgendeine Studentin, ich vermutete, sie könnte zu Kellys Mannschaft gehören, lief an mir vorbei und zwinkerte mir verführerisch zu.

Ich nickte grüßend und trank einen Schluck aus meinem Becher.

Dann zog mich wieder Jills Anblick in den Bann. Heute Abend hatte sie sich für einen Rock entschieden. Unglaublich, was für Beine diese Frau ständig versteckt hatte. Dazu kombinierte sie eine weiße Bluse, die ihren Busen ziemlich betonte. Oh ja, sie hat Oberweite! Viel Oberweite!

Blake, Jason und Winter kamen jetzt auch ins Haus. Und schon drückte ein Mädel im Wohnzimmer ihre Brüste zusammen. Als würde das jetzt irgendeinen Effekt verschärfen. Die Dinger sprangen schon fast aus dem Oberteil, das Mom vermutlich Putztuch genannt hätte. Ich grinste. *Ne, sie würde ein Schimpfwort benutzen.*

Eine andere spitzte ihre Lippen immer wieder. Was sollte das jetzt werden?

Amber lief die Treppe hoch, während Jill sich weiter mit irgendeiner anderen Tussi unterhielt. Dass Jason Amber sofort hinterherrannte, bemerkte ich, kümmerte mich aber nicht groß darum. Wenn jemand mit einem großen Footballspieler klarkam, dann war es Amber.

Blake nickte mir grüßend zu, Winter hing schon an irgendeinem Mädel und ich lief weiter zu Jill. Wohlgemerkt zu der einzigen Frau, die nicht zur Tür starrte, irgendein Körperteil zurechtrückte oder darauf wartete, dass sie von meinen Freunden angemacht wurde.

»Nick«, zwinkerte mir Kelly zu und lief an mir vorbei, direkt zu ... Blakes Abfuhr wäre sicherlich amüsant anzusehen, weil sie es nicht begriff, aber wie gesagt, Jill war einfach interessanter.

III

Sie redete, ohne mich wirklich wahrzunehmen, als ich mich hinter sie stellte und ihr vorsichtig »Babe« ins Ohr flüsterte.

Jill zuckte erschrocken zusammen und funkelte mich wütend an, als sie sich umdrehte.

»Ich konnte mich einfach nicht zurückhalten«, antwortete ich schmunzelnd.

Sie war dezent geschminkt, aber es passte zu ihr.

»Ihr zwei seid echt süß«, kommentierte ihre Gesprächspartnerin seufzend.

»Find ich auch«, grinste ich und griff mir Jills Hüften, um sie an mich zu drücken. Jill rückte nicht von mir ab, was schon mal gut war.

»Nick, das ist Cassandra. Cassy, das ist ...«, wollte Jill mich vorstellen, aber ich grinste nur über ihren naiven Versuch.

»Ich kenne doch Nick O'Donnell«, lachte diese Cassy Jills nette Begrüßung einfach weg.

»Natürlich«, antwortete Jill und schien darüber nicht so erfreut, wie das andere Mädels vor ihr immer waren. Jedes Mal, wenn frühere Mädels mit mir gesehen wurden, spielten sie sich auf und freuten sich wie verrückt, dass man sofort wusste, wer ich war. Das hier war anders. Jill war anders.

Sie war hergekommen, ließ sich von mir anfassen und ... obwohl das hier alles nur gespielt sein sollte, fühlte sich das von Anfang an nicht »falsch« an. Und irgendwie wusste ich, dass es so kommen würde.

»Vielleicht sollte ich nach Amber sehen. Immerhin habe ich sie hierher geschleift.«

Wir standen mittlerweile in einer ruhigen Ecke, als ich Jill festhielt. Sie wollte sich mir entziehen, aber nicht mit mir.

»Amber ist ein großes Mädchen. Sie wird schon ...«

»Es ist unfassbar, wie leicht du zu reizen bist«, lachte Blake spöttisch, sodass wir alle es mitbekamen. Amber kam, gefolgt von Blake, die Treppe herunter, und beide schienen uns nicht mal wahrzunehmen. »Du hättest hier nicht auftauchen sollen, das hier ist unser ...«

»Wie selbstverliebt muss man eigentlich sein, dass du dir herausnimmst, anderen Menschen zu sagen, dass sie hier nichts zu suchen haben, nur weil Du meinst, dass sie nicht cool oder clever genug für dich sind?«, fauchte Amber ihn an.

Wow.

Aber Amber schien noch nicht fertig zu sein.

»Den ganzen Tag dreht es sich nur um beliebt und unbeliebt, Marke oder No-Name. Dick oder dünn. Aber weißt du was? Lieber wiege ich zwanzig Pfund mehr, habe Akne im Gesicht oder esse allein in der Mensa, als mich von Leuten anlächeln zu lassen, die nur mit einem befreundet sind, weil man der beste Quarterback des Colleges ist.«

Es standen gefühlt alle Partygäste vor den beiden herum. Es war still geworden, selbst die Musik hörte sich leiser an. Ich spürte Jills Körper, der direkt vor mir stand. Längst hatte ich sie losgelassen, aber sie wirkte angespannt.

Amber verschwand kurz nach ihrer Ansage aus dem Haus, und schon ging es los.

»Was denkt sich dieses Miststück eigentlich?«, feuerte Kelly herum, während sich die Traube langsam auflöste. Blake stand noch immer an derselben Stelle und wirkte ziemlich nachdenklich. Das wunderte mich nicht. Er wirkte in letzter Zeit eh ziemlich in sich gekehrt, und jetzt haute ausgerechnet Amber ihm noch eins verbal rein.

»Kelly hat recht«, sprach Winter, der ein Mädchen in den Armen und in der anderen Hand einen Becher hielt.

Kelly hob dankend die Hand. »Und dann auch noch in unserem Haus, das ist doch ...« Sie starrte plötzlich mich an oder besser Jill. »Du hängst doch mit der Streberin immer zusammen. Was machst du noch ...«

Ich wollte Kelly gerade eine klare Antwort geben, die sie auch mit Sicherheit niemals falsch verstehen würde, aber Jill kam mir zuvor.

»Sie heißt Amber. Merk dir verdammt noch mal die Namen der Leute, die dir vom Intellekt und vom Aussehen her überlegen sind. So besteht die Chance, dass sie dir vielleicht einen Tipp geben, wenn du ganz nett ‚bitte‘ sagst.«

Einige Studenten lachten hinter vorgehaltener Hand, Winter selbstverständlich nicht. Der johlte freudig.

»Du ...« Kelly machte einen Schritt auf sie zu.

Ich zog Jill zu mir. »Rede ruhig weiter, Kelly. Wir sind gespannt, was du zu sagen hast«, erklärte ich ihr und schon hatte sie die Drohung verstanden und hielt ihren geschminkten Mund.

Ich sah über Jills Schulter. Sie war vertieft in ihrem Handy.

»Was ist los?«

»Amber hat mir eine Nachricht geschickt. Sie wollte schon nach Hause und ...«

»Na, siehst du. Sie hat es Blake gezeigt, und will jetzt nur noch ihre Ruhe. Verständlich.«

»Hmm.«

»Blake ist eigentlich ganz in Ordnung. Er hat ein bisschen zu viel Ego, aber das haben wir alle«, erklärte ich ihr und trank noch einen Schluck von meinem Becher.

»Warum ich, Nick?«

Jills Frage irritierte mich. Sie drehte sich zu mir um und sah mich neugierig an.

»Amber hat recht mit dem, was sie sagt. Wir sind so unterschiedlich, wir ...«

Ich griff nach ihrer Hand. In der anderen hielt sie noch das Handy.

»Ich bin nicht Blake, Jill.« Eindringlich blickte ich sie an.

»Das weiß ich, aber ...« Nicht mal ansehen konnte sie mich gerade, so unsicher wirkte sie auf einmal.

Ohne zu zögern zog ich sie mit mir. Die Küche war der erste Raum, der mir in den Sinn kam. Tatsächlich befand sich gerade niemand hier drin.

Jill stand direkt am Kühlschrank und verschränkte die Arme schützend vor der Brust.

»Jill, Babe ...«

Ich sorgte nicht mal für mehr Abstand, das wollte sie vielleicht gerade, aber das interessierte mich nicht.

»Hey«, redete ich sie weiter an und berührte jetzt ihre Wange. Die ganze Zeit über roch ich Jill. Sie hob den Kopf und erwiderte meinen Blick.

Das erste Mal in meinem Leben hörte ich meinen Puls laut und deutlich in meinen Adern schlagen, ohne verschwitzt auf dem Feld zu stehen, und trotzdem tat ich nicht das, was ich am liebsten machen würde.

»Ich bin nicht Blake«, wiederholte ich noch einmal meine Worte. Sie wollte etwas antworten, aber ich redete einfach weiter. »Du wirst es mir nicht glauben, aber wir Jungs sind nicht perfekt.« Sie schnaubte belustigt. *Die Reaktion ist schon mal gut.* »Auch Kelly und die Anderen. Die Schminke verbirgt so einiges, Jill. Meinst du, irgendeiner von uns hat irgendeine von denen mal ungeschminkt gesehen? Das alles hier ist oberflächlich. Niemand hat vor mit diesen Frauen etwas Ernstes einzugehen.«

Sie zuckte mit der Schulter.

»Amber hat recht. Wir müssen alle umdenken. Wir sind keine 18 mehr und können es auf unser Alter schieben. In einem Jahr sollen wir alle anfangen, unser eigenes Geld zu verdienen, wir sollen Erwachsene sein, verhalten uns aber wie verwöhnte Kids«, erklärte ich.

»Du bist ja auch bettelarm«, sagte Jill und grinste. Ich freute mich wie ein Olympiasieger, weil ich für dieses Grinsen verantwortlich war. Okay, weil sie sich über mich lustig machte, aber ich hatte kein Problem damit, wenn es ihr half, sich dabei besser zu fühlen.

Wir sahen uns weiterhin in die Augen, als ...

»Ihr seid nicht nackt, oder?« Winter stand in der Tür und blinzelte in die Küche. Er wirkte ziemlich enttäuscht, als sein gewünschtes Bild ausblieb. Ich verdrehte die Augen und brachte Abstand zwischen Jill und mich. »Wenn ihr schon keinen Spaß habt, dann wenigstens ich. Wo ist das Bier?« Winter begann in der Küche zu suchen, als Blake hereinkam.

»Du solltest mir Kelly vom Leib halten«, meckerte er Winter an und klaute ihm das Bier aus der Hand.

Jill und auch ich sahen uns an, nachdem wir das halbgeöffnete Hemd von Blake sahen.

»Nette Show, die Amber und du da abgezogen habt«, sprach ich und setzte Jill mit einem Ruck auf den Barhocker. Sie schrie erschrocken auf, aber ließ es sich gefallen.

Blake brummte, nachdem er einen Schluck vom Bier genommen hatte.

»Blaaaake«, hörten wir alle Kellys übertrieben quiekende Stimme.

Winter spuckte vor Lachen Bier aus und traf mit voller Wucht Blake, der ihm auf den Nacken schlug.

»Ich verzieh mich, bevor der Abend noch beschissener wird«, sprach Blake und verschwand durch den Hinterausgang.

»Es scheint ihm wirklich nicht gut zu gehen«, sprach Jill nachdenklich und sah ihm nach.

Sie hatte recht. Blake hätte sich das normalerweise nicht gefallen lassen, aber er war schon immer nachsichtig, was Amber anging. Sie machte ihm das Leben auf dem College nicht leichter, sondern schwerer. Und jedes Mal genoss der Vogel das irgendwie. Natürlich verbarg er es unter der Arroganz, dem Sarkasmus und den Beleidigungen.

»Habt ihr Blake gesehen?« Kelly kam suchend in die Küche gelaufen.

»Jepp, er ist abgehauen«, antwortete Winter beiläufig und nahm einen Schluck von seinem Bier. »Falls es dir nicht klar sein sollte: Er ist vor *dir* davongelaufen.«

Jill räusperte sich, und ich grinste, weil es Winter einfach nicht lassen konnte.

»Aber hey, ich bin noch frei«, bot er sich dann noch dreist an.

Jills Räuspern wurde lauter, sodass Kelly auf sie aufmerksam wurde. Sie zog eine Augenbraue arrogant in die Höhe.

»Was macht sie noch hier? Keiner hat sie ...«

»Benutz deine spitze Zunge lieber für mich, Kelly«, grinste Winter sie an, dann jedoch zwinkerte er Jill zu. Ich sah zu ihr. Sie lächelte ihn dankbar an, weil Winter sie aus der Schusslinie gebracht hatte. Sollte mir das gefallen? Eher weniger.

»Du schämst dich auch gar nicht, oder? Du bist Blakes Freund«, spielte Kelly jetzt die Unschuldige.

»Ja, und ob ich das bin«, antwortete Winter stolz. »Deswegen hat er ja auch gesagt: ‚Winter, mein hochgeschätzter bester Mann auf dem Feld und in meinem Leben.'« Er drückte den Rücken durch und ahmte Blakes Südstaatenakzent nach.

Instinktiv schlang ich die Arme um Jill und genoss die Wärme, die sie ausstrahlte. Dass sie nicht erstarrte, gefiel mir dann sogar fast noch mehr. Die Betonung lag auf »fast.«

»Das ist eine Lüge«, behauptete Kelly, aber wir wussten es besser.

Winter zuckte mit der Schulter.

»Bei mir kannst du alles bekommen, Baby. Aber ich habe keinen Bock auf Stalkerinnen. Immerhin hatte uns unser lieber Nick hier schon eine ins Haus geholt.«

»Bastard«, murmelte ich.

»Sag mal, Winter, bringst du eigentlich den Müll immer raus, oder teilt ihr das unter euch auf?«, mischte Jill sich jetzt ein.

Sie musste Winter auch immer reizen. Vor ein paar Monaten war eine Studentin so angepisst, weil Winter nun mal eben Winter war, dass sie sich in unsere Bude geschlichen und den Mülleimer angezündet hatte. Gott sei Dank hatten wir das rechtzeitig mitbekommen.

»Du bist echt gut«, kommentierte Winter Jills Spitze und musterte sie mit diesem intensiven »Ich würde dich auch nicht von der Bettkante schubsen«-Blick.

Er bemerkte, dass ich ihn beobachtete und sah dann wieder zu Kelly rüber, so als wäre nie etwas gewesen.

»Was ist jetzt, Winter. Wir könnten ...« Kelly drückte sich etwas gegen die Kücheninsel, um ihren Busen noch zu betonen. Winter sah es und blickte auch direkt hin.

»Ne, lass mal die Dinger stecken.«

Wir alle starrten ihn ungläubig an, danach verzog sich Kelly stinkwütend.

JILL

»Schau mal, da kommt Jill. Die Kugel!«

»Du bist fett!«

»Ekelhaft!«

»Sorry, Jill, Kristy hatte einfach ... verdammt, sie ist heiß, versteh das doch!«

Es war Jahre her, aber immer, wenn meine Zweifel hochkamen oder ich mich unsicher fühlte, dachte ich an die fiesen Kommentare in der Schule oder auch an Patricks Erklärung, die ihn dazu brachte fremdzugehen.

Aber ich wollte nicht weiter darüber nachdenken, denn Amber stand vor mir, während ich an einem Tisch in der Mensa saß.

»Wo zum Teufel warst du?«, fragte ich sie wütend. Amber trug, wie ich sie immer kannte, eine enge Jeans, ein simples Shirt und die Brille, die ihr hübsches Gesicht oftmals verdeckte.

Sie setzte sich zu mir an den Tisch. Die ganze Zeit über hatte ich darauf gewartet, dass die Jungs kamen. Aber nichts da. Vermutlich schliefen sie noch ihren Rausch aus. Winter hatte noch eine ganze Menge gekippt. Nick trank zwar weniger, war aber auch ziemlich lustig drauf gewesen.

»Du glaubst doch wohl nicht, dass ich auf der Party länger hätte bleiben können? Nur über meine Leiche.«

Amber klaute mir eine Fritte vom Teller, somit waren meine Gedanken auch wieder in der Gegenwart.

»Es war noch ganz lustig«, antwortete ich ihr zögerlich.

»Es war noch ganz lustig? Warst du auf der gleichen Party wie ich?«

»Ja, gut. Blake ist ein Arschloch«, gab ich zu, damit sie nicht langsam an meinem Verstand zweifelte.

Aber es war wirklich noch lustig gewesen. Kelly hatte nicht mehr genervt, und Nick sowie Winter hatten echt witzige Geschichten auf Lager.

»Nein, er ist ein chauvinistisches Arschloch, Jill. Dem es egal ist, ob ein Mädchen drei Dates braucht für den ersten Kuss oder zehn. Er will es sofort. Das gesamte Programm. Weil er einfach Mr. Quarterback ist.«

Ich knabberte weiter an meinem Mittagessen. Sie hatte natürlich schon recht. Aber halt nicht mit allem. Er schien wirklich gekränkt, und Amber kam schon gar nicht mehr runter, so sehr regte sie das auf.

»Weißt du, was ich glaube?«

»Nein, aber teil dich mir mit«, sprach Amber spöttisch.

Sie sah mich abwartend an.

»Du stehst auf ihn!«

»Was?«, rief sie viel zu laut. Einige Studenten drehten sich zu uns um.

Ich unterdrückte mein Grinsen, weil sie so die Fassung verlor. Es war wirklich amüsant. Amber war in allem immer gewissenhaft, kontrolliert und vernünftig. Nur bei Blake nicht.

»Ja, so oft, wie du dich über ein Kerl aufregst, der dir angeblich am Arsch vorbeigeht ... sorry, aber ...« Amber musterte mich nachdenklich.

»Was ist eigentlich los mit dir? Dieselbe Scheiße könnte ich doch dich fragen!«

»Was meinst du?«, fragte ich so beiläufig wie möglich und fühlte mich dennoch total unwohl.

»Du verhältst dich total komisch!«, warf sie mir jetzt vor.

»Woow. Lenken wir wieder ab?« Auch wenn ich selbst nicht überzeugt von meiner Darbietung war, hatte ich Erfolg damit. Denn schon fing sie wieder damit an, über Blake zu reden. Es war erstaunlich. Die letzten drei Jahre war es mir nicht so sehr aufgefallen, aber Blake Michaels war wirklich der einzige Mensch, der solche krassen Emotionen bei Amber auslöste.

Der Tag zog sich, vor allem, nachdem Blake aufgetaucht war, mit Amber stritt, sie abdampfte und ich ihm dann erzählte, wo er sie mittags finden konnte. Es war merkwürdig, wie sich alles entwickelte. Vielleicht lag es an unserem letzten Jahr hier in Berkeley? Und ich musste zugeben, dass es mich beruhigte, weil der Fokus auf Amber und Blake lag.

Heute saß ich dann auch das erste Mal bei den Jungs am Tisch. Es war nicht merkwürdig, denn die Truppe, allen voran Winter und Nick, redete mit mir, als gehörte ich zum Team. Blake indes sprach wenig, Jason schien auch mit dem Kopf woanders zu sein. Es wurde zunehmend normal für mich, Nicks Freundin zu spielen.

Als Amber mich dann später auf der Toilette abfing, um mir die Leviten zu lesen, weil ich Blake erzählt hatte, in welchem Café sie zu finden war ... na ja, da kam das Thema wieder auf mich und Nick.

»Oh, mein Gott. Du hast mit ihm geschlafen!«, stellte Amber geschockt fest.

Sie kannte die Geschichte über Patrick und mich. Danach gab es keinen Mann mehr, der es für mich wert war weiterzugehen.

»Schhh. Es kann dich sonst noch jemand hören«, meckerte ich sie an und sah mich um. Die Toilette war leer, wir waren allein. Aber dennoch wollte ich nicht, dass jemand unser Gespräch mitbekam.

»Irgendwann kommt es eh raus.«

»Was soll rauskommen? Ich habe nicht mit ihm geschlafen!« Ich wurde rot bei dem Gedanken an die Küsse mit Nick.

»Und seit wann hast du bitte Kontakt zu Nick?«

»Keine Ahnung. Irgendwann während des Sommers sind wir uns begegnet, kamen ins Gespräch und na ja ...«

Ich log nicht wirklich, sagte aber auch nicht ganz die Wahrheit.

»Na ja? Dir ist schon klar, wenn ich dich frage, ob du mit ihm geschlafen hast und du dabei nur mit ›na ja‹ antwortest, dass das schon verdächtig klingt.«

»Du hörst auch nur das, was du hören willst, oder? Ich habe nicht mit Nick geschlafen. Zumindest schwirren da nicht nur Sexhormone herum. Wir keifen uns nämlich nicht immer an. Wir unterhalten uns auch.«

Diesmal sprach ich die Wahrheit. Auch wenn Nick und ich ab und an stritten, redeten wir wirklich immer mehr miteinander. Wir erfuhren Dinge voneinander, die langsam ein Bild vom jeweils anderen entstehen ließen. Ich war noch ganz in Gedanken versunken, als Amber wieder damit anfing, wie »unwahr« meine Gedanken waren. Sie bemerkte nicht mal, wie lustig sie dabei klang, als sie wieder von Blake sprach.

NICK

Heute war ich bereit, das mit Jill anzugehen. Seit Winter sich einen Scherz mit Amber erlaubt hatte, musste ich leiden. Sie wollte einfach nicht an meinem Tisch sitzen.

Ein paar Meter noch, dann würde ich Jill in der Mensa treffen und sie endlich wieder dazu bewegen, sich zu uns zu setzen,

Bevor ich jedoch überhaupt zur Tür kam, stieß ich mit einem anderen Studenten zusammen.

»Sorry«, entschuldigte ich mich und bereute es sofort. Ich war in Dave gelaufen.

Der grinste zufrieden.

»Einer von euch entschuldigt sich bei mir. Wow. Eine Premiere.«

»Gewöhn dich nicht dran«, antwortete ich und wollte schon wieder gehen, als Dave meine Schwachstelle traf.

»Wie lange wirst du sie diesmal halten? Was glaubst du, O'Donnell? Deine russische Schönheit ist nach wie vielen Wochen in der Klapse gelandet?«

Er sprach Tanya an, weil er wirklich glaubte, mich damit treffen zu können.

»Ich glaube nicht, dass dich das etwas angeht.«

Dave grinste weiter. »Ich will nur wissen, wann deine Zeit vorbei ist. Dann könnte ich mich um Jill kümmern.«

Ich biss mir auf die Zunge, um nicht sofort etwas zu sagen, was ich bereuen würde. Dave und das gesamte Schwimmteam bestand aus miesen Dreckskerlen, die sich schnell herausgefordert fühlten.

»Ich denke, dass Jill jeden nehmen würde, außer dich, mein Freund«, sagte ich und schon war der Vorsatz, ihn nicht herauszufordern, dahin. Aber wenn dieser Scheißkerl Jill erwähnte, spielten meine Alarmglocken nur noch verrückt.

Deswegen machte ich wieder einen Schritt auf ihn zu und klärte ihn mal auf.

»Sie hat mir von dir erzählt.«

Dave wirkte überrascht. Jetzt war ich es, der grinste.

»Ganz genau. Du hast eine grundehrliche und vor allem vergebene Frau gefragt, ob sie mit dir ausgehen möchte. Was glaubst du? Wird sie das Angebot annehmen?« Ich schüttelte den Kopf. »Wir wissen beide, das tut sie nicht.«

Einen langen Moment schaute er mich an. Er war wütend, aber das stachelte mich nur noch mehr an.

»Das nächste Mal, wenn ich dich bei meinem Mädchen sehe, erinnere ich mich jedes Mal daran, dass wir noch einige Rechnungen offen haben.«

Dann ließ ich ihn stehen. Ich hatte keine Zeit mehr für den Scheiß.

»Komm schon, Babe.«

»Nein!«

Ich seufzte, während Jill sich einen Orangensaft in der Theke griff. Hier in der Mensa hatte ich sie endlich abfangen können.

»Du hast mir versprochen, bei mir zu sitzen!«, klärte ich sie auf. Wenn ich unseren Deal erwähnte, hätte ich vielleicht eine Chance, dass sie wieder mit mir an unserem Tisch saß.

»Hörst du mir überhaupt zu?«, zickte sie weiter herum, und warf vier Sandwiches auf das Tablett. Sie schien nicht mal zu bemerken, was sie da tat, weil sie einfach weiterredete. »Meine beste Freundin wurde mit einer übelriechenden Soße übergossen, dadurch wäre sie wegen der Allergie fast erstickt und ...«

»Und du willst Winter jetzt den Gefallen tun und dich von ihm fernhalten, weil du ihm sonst etwas antun könntest?«, begann ich meinen zweiten Versuch, der fruchtete. Wir standen bereits an der Kasse. Jill hielt das vollbepackte Tablett fest, starrte aber anstelle der Verkäuferin mich an. Sie wirkte unentschlossen. Ich konnte praktisch ihre Gedankengänge aus ihrem Gesicht ablesen: *Ich will Winter davonkommen lassen? Der Penner hat keine Gnade verdient. Ich mach ihn fertig!*

Ich warf zwanzig Mäuse hin und führte sie dann langsam von der Theke weg.

Winter war so ein Idiot gewesen. Er hatte Amber mit Fischsauce begossen, weil er fand, dass sie bestraft werden sollte. Immerhin hatte sie vor allen auf der Party gegen Blake gewettert. Wer verstand schon den männlichen Stolz?

Blake hatte natürlich darauf reagiert und Winter mit der Faust klargemacht, wie verknallt er war. Während er vor allen wortwörtlich Anspruch auf Amber erhob, verschwand sie spurlos, und natürlich litt unser Captain jetzt. Nicht zu vergessen, dass Amber allergisch gegen Fisch war, fast erstickt wäre, und Jill jetzt die Wut darüber an allen aus dem Team ausließ. Sie saß deswegen gestern schon nicht bei mir am Tisch.

»Ich verstecke mich ganz sicher nicht vor Winter«, antwortete sie mir spöttisch. Ich unterdrückte ein Lächeln, während wir langsam auf unseren Tisch zuliefen.

»Na, dann ist es auch kein Problem, wenn du wieder bei uns sitzt.«

Sie sagte daraufhin nichts, folgte mir aber trotzdem weiter.

Winter saß am Tisch und lag fast in seinem Essen. Seitdem Blake ihm eine geknallt hatte, war er ziemlich still geworden. Jason saß neben ihm, wirkte aber auch nicht so sonderlich interessiert daran, dass wir dazukamen.

Ich setzte mich, und Jill schlug ihr Tablett mit einem lauten Knall auf den Tisch.

Winters Kopf ruckte hoch.

Sie funkelte ihn wütend an, dann setzte sie sich und bemerkte die Menge an Snacks, die sie gekauft hatte. »Oh, Mann.«

»Ich helfe dir mit den Sandwiches. Der Muffin bleibt deiner«, sprach ich und griff nach einem Thunfischsandwich.

»Nimm lieber den Muffin, Nick.« Sie hielt mir den Kuchen hin, und ich sah sie nachdenklich an. Was sollte das jetzt schon wieder? Jill sah mich panisch an, als würde es jetzt wirklich um Leben und Tod gehen. Kopfschüttelnd verneinte ich ihre unausgesprochene Frage und biss in das Sandwich hinein.

»Mistkerl«, brummte sie.

»Zicke«, flüsterte ich zurück.

»Spricht man so mit seiner Freundin, O'Donnell?«
Winter wirkte jetzt viel fröhlicher als in den letzten
zwei Tagen davor.

»Wer hat dich gefragt?«, meckerte Jill wütend zurück. Winters Miene verdüsterte sich sofort. Jason
schaute jetzt auch neugierig zu.

»Okay, du bist sauer«, stellte Winter nüchtern fest.
Jill schnaubte. »Bin ich das?«

»Habe ich so im Gefühl.« Jetzt machte er sich wieder lustig über Jill. Trottel.

Aber anstatt laut zu werden, schüttelte die Blondine
neben mir seufzend den Kopf.

»Du brauchst dringend ein Mädchen, Winter.«

»Ich habe viele«, antwortete er schnaubend.

»Nein. Du brauchst eine Einzige. Ein Mädchen,
das dir so viel bedeuten wird, dass dir dein eigenes
Wohl scheißegal sein wird. Die dir wortwörtlich die
Ohren langziehen würde für den Mist, den du mit
meiner besten Freundin abgezogen hast. Hättest du
so ein Mädchen, würdest du nicht hier sitzen und im
Selbstmitleid baden, weil Blake wütend auf dich ist
und die anderen auch nicht gut auf dich zu sprechen
sind.«

»Ach, wo wäre ich denn sonst?«, fragte er, hörte
sich aber ganz und gar nicht mehr so selbstsicher an.
Wir alle hörten Jill gebannt zu.

»Du wärst bei deinem Mädchen. Denn egal, wie
scheiße deine Aktion wäre, sie wäre trotzdem für dich
da, nachdem sie dir eine geknallt und ihre Meinung
diesbezüglich gesagt hätte.«

Winter biss sich auf die Innenseite seiner Wange. Das war einer der wenigen Momente, in dem ich ihn sprachlos vorfand. Und das hatte Jill geschafft. Meine Freundin.

»Ich bin kein Mann für nur eine Frau, Jill«, antwortete er ihr.

Sie lächelte nachsichtig, so als wüsste sie etwas, was wir nicht wussten.

»Das seid ihr alle nicht.«

Ich griff mir ihre Hand, als sie wirklich äußerte, was ich vermutete. Unsere Blicke trafen sich und ich verlor mich wieder in ihren Augen, die mich ohne ein Zögern anschauten. Diese Zeiten waren vorbei, in denen sie schüchtern wirkte oder verschlossen. Sie meinte wirklich, was sie sagte.

»Ich muss weiter«, sprach sie plötzlich und stand dann auf. Jill sah sich nicht mal mehr um, als sie ging.

»Was war das denn?«, fragte Jason.

Ich antwortete nicht darauf, sondern sah ihr nur nach. Jill vertraute mir noch immer nicht. Wie auch? Alles was ich bisher von ihr wollte, war für sie ein Deal gewesen.

»Ist alles klar bei euch beiden?«

Winter hatte sich zu mir gesetzt. Jason war auch längst abgezogen.

»Was soll nicht klar sein?« Ich starrte den Muffin an, den sie zurückgelassen hatte. Nicht mal das andere Sandwich hatte sie mitgenommen.

»Mal ehrlich, was läuft da zwischen euch?«

»Das werde ich nicht mit dir bequatschen, Winter. Du hast deine eigenen Probleme.« Jetzt stand ich auf und griff nach meinem Rucksack.

Winter fuhr sich genervt durch sein Haar. »Ich wollte mich schon bei Amber entschuldigen, aber sie ist nicht zur Uni gekommen und ...«

»Es geht ihr wieder gut. Mach dir deswegen keine Sorgen«, beruhigte ich ihn und er entspannte sichtlich. Selbst Winter, der Idiot, wollte nicht, dass Amber irgendwie verletzt wurde. Er wollte ihr nur einen Streich spielen, das war uns allen klar.

»Und Jill ist auch sauer auf mich.«

Er nickte und ich sah mir seine müde Miene an.

»Du magst sie«, schlussfolgerte ich und Winter zuckte mit der Schulter.

»Sie ist okay.«

Okay? Wann zum Teufel hatte Winter mal ein Mädchen gemocht? Teufel noch mal, er fand keines okay. Sie waren zum Vögeln da, und gut war es für ihn.

»Mehr wird sie für dich nie sein, verstanden?«

Er sah mich mit ausdrucksloser Miene an, dann lächelte er.

»Verstanden.«

Er verhielt sich merkwürdig. Aber ich ging nicht weiter darauf ein. Die Nachricht war bei ihm angekommen und ich war zufrieden. Mein Blick glitt zu der Richtung, in der Jill verschwunden war ...

JILL

Nick saß auf seinem Bett und las konzentriert in seinem Buch. Ich befand mich an seinem Schreibtisch und beobachtete ihn immer wieder.

»Jill«, sagte er, las aber weiterhin in seinem Buch.

Heute bat er mich, mit ihm zusammen für den Literaturkurs zu lernen. Aber alles, was wir seit einer halben Stunde machten, war unser aktuelles Buch zu lesen.

»Mhm?«

Ich bräuchte ja nicht zugeben, was mir durch den Kopf ging. Aber warum zum Teufel redeten wir nicht? Oder küssten uns?

Der letzte Gedanke war kaum zu Ende gedacht, da trafen sich unsere Blicke.

Nick trug eine Jogginghose, ein enges Shirt und verwuschelte Haare. Jepp, diese blonden Haare machten mich schon die ganze Zeit fertig.

»Willst du mir was sagen?«

Abwartend starrte er mich an und grinste dann. Als wüsste er genau, woran ich dachte.

»Schneide dir die Haare, dann muss ich nicht immer hinsehen«, giftete ich ihn an und tat so, als würde ich weiter in meinem Buch lesen. In Wirklichkeit hatte ich nicht mal das erste Kapitel geschafft.

»Meine Haare?«, fragte er ungläubig und ich nickte.

»Zu lang, zu feminin.« Alle meine Kräfte waren darauf fokussiert, nicht zu schmunzeln. Nicht jetzt!

»Was?«

Er wollte gerade aufstehen, als Winter ohne zu klopfen die Tür öffnete.

»Jill, hey!«

»Hey«, begrüßte ich ihn etwas weniger erfreut und wieder war mein Buch die Rettung. So konnte ich ihn bestens ignorieren.

»Bist du immer noch sauer auf mich?«

Ich sagte nichts.

»Ach, komm schon, Amber hat meine Entschuldigung auch angenommen. So mehr oder weniger ...«

Ich sah im Augenwinkel, wie Winter näher kam.

»Aha.« Nicks Drohung wirkte, Winter blieb an Ort und Stelle einen Meter vor mir stehen.

»Ach, komm schon, Mann. Ich will nur mit ihr ...«

»Okay, ich brauch mal eben zwei Minuten mit dem Idioten hier. Bis gleich, Babe.« In weniger als zehn Sekunden war er aufgestanden und hatte Winter aus dem Zimmer gezogen und die Tür geschlossen.

Ich sah ihnen lang nach, bis auf einmal ein Piepen ertönte. Irritiert blickte ich auf den Laptop, der offen auf dem Schreibtisch lag.

Molly rief an, das verriet mir zumindest Skype. Das Gebimmel hörte gar nicht mehr auf, also wollte ich es beenden und drückte »Enter« ... Mollys Gesicht erschien? Was zum ...

»Wer bist du denn?« Mollys wilde Lockenmähne war das Erste, was ich sah, und dann ihren überraschten

Gesichtsausdruck. Sie saß wohl in ihrem Zimmer, was ich aus den Kuscheltieren und der rosa Bettwäsche schloss.

»Ähm ... ich bin ...«

»Du bist Jill!«, antwortete sie fast schon ehrfürchtig, dann erhellte sich ihr süßes Gesicht.

»Ähm ... woher weißt du von mir?«

»Du bist so hübsch. Das hat er mir auch gesagt.«

Er hatte seiner kleinen Schwester von mir erzählt? Von seiner Fake-Freundin?

»Wie viele Frauen erwähnt er denn so?«, fragte ich zögerlich. Es war so falsch, aber hey, ich hatte den Anruf nicht annehmen wollen. Die Bedeutung des Wortes »Enter« hatte ich nur kurzzeitig falsch gedeutet.

Molly schien darüber nachzudenken.

»Du bist die Erste. Mom war deswegen schon ganz aus dem Häuschen. Sie hat auch schon gefragt, ob ihr an Thanksgiving kommt. Dann macht sie immer so einen leckeren Auberginenauflauf.«

Jetzt war ich völlig überrascht. Seinen Eltern hatte er auch schon von mir erzählt? Was lief hier?

»Das klingt toll«, lächelte ich, weil Molly erwartete, dass ich darauf reagierte.

»Wo ist Nick? Er wollte mir heute etwas vorlesen.«

»Vorlesen?«

»Ja, ab und zu skypen wir, und er liest mir ein Gedicht vor. Die sind ganz alt, manche über 100 Jahre, sagt er.«

Nick las viel. Das hatte ich bereits mitbekommen. Aber dass er auch noch Molly vorlas, war mir neu und sagte viel mehr aus. Er las nicht nur, weil es für die Uni erwartet wurde. Nick liebte Lesen wirklich. Etwas, das wir gemeinsam hatten.

»Es gibt wunderschöne Gedichte aus der Zeit. Kennst du Rainer Maria ...«

»Rilke?«, fragte sie und ihre Augen leuchteten wie verrückt. Sie hatten dieselbe Farbe wie Nicks.

»Ja, genau. Ich sehe, er hat dir genau das Richtige vorgelesen.«

Molly lächelte stolz.

»Molly!« Nick kam ins Zimmer und wirkte ziemlich geschockt, dann schüttelte er den Kopf. »Nervt sie dich?«

»Nein, wir unterhalten uns eigentlich sehr gut«, antwortete ich ihm ehrlich, als er sich zu mir stellte.

»Ich habe dir doch schon das letzte Mal gesagt, dass ich dir eine Nachricht schreibe, wenn ich Zeit habe zu skypen.«

»Und ich wollte gerne ein neues Gedicht hören. Meine Hausaufgaben sind auch schon fertig«, murmelte sie genervt.

Nicks Blick schoss zu mir, als seine Schwester die Gedichte erwähnte.

»Morgen, okay?«

»Du kannst ihr gerne jetzt etwas vorlesen. Wir wollten doch sowieso nichts anderes machen«, schlug ich vor und stand vom Schreibtisch auf.

»Du willst gehen, Jill? Warum?«, hörte ich Molly reden.

Nick sah mich mit einem sanften Ausdruck in den Augen an. »Du solltest hier bleiben.«

Eigentlich hätte ich ihn zur Rede stellen sollen. Warum er seiner Familie von mir erzählt hatte. Aber die Wahrheit war: Es gefiel mir, dass er seinen Eltern von mir erzählt hatte. Es war ... ein schönes Gefühl. Ein sehr schönes.

»Ich will, dass du hierbleibst.«

Sein letzter Satz machte mich kurzzeitig sprachlos.

»Ich habe eh nichts anderes vor«, antwortete ich, und Nick lächelte. Er wirkte schon fast erleichtert.

»Oh super, ich hole mir eben ‚ne Limo. Bis gleich!«, rief uns Molly fröhlich in die Kamera und verschwand dann aus unserem Blickfeld.

»Sie ist süß«, grinste ich.

»Und 10«, seufzte er und setzte sich jetzt auf den Stuhl.

»Du bist ihr großer Bruder, und sie hat dich lieb. Kein Wunder also, dass sie gerne Zeit mit dir verbringen möchte.«

Nick blickte mich stumm an, nickte dann aber. »Lust auf Snacks? Winters Mieze hat irgendein Zeug für ihn gebacken.«

Er stand auf und wartete auf meine Antwort. »Du glaubst, ich esse irgendwas, das eine Frau gebacken hat, die sich vermutlich an ihm rächen wird?«

Nick wirkte ziemlich nachdenklich und ich konnte nicht glauben, dass er das Zeug einfach so gegessen hätte.

»Sie muss ja ziemlich hübsch gewesen sein, wenn du nicht mal über die Möglichkeit eines Abführmittels in den Snacks nachdenkst.« Ich klang viel zu genervt, als dass es noch beiläufig hätte rüberkommen können.

Er kratzte sich nachdenklich sein Kinn. »Du hast recht.« Dann schmunzelte er. »Muss wohl an ihrem Haar und dem Kleid gelegen haben.« Nick musterte mich konzentriert. »Hat mich an jemanden erinnert.«

Kopfschüttelnd versuchte ich das Grinsen zu unterdrücken, es gelang mir aber nicht wirklich. Nick hatte sich vorgestellt, dass ich ...

»Und? Hast du sie auch ‚Babe‘ genannt?«

Nick schnaubte, als er zur Tür lief. »Ganz sicher nicht, Babe.«

Er kam wenige Sekunden später wieder herein. Eine Packung Chips in der Hand. Ich hatte mich mittlerweile wieder in den Stuhl gesetzt.

»Die sind definitiv nicht selbst gebacken. Aber selbst gekauft«, sagte Nick stolz.

Ich lächelte wie bescheuert, weil dieser Mann mit der Chipstüte in der Hand einfach ... er überraschte mich. Denn alles, was ich bisher über diese Jungs gedacht hatte, war falsch. Ausgenommen das, was Winter betraf. Der war einfach von Geburt an ein Idiot.

»Du hältst dich für sehr witzig, oder?«, grinste ich und schnappte nach Luft, als er sich nach vorn beugte und sich auf die beiden Lehnen des Stuhls stützte.

»Was wird das?«, fragte ich mit zittriger Stimme.

»Nach was sieht es aus?«, flüsterte er mir zu und beugte sich noch weiter vor. Ich roch sein Duschgel. Er roch immer danach, weil er nach dem Training duschen ging. Und er trainierte oft. Das sah ich an jedem einzelnen Muskel.

Ich schloss automatisch die Augen, als seine Lippen nur noch Zentimeter von mir entfernt waren.

»Es kann uns keiner ... sehen«, flüsterte ich ihm zu. Es gab keinen Grund, warum er das hier tat, aber ... ich wollte es auch nicht wirklich verhindern. Und Mollys Kamera ignorierte ich gerade völlig, bis ...

»Da bin ich wieder!«, rief Molly durch die Kamera und brachte uns beide dazu, zurückzuweichen. Ich drückte mich dem Stuhl etwas weg. »Habt ihr geknutscht?«

Das Misstrauen in der Stimme von Nicks Schwester war klar herauszuhören.

»Nein!«, antwortete ich hastig. Nick schnaubte und hielt mir dann die offene Chipstüte hin. Zögerlich starrte ich auf die Tüte.

»Wenn du isst, würdest du dann vielleicht deine Lippen dabei befeuchten?«, flüsterte er mir zu, während er direkt hinter mir stand.

Ich lachte und griff dann in die Tüte.

»Du bist ein Idiot, das weißt du, oder?«

»Die besten Idioten bekommen am Ende immer das, was sie wollen«, antwortete er mir und klang dabei ganz und gar nicht ironisch.

Während ich kaute, zweifelte ich kein einziges Wort mehr an.

Ich war nach dem Besuch verwirrter als jemals zuvor. Vergaßen wir mal Dave, an den ich ... eigentlich gar nicht mehr gedacht hatte. Was verrückt war, immerhin drehte es sich immer um ihn, wenn ich mal von einem Mann träumte.

»Hier, ich hab dir Kaffee mitgebracht«, begrüßte ich Amber, als wir uns draußen auf der Wiese trafen.

»Danke.«

Sie musterte mich und lächelte, als ich mich zu ihr setzte. Der Himmel war wieder wolkenlos, die Luft angenehm.

»Hübsches Kleid«, sagte sie.

»Danke. Es war im Sonderangebot im Macy's.« Ich strich mir über mein hellblaues Kleid, das ich mir heute angezogen hatte. Es war merkwürdig, dass meine anderen Klamotten, die langen Shirts zum Beispiel, gar nicht mehr mein Stil waren. Ich schämte mich nicht mehr, meine Beine zu zeigen.

»Du hast dich verändert.« Amber blickte mir mit ihrer Brille in die Augen. Sie wirkte aber nicht erschüttert oder überrascht über meine Wandlung. Ich war ja irgendwie immer noch Jill.

Deswegen gab ich auch die einzig wahre Antwort auf Ambers Satz.

»Er verändert mich.«

»Du liebst ihn, und auch er ... Nick ist kein schlechter Typ«, sagte Amber. Ich war nicht mal geschockt darüber, was Amber über uns dachte. Und diese Tatsache sollte mich eigentlich beunruhigen. Tat es aber irgendwie nicht.

»Er gehört zum Team«, stellte ich diese eine Sache in den Raum, die mir zu schaffen machte. »Aber sie verändern sich. Gut, Corey wird wohl immer der dumme Idiot bleiben, aber Blake ...«

Sie verdrehte die Augen und versuchte so unbeteiligt wie möglich zu wirken, aber Amber brauchte mir nichts vormachen. Sie war mehr als interessiert an dem Thema.

»Selbst Nick sagt, dass er ihn noch nie so gesehen hat, wenn es um ein Mädchen ging.«

Amber trank von ihrem Kaffee und wirkte ziemlich angespannt.

»Dir ist schon klar, dass wir uns vor zwei Wochen am liebsten gegenseitig als Leiche irgendwo verbuddelt hätten.«

Ich kicherte, weil sie es so gut auf den Punkt gebracht hatte.

»Stimmt. Aber eine Liebesgeschichte muss auch irgendwann anfangen. Bei euch ist das halt etwas anders abgelaufen«, klärte ich sie auf und fand es mehr als fragwürdig, dass diese Geschichte auch zu Nick und mir passen könnte. Es fing alles so ... anders an.

Natürlich stritt Amber alles ab und die Diskussion ging von vorne los. Ich konnte allerdings nur an eines denken: Dass Nick und ich für alle schon ein Paar waren und ... er mich lieben würde und ich ihn.

NICK

Blake schloss mit einem lauten Knall seinen Spind. Die meisten Jungs waren bereits auf dem Platz. Ich zog mir gerade meine Schuhe an.

»Alles klar?«

»Nein!«, antwortete er und setzte sich zu mir auf die Bank.

»Die harte Tour bringt bei einer Frau wie Amber nichts«, erklärte ich ihm, weil Blake es mehr als einmal genau so versucht hatte. Er hörte mir neugierig zu, als wäre ich sein letzter Hoffnungsschimmer.

»Ich denke, wenn du sie nicht so bedrängst, hilft das mehr. Weil das überhaupt nicht deinem Wesen ähnelt.«

»Was soll das denn heißen? Dass ich ständig irgendwelche Weiber belästige?« Winter hätte jetzt stolz gegrinst, Blake war da anders.

»Nein, aber hast du schon mal einfach nur ‚nen guten Freund für ein Mädchen gespielt?«

»Einen Freund?«, hakte er verwundert nach.

Ja, bis vor kurzem hätte ich genauso reagiert, aber die Sache mit Jill brachte mich zu vielen Dingen, die ich noch nie ausprobiert hatte.

»Eine Frau wie Amber musst du überraschen. Das tust du nicht, indem du der gleiche Arsch bist wie immer.«

»Aber ...«, setzte Blake an, hielt dann aber den Mund. Er dachte über meine Worte nach, und ich musste auch darüber grübeln, was ich für seltsame Tipps befolgt hatte. Ich spielte den Bad Boy, dann den liebevollen Freund, der einfach nur »lesen« wollte. Wohin hatte es mich bisher gebracht? Scheiße, ich hatte seit Monaten keinen Sex mehr.

Blake zog nach dem Spiel eine Fresse, weil er Amber seine »Freundschaft« angeboten hatte. Ich fand es gut für ihn, schlecht für mich, weil Jill mich so sah. Denn ich war genau so ein Idiot geworden. Der, der es langsam anging, wobei Jill keine Frau war, die lange auf jemanden warten würde.

Jedes Mal wenn sie über den Campus lief, mit ihren süßen Flip-Flops und diesen Kleidern, dann sah sich jeder Idiot mit Eiern nach ihr um. Jeder! Und nur weil sie alle dachten, ich hätte ein Anrecht auf sie, sprach sie keiner an. Wie lange würde das anhalten, wenn Jill meinte, unsere »Beziehung« wäre zu Ende? Es war sowieso pures Glück, dass sie weiter mitspielte. Und den unverschämten Mistkerl spielen, wäre auch nicht die beste Idee.

Abends saß ich auf meinem Bett und versuchte mein neuestes Buch weiterzulesen, aber irgendwie konnte ich mich nicht konzentrieren.

Ich dachte nicht groß nach, als ich mein Handy nahm und ihr schrieb.

Ich, 20.38 Uhr: **Hey, Fake-Freundin, wir müssen uns besser absprechen. Die Leute reden schon ...**

Eigentlich war es ziemlich mies von mir, aber es musste weitergehen. Ich brauchte mehr von Jill.

Keine Minute später kam eine Antwort.

Jill, 20.39 Uhr: **Was reden die Leute?**

Ich, 20.41 Uhr: **Dank Amber könnte man meinen, wir beide wären auch nur Freunde. Immerhin sind Blake und Amber jetzt offiziell Freunde.**

Jill, 20.41 Uhr: **Und das heißt jetzt was für uns beide?**

Ich, 20.42 Uhr: **Du musst dir mehr Mühe geben. Ich habe keine Lust, dass Tanya hier auftaucht und das zwischen uns nicht ernst nimmt.**

Sollte ich mich deswegen schuldig fühlen? Vermutlich. Tat ich es? Die Verdrängung funktionierte gut, vor allem, als sie Folgendes zurückschrieb.

Jill, 20.45 Uhr: **Und was sollten wir ändern?**

Ich lächelte und tippte eine Antwort ein.

Ich, 20.46 Uhr: **Mehr Berührungen, mehr Gefühle ...**

Sie brauchte lang, um zu antworten, und ich dachte schon, sie würde nicht darauf eingehen.

Jill, 20.51 Uhr: **Geht klar!**

Ungläubig las ich ihre Nachricht. »Geht klar?«, sprach ich mit mir selbst, und wusste immer noch nichts damit anzufangen.

Zwölf Stunden später wurde mir klar, dass ihr kurzes »Geht klar« genauso gemeint war.

»Guten Morgen«, begrüßte ich sie, als sie auf uns zukam, nachdem wir geparkt hatten. Auf dem Campus war wieder ein reges Treiben. Winter jammerte seit einer Stunde herum, dass zu frühes Aufstehen irgendwann dazu führte, dass er an einem frühen Tod sterben müsste. Wir waren der Meinung, dass eher seine Leber schuld daran sein würde. Er hatte den Abend zuvor zu viel gebechert.

Jill rannte praktisch auf mich zu und küsste mich mit einer vollen Packung »Geht klar.«

»Ach, Scheiße, doch nicht so früh«, hörte ich Winter herumjammern, aber das brachte mich nicht dazu, diesen Kuss zu beenden. Nein, es wurde noch wilder. Jill umfing meinen Nacken, ich ihre Hüfte, die einfach so perfekt in meine Hand passte und … Jill drückte sich von mir weg, um Blake wütend anzusehen.

»Du!«

»Ja?« Blake seufzte, als er sich angesprochen fühlte, was auch nicht zu übersehen war, weil Jill ihn so finster ansah, dass selbst Winter etwas erschrocken wirkte.

»Ich plane die ganze Zeit, wie wir Amber dazu bringen, mit dir auszugehen, und jetzt seid ihr Freunde?«

Sie plante was? Blake wirkte auch ziemlich überrumpelt.

»Baby«, sprach ich sie an, aber sie ignorierte mich komplett. Als hätte es diesen Kuss nicht gegeben.

»War das nur ein Spiel oder so was? War dir langweilig?«

Einige Studenten drehten sich zu uns um, aber ich winkte sie sofort weiter, wenn sie versuchten stehen zu bleiben. Jetzt ging wieder das Thema Blake und Amber los.

»War mir ... Frau, wovon sprichst du?« Blake verlagerte sein Gewicht auf den rechten Fuß, dann war wieder der linke dran. Er wirkte ziemlich unschlüssig. »Deine Freundin ist zu stur, um zuzugeben, dass da was ist. Wenn es nach mir gehen würde, würden wir längst im Bett liegen und uns das Hirn rausvögeln.«

Jill wirkte verwundert.

»Dann verstehe ich gar nichts mehr!«

Ich auch nicht.

Sie plante also, Blake und Amber zusammenzubringen. Und was war mit uns? Verdammt noch mal! Sie musste doch die Parallelen zwischen uns und Amber und Blake mitbekommen, oder?

Wir kamen in der Mensa an und suchten uns einen Tisch.

Die Gedanken hörten einfach nicht auf. Sie wurden nur noch erdrückender, als Jill auf meinem Schoß saß und das verliebte Mäuschen spielte. Sie kraulte meinen Nacken, seufzte und gab die beste Leistung, die ich jemals bei ihr gesehen hatte. Das fand mein Schwanz auch, und es war ihm schnuppe, dass es nur gespielt war.

Aber das hier war doch falsch, oder? Jill tat das hier, weil sie mir einen Gefallen tun wollte. Einen *sehr* schönen Gefallen.

Jill saß immer noch auf meinem Schoß und drückte ihr Gesicht an meine Halsbeuge. Sie kitzelte mich mit der Nase und ich erschauderte.

Mein Blick schoss zu Blake, der die ganze Zeit netterweise von Winter mit Chips beworfen wurde. Und weil ich mindestens genauso nett war, bewarf ich ihn auch mit dem Zeug. Diesmal reagierte er endlich.

»Du starrst sie an!«, erklärte ich ihm. Blake sah mich mit ausdrucksloser Miene an. »Freunde tun das nicht, weißt du.«

Ich griff mir Jills Hand und verschränkte sie mit meiner.

Während Blake die Krümel von sich wegwischte, sagte er:

»Und weiß deine Freundin, dass es aussieht, als würde sie auf deinem Schwanz reiten?«

»Was?«, schrie Jill und war so schnell von meinem Schoß weg, dass ich am liebsten wie ein Alphatier gebrüllt hätte. Blake hingegen fand das ziemlich witzig und lachte. Winter fand es auch urkomisch, der kurz vorher noch mit irgendeinem Mädel beschäftigt war.

»Beruhige dich, Baby. Er macht nur einen Witz«, erklärte ich ihr, aber der süße Hautkontakt war dahin.

Blake ließ uns allein stehen, Winter folgte ihm, aber ich sah nur zu Jill, die sichtlich nervös vor mir stand und gerötete Wangen hatte.

»Das ist also deine Grenze«, sprach ich und wirkte ziemlich zufrieden damit, dass Jill doch noch erröten konnte. Ich hatte ja keine Ahnung, dass Jill es so wortwörtlich nehmen würde, als ich schrieb, wir sollten mehr Berührungen und Gefühle zeigen.

»Meine Grenze?«, wiederholte sie irritiert, wurde dann aber sofort wieder, wie ich sie kannte. So verdammt zornig. »Du hast gesagt ...«

»Es reicht jetzt!«, hörten wir alle Amber verzweifelt rufen.

Ich sah in die Richtung, in die alle starrten. Winter stand mit Blake vor Amber und redete mit irgendeinem Kerl. Nicht irgendeinem ... Josh Durand, dem Captain und Kotzbrocken des Schwimmteams.

»Das ist gar nicht gut«, murmelte Jill neben mir und wollte sofort zu ihnen hin, ich griff mir aber ihren Arm und hielt sie davon ab. »Hey!«

»Lass die beiden das mal machen«, erklärte ich ihr und schon war Amber dabei, Blake aus der Mensa zu ziehen.

»Lass die beiden das mal machen?«, wiederholte sie meinen Satz, während Winter sich wieder zu uns setzte. Aber mit einem wirklich einschüchternden Gesichtsausdruck. »Die beiden sind Amber und Blake, falls du dich nicht mehr erinnerst.«

»Jepp, ist mir bekannt«, war meine kurze Antwort. Ich griff mir die Reste aus der Chipstüte. »Aber vielleicht, aber auch nur vielleicht, interessiert es dich, dass wir beide auch noch ein Paar sind«, flüsterte ich ihr zu.

»Was soll das heißen?«

Jetzt fragte sie auch noch nach ... Klasse.

»Lass die beiden einfach in Ruhe und dafür kümmern wir uns um ...« Ich zeigte auf mich und sie, weil der Frust immer größer wurde. Offiziell glaubte jeder, dass wir ein Paar waren. Inoffiziell war es nicht so. Und das kotzte mich immer mehr an, weil ich noch nie in meinem Leben so lange in einer Sackgasse saß.

Ich hatte es mit Anspielungen versucht, sie war nicht ganz unempfänglich für die Dinge gewesen. Aber irgendwie sollte es noch nicht sein. Und jetzt spielte sie hier die wollüstige Freundin und mir passte es auch nicht. *Scheiß Gewissen!*

»Um?«, hakte sie nach und begriff es einfach nicht. Wie auch. Für Jill war es ein Deal, ich nannte es vor ihr ein Spiel. Ich war doch völlig am Arsch.

»Alles gut hier?«, fragte jetzt Winter, der uns beide stirnrunzelnd anschaute.

»Halt die Klappe.«

»Jetzt lass Winter doch in Ruhe!«, zickte sie mich an.

Winter hatte schon abwehrend die Hände gehoben, aber dass sie jetzt auch noch Partei für ihn ergriff, ging zu weit.

»Eigentlich …«

Ich hielt ihn davon ab, irgendwas zu sagen.

»Das hier ist eine Sache zwischen mir und meiner Freundin. Die Betonung liegt auf *meiner*, Winter. Kommt das bei dir an?«

»Spinnst du?«, zickte sie weiter.

Plötzlich lief Amber mit einem Mordstempo an uns vorbei. Man konnte ihr ansehen, wie verwirrt sie wirkte. Ich ignorierte ihre völlig zerzauste Frisur. Da musste man nur eins und eins zusammenzählen, um zu begreifen, was sie mit Blake getrieben hatte.

»Amber?«, rief Jill ihr nach, aber sie lief weiter. »Na super! Siehst du, Blake hat es mal wieder vermasselt.« Sie schenkte mir einen finsteren Blick, als sie nach ihrer Tasche griff. »Scheint am Trinkwasser zu liegen.« Dann rannte sie Amber hinterher.

»Vergiss ja nicht die Mottoparty!«, rief ich ihr frustriert nach, damit sie bloß nicht auf den Gedanken kommen würde zu kneifen. Sie hob grüßend die Hand, also ... na ja, ich versuchte mir einzureden, dass es die ganze Hand war und nicht nur der Mittelfinger. So langsam entwickelte sich das zu einem Ritual. Ich sah ihr noch lang nach.

»Was zum Teufel war das eben?« Winter sah mich abwartend an.

»Keine Ahnung«, murmelte ich und wollte auch nur noch weg. Die Chips schmeckten nach gar nichts mehr, mein Schwanz schrie nach mehr Reibung, bekam sie aber natürlich nicht.

»Keine Ahnung? Junge, du hast sie angepflaumt, als hättest du PMS oder so.«

Ich stöhnte genervt auf und setzte mich wieder auf die Bank. Ich rieb mir mehrmals übers Gesicht, aber es half nichts.

»Du bumst sie nicht«, stellte Winter sachlich fest.

Ich biss mir auf die Zunge, um ihm nicht irgendwas Nettes vor den Kopf zu werfen. Aber jepp, es stimmte ja.

»Aber du willst sie bumsen.«

Ich begriff erst, als ich ihn anschaute, dass das eine Frage gewesen war.

»Natürlich, du Horst!«

Er wirkte ziemlich erleichtert. »Gott sei Dank. Ich dachte schon, ich müsste jetzt meine Badezimmertür abschließen, wenn ich unter der Dusche stehe.«

»Was redest du da, verdammt noch mal?«

Winter hatte sich mit dem Rücken zum Tisch gesetzt und sah sich in der Mensa um.

»Man sieht dir das ungefickte Gesicht an, O'Donnell.«

»Sicher«, schnaubte ich.

»Du gehst früh schlafen, der Verbrauch von Klopapier hat sich verdoppelt, und Jill bleibt nie über Nacht. Und da ich dir die Fresse polieren würde, wenn du den Druck bei einer Anderen ablassen würdest, denke ich, habe ich schon eine Ahnung, was bei euch los ist.«

»Ach, wirklich?« Er hatte aufgepasst.

Winter seufzte.

»Selbst Blake hat wohl mehr Glück bei der Brillenschlange als du bei Jill.«

»Na danke«, antwortete ich genervt und drehte mich auch mit dem Rücken zum Tisch. So langsam wurden die Tische leerer. Auf der anderen Seite der Mensa befanden sich die Idioten vom Schwimmteam. Allen voran auch Dave, der miese Spinner.

»Was hast du dir dabei gedacht, Alter?«

Da er es sowieso schon herausgefunden hatte, warum nicht alles erzählen?

»Ich habe nicht gedacht, okay. Ich …« Was wollte ich ihm sagen? Dass ich nicht nachgedacht hatte? Das konnte selbst Winter checken.

»Du wolltest einfach ein ganz normaler Student sein, der ein unschuldiges Mädchen abbekommt?«, sprach mein Teamkollege mit einem hohen Ton. Das hörte sich wirklich merkwürdig an.

»Halt die Klappe.«

»Scheiße, bist du frustriert«, lachte er, aber ich konnte nichts Witziges daran finden.

»Erzähl es keinem, okay«, bat ich ihn.

»Was meinst du?«, hakte er unschuldig nach und biss in sein nächstes Sandwich. »Dass du weder Sex noch

‚ne Freundin hast? Oder meinst du etwa die Story, wie du sie belogen hast, damit sie deine Freundin spielt?«

»Woher weißt du ...«

Winter schnaubte, als wäre er nicht der Typ gewesen, der damals halb nackt über den Campus lief, weil seine neueste Eroberung nicht so gut darauf reagierte, als er ihr einen Dreier mit ihrer eigenen Schwester vorschlug.

»Eine Frau wie Jill lässt sich nicht einfach kaufen. Du hast ihr irgendeinen Mitleidsscheiß erzählt, und sie hat dir helfen wollen. Dass wollen Frauen wie Jill immer.«

»Frauen wie Jill?« Ich ignorierte die Tatsache, dass Corey Winter gerade alles aufgrund von Vermutungen richtig formuliert hatte.

Winter griff sich eine Serviette, um den Senf von seinem Mundwinkel zu entfernen.

»Wir sind Footballspieler, Mann. Man mag uns lieben für das, was wir tun, das heißt aber noch lange nicht, dass wir Frauen wie Jill oder Amber ...« Er zeigte in die Richtung, aus der gerade Blake kam. Sein Blick war mörderisch. » ... verdient hätten.«

Nachdenklich sah ich meinen Teamkollegen und Mitbewohner an. Er meinte das ernst. Er fand, wir wären nicht gut genug für sie.

»Habt ihr Amber gesehen?«, fragte Blake uns.

Hatten wir sie wirklich nicht verdient? So wie er aussah, würde Blake gleich etwas verdammt Dummes tun, und ich würde ihn nicht aufhalten können ... weil wir Footballspieler waren und kein »Nein« akzeptieren konnten.

Scheiße. Winter hatte recht.

JILL

»Ich bin so sauer«, sprach ich mit mir selbst, obwohl sich auch Amber an den Tisch setzte. Im Durchschnitt saßen Amber und ich hier einmal im Monat. Bei unserem Lieblingsmexikaner gab es einfach immer genau das Essen, das wir brauchten. Entweder lag es am Prüfungsstress oder an unserem Alltag als Studentinnen auf dem College. Nur jetzt lag es daran, dass Amber wegen Blake fertig mit den Nerven war und ich ... keinen Schimmer hatte, was da mit Nick nun lief.

Und da das hier also eine momentan ausweglose Situation war, griff ich mir die Speisekarte. »Wir sollten eine Ladung Burritos bestellen und Enchiladas und ...«

»Wer soll das alles essen?«

»Na, wir zwei. Ich brauche Nervennahrung, weil Nick ein Idiot ist, und du brauchst es, weil Blake ein Arschloch ist«, stellte ich klar.

»Blake ist mir egal«, kam es von ihr und ich hätte am liebsten genauso gelogen. *Nick ist mir egal. Nick ist mir egal. Nick ist mir ...*

»Das findet der Knutschfleck da aber nicht«, teilte ich ihr hingegen mit und zeigte auf den nichtexistierenden Knutschfleck an ihrem Hals. Ambers Reaktion war göttlich. Sie schnappte hörbar nach Luft.

»Wo?«, fragte sie panisch und ich musste lauthals lachen.

»Schön, dass du deinen Spaß hast!«

»Und für mich gut zu wissen, dass er also so weit kam, bevor du abgezischt bist.« Ich grinste, weil ich Amber zum Erröten bringen konnte, und es mich so gut ablenkte.

»Das wird nicht noch mal passieren!«, stellte Amber fest und log schon wieder. Ich nahm es ihr nicht übel. Amber war bekannt dafür, stur zu sein.

Wir redeten ein paar Minuten mit Javier, dem Kellner, der immer wieder mit Amber Spanisch reden musste, als mein Handy eine Nachricht anzeigte. Bis dahin war es ziemlich leicht, die Aufmerksamkeit ganz auf Amber und ihre Geschichte mit Blake zu lenken.

Dann schickte mir Cassy ein Bild von Blake und einer anderen Tussi und schon war die gute Stimmung dahin. Es musste wohl geschossen worden sein, nachdem Amber die Flucht vor ihm ergriffen hatte. Ich fand Blake und Amber süß zusammen und ein kleiner Teil von mir redete sich ein, dass er helfen könnte, den beiden einen richtigen Schubs in die richtige Richtung zu geben. Der andere wollte einfach eine Ablenkung, damit er nicht die ganze Zeit an Nick denken musste.

Ich flehte Amber trotz allem an, mit auf die Mottoparty zu gehen und hoffte, sie würde zustimmen.

Auch wenn es hilfreich war, mich auf Amber und Blake zu konzentrieren, machte es mich wahnsinnig, wie sich diese Sache zwischen Nick und mir entwickelte. Amber dachte, wir wären ein glückliches verliebtes Paar. Aber hinter den Kulissen sah es anders aus. Heute Morgen war ich felsenfest davon überzeugt, das alles durchzuziehen. Blake hatte recht gehabt. Ich saß auf Nicks Schoß und hätte mich am liebsten an ihm gerieben wie eine rollige Katze. Das war das erste Mal gewesen, in denen ich die drei Jahre ohne Sex wirklich körperlich gespürt hatte. Denn immer wenn ich abends etwas brauchte, was mir ein Mann schenken könnte, benutzte ich Mr. Big. Erklärungen waren wohl nicht nötig dazu.

Jetzt saß ich in meinem Zimmer und versuchte die vier Mojitos zu verdauen, die ich kurz hintereinander getrunken hatte. Amber hatte sich zurückgehalten, mit allem. Das lag daran, dass sie bei Stress abnahm, ich war natürlich anders gepolt. Tatsächlich konnte ich schon spüren, wie meine Hüften mehr Volumen annahmen.

Ich lag auf meinem Bett und versuchte das Drehen meiner Zimmerdecke zu überleben. Seit einem Jahr wohnte ich hier allein. Es gab immer mehr Studenten, die sich lieber ein Apartment in der City nahmen. Vermutlich lag es daran, dass die Wohnheime renovierungsbedürftig waren.

Es klopfte an meiner Tür. Dann noch einmal, beim dritten Mal hörte es sich an, als würde die Tür gespalten werden.

»Ja doch, Hulk! Die Tür ist offen«, murmelte ich und schloss die Augen, damit die Decke endlich aufhörte sich zu drehen. Das war aber keine gute Idee, jetzt drehte sich das Bett. Ich seufzte genervt auf.

Als ich die Augen wieder öffnete, stand Nick über mir und blickte mich stirnrunzelnd an. Sein blondes Haar fiel ihm etwas über die Stirn. *Er ist so attraktiv.*

»Hast du getrunken? Mittags schon? Wie bist du in dein Zimmer gekommen?«

Ich hasse ihn ...

»Ich bin eigentlich Stripperin, habe mit einem Kunden über den Durst getrunken, als er mich dafür bezahlt hat, für ihn privat zu tanzen. Happy End selbstverständlich inklusive. Er hat mich mit seinem Sportwagen nach Hause gefahren und jetzt versteckt er sich in meinem Schrank, bis du wieder gehst. Denn dann treiben wir es hier auf diesem Bett.« Ich klopfte stolz auf meine Matratze, traute mich aber noch nicht, mich zu erheben.

Nick sah mich lange an, ohne dass ich eine Spur von Gefühlen aus seinem Gesicht ablesen konnte. Vermutlich war ich eh zu angetrunken, um darin irgendwas abzulesen. Dann sah er auf meine Beine - oder auf mein Kleid?

»Hast du dich mit Dave getroffen?«

»Dave?« Jetzt drückte ich mich auf meine Ellbogen. »Du meinst Dave Miller?«

»Ich glaube, wir beide kennen nur einen Dave«, antwortete er mir mit sehr viel Spott in der Stimme. Zu viel Spott, wie ich fand.

Er sah sich jetzt in meinem Zimmer um. Viel Platz bot der Raum nicht, aber ich hatte es gemütlich eingerichtet. Nick sah sich gerade mein Bücherregal an.

»Ich kenne zufällig noch einen. Er arbeitet in L.A., an einer Tankstelle. Und er ist ziemlich nett«, sprach ich stolz und erwähnte natürlich nicht, dass Dave eigentlich David genannt werden wollte und über 50 Jahre sowie verheiratet war.

Nick drehte sich um und lehnte sich an meinen kleinen Schreibtisch. Die Szene erinnerte mich an letzte

Woche. Da saßen wir beide an seinem Tisch und er hatte mich geküsst.

»Ich rede von dem Penner, der dich angemacht hat. Der Dave, in den du die ganze Zeit über verschossen bist!«, sprach er mit zusammengepresstem Kiefer.

»Verschossen war«, verbesserte ich ihn.

Er schnaubte. »Oh, Verzeihung.«

»Das ist ein Unterschied, Nick! Ich bin es nicht mehr, nachdem ich herausfinden musste, dass Dave nicht mal bei vergebenen Frauen haltmacht. Ja, ich wusste, er hatte so seine Affären. Aber niemals hätte ich gedacht, dass es ihm egal ist, ob da jemand ist, den es verletzt, wenn man sich nimmt, was einem nicht gehört!«

Meine Stimme brach am Ende. Dieses ganze Thema lag viel zu frisch in meiner Erinnerung. Ich fühlte Nicks Blick auf mir, aber lieber starrte ich meine blaue Bettdecke an.

»Wegen der Sache in der Mensa ...«

»Ich habe meinen Job gut gemacht!«, teilte ich ihm mit, ohne ihn anzusehen. »Du wolltest, dass sie es glauben. Ich saß auf deinem Schoß, Nick, und es sah echt aus. Blake sagte ja auch, dass ...«

»Oh ja, es war echt, das kannst du mir glauben«, lachte er kurz auf. Ich biss mir instinktiv auf die Unterlippe, als sich unsere Blicke trafen. Es lag etwas in seinen Augen. Ein ernster Ausdruck, und dann fiel sein Blick wieder auf den unteren Teil meines Körpers. Ich folgte seinen Augen, und seufzte genervt auf. Wo war nur das Loch, in dem ich mich verstecken konnte? Mein Kleid war fast bis zu meinem Slip hochgerutscht. Räuspernd zog ich den Stoff nach unten und ich spürte, wie meine Wangen wärmer wurden.

»Warum haben wir uns gestritten, Nick?«

»Weil du dich in Dinge einmischst, die dich nur bedingt etwas angehen«, antwortete er ohne zu zögern.

»Was?« Ich setzte mich auf. »Amber ist meine beste Freundin, und Blake offensichtlich ein Mistkerl, der sich gleich das nächste Mädchen nimmt. Dass du da immer noch glaubst, dass ich still dabei zusehe, wie sie ...«

»Blake hat keine Ahnung, wie er mit den Gefühlen umgehen soll, die er für *deine* Freundin hat, Jill. Er saß vorhin Stunden auf der Couch und heulte herum, weil sie ihn ignoriert. Glaub mir, das macht kein Typ, der sie nur mal eben in der Besenkammer vögeln will.«

Ich runzelte die Stirn und nahm jede Bewegung wahr, als er zu mir kam und sich vor mich hinkniete.

»Hör auf, dich hinter Amber zu verstecken. Hör auf, uns hinter Amber und Blake zu verstecken.«

Ich öffnete überrascht den Mund, als seiner schon auf meinem landete. Ich reagierte sofort auf seine weichen einladenden Lippen und fiel mit ihm auf mein Bett. Ich bestand nur noch aus Gefühlen, die nicht mehr jugendfrei waren.

Nicks Hände fanden den Weg unter mein Kleid, ich spreizte die Beine und wollte nur angefasst werden. Von Nick. Von diesem heißen, attraktiven Typen, der mich auch wollte. Seine Erektion drückte gegen meinen Oberschenkel, als er halb auf mir lag und wir uns wild küssten.

»Bitte«, murmelte ich, als er begann meinen Hals zu küssen. Die Haut dort brannte lichterloh, Gänsehaut stellte sich an meinem gesamten Körper ein und mein Höschen war so feucht.

»Was willst du, Babe?«

»Dich«, stöhnte ich, als seine Hand sich in meinem Höschen befand, und er mich dort begann zu massieren. Instinktiv presste ich mich noch näher an ihn ran. Eigentlich lag ich schon eng an ihn gedrückt, weil ich selbst jetzt seine Muskeln unter dem Shirt spüren konnte, aber mein Körper hörte nicht auf mich. Er wollte ganz einfach immer mehr.

»Du musst schon genauer sagen, was du willst«, flüsterte er mit rauer Stimme und begann, meine Brust vom Stoff zu befreien.

»Ich will ... ich will, dass du mir zeigst, wie es sein kann, einfach nur zu fühlen. Mehr nicht ... nur fühlen ...«, antwortete ich und schloss genüsslich die Augen, als ... seine Berührungen plötzlich stoppten und er aufstand. Aufstand? Ich öffnete die Augen und sah zu, wie Nick, leider immer noch nur neben mir saß. Er sollte mehr tun. Ich brauchte mehr!

Ich zog instinktiv die Beine an meinen Körper und fühlte mich plötzlich total unwohl. Hatte ich etwas falsch gemacht?

Nick fuhr sich durch sein durcheinandergeratenes Haar, dann seufzte er. Nicht einmal versuchte er meinen Blick zu suchen, und das verstörte mich noch mehr.

»Besorg dir ein Kleid für die Mottoparty«, sagte er mit viel zu ruhiger Stimme, dann stand er auf und verließ mein Zimmer.

Ich wollte ihm hinterherrufen, ihn anschreien, ihn ...

Meine Lippen bebten, weil er sie noch kurz zuvor berührt hatte und weil er mich kommentarlos zurückgelassen hatte.

NICK

Ich ignorierte die Leute um mich herum, obwohl ich für manche einen fürchterlichen Eindruck machen musste. Kein Wunder. Ich war auf hundertachtzig.

»Aus dem Weg«, herrschte ich irgendeinen Studenten an, der sofort gefühlte dreißig Meter Abstand nahm.

Kurz vor Beginn kam ich an dem Raum an, den ich die ganze Zeit gesucht hatte. Es war einer der größten Seminarräume, die wir in Berkeley hatten, deswegen suchten meine Augen erst mal nach ihr. Nach der Frau, die ich zurückgelassen hatte, weil sie ...

Mein Blick fiel auf ihren Hinterkopf. Ich wusste sofort, dass sie es war, weil ihr Lachen zu hören war. Ihr Lachen? Sie saß neben einem Kerl, das konnte ich erkennen. Ohne darüber weiter nachzudenken, lief ich die Stufen herunter.

»Du bist bescheuert«, hörte ich sie reden.

Vor den beiden blieb ich stehen.

»Was zum Teufel machst du hier?« Winter saß neben ihr. In Geschichte!

Ich bekam natürlich mit, wie Jill ihre Miene vor mir verschloss. Winter jedoch grinste nur spitzbübisch, als wüsste er etwas, das ich nicht wusste. Er hatte einen Arm um ihre Stuhllehne gelegt und saß viel zu dicht neben ihr.

»O'Donnell, hey, was geht?«

»Was geht? Was machst du hier?«, fragte ich ihn direkt.

»Na, das Gleiche wie du«, antwortete er und zwinkerte mir verschwörerisch zu. Und was sollte diese Geste jetzt bedeuten? »Ich habe Jill im Flur getroffen und da beschloss ich ...«

»Mir ist scheißegal, was du beschlossen hast. Verzieh dich!«

Winter fand meine Drohung witzig, denn er schmunzelte noch immer. Wenn Jill nicht zwischen uns sitzen würde, hätte ich ihm anders gezeigt, wie ernst mir das war.

»Hör auf, ihn anzumachen. Ich habe Winter angeboten ...«, begann jetzt auch noch Jill Partei für ihn zu ergreifen, aber mich interessierte das gerade einen Scheiß, was *meine* Freundin über Winter zu sagen hatte.

Ich berührte ihre Stuhllehne und beugte mich vor. Nah genug, damit sie etwas zurückschreckte.

»Deine Antwort interessiert mich gerade recht wenig. Ich würde gerne wissen, warum irgendein Idiot herumerzählt, dass die Braut von Nick allein zur Mottoparty geht!«

Jill wirkte überrascht, aber verneinte das Gerücht auch nicht.

»Ich gehe nicht allein hin. Amber und ich ...«

»Amber und du?«, fragte ich entsetzt. »Dir ist schon klar, dass wir beide ...«

Sie hob warnend die Hand. »Wir beide? Was sind wir beide denn, Nick? Sag schon, was sind wir?«

Sie stand auf und kramte ihr Zeug zusammen. Irritiert schaute ich mir das an.

»Ich habe dir geholfen. Mehr als einmal. Mehr als ich wollte«, redete sie weiter und griff ihre Tasche. Sie trug heute ein Kleid in Hellrosa. Es wirkte ganz und gar nicht *tussig*, weil es Jill war, die es trug. Die Jill, die mich in ihrem Zimmer gebeten hatte, »nur fühlen zu wollen«. Mehr wollte sie von mir nicht. Die Wahrheit darüber tat noch immer verflucht weh. »Dann haust du einfach ab, nachdem ich …« Jill schloss die Augen, wirkte gequält. Ihre Schultern hingen herab und plötzlich war die Wut über Jill wegen der Mottoparty verflogen.

Es hatte sie viel Überwindung gekostet, als sie sich mir hingab. Das war mir klar, als sie mir ihr Vertrauen schenkte. Ich brauchte drei Duschrunden, um die Nässe und ihren Geruch aus dem Schwanz und meinem Kopf zu bekommen.

»Babe …«

Sie öffnete die Augen und erwiderte meinen Blick mit so viel Zorn und Enttäuschung, wie sie wohl aufbringen konnte. Auch so war sie wunderschön. Jill besaß eigentlich nichts, das mich wohl jemals abstoßen würde. Und sie begriff es einfach nicht. *Weil ich es falsch angegangen habe.*

»Was willst du denn noch, Nick? Mich weiter demütigen? Was willst du von …«

»Vielleicht solltet ihr das woanders klären«, mischte sich jetzt Winter ein und zeigte auf die Professorin, die gerade die Stufen herunterkam.

»Da gibt es nichts zu klären!«, antwortete Jill und ließ uns beide stehen.

»Nur ein Idiot, der nicht weiß, was er an ihr hat, lässt es zu, dass sie ihren eigenen Kurs vorzeitig verlässt«, mischte Winter sich wieder ein.

Ich schnaubte und ging hinaus, selbstverständlich folgte er mir. Es waren noch ein paar Leute im Flur, einige nickten uns zu, andere zwinkerten uns zu - vorzugsweise Frauen. Selbst Winter ignorierte sie diesmal.

»Also, was hast du angestellt?«

Die Frage musste ja kommen. Aber wen hatte ich schon zum Reden? Blake war zu sehr in seiner rosaroten Wolke gefangen, Jason war nie mehr als ein Teamkollege gewesen, und meine Eltern waren überhaupt gar kein Thema für so etwas. Winter wusste als Einziger Bescheid über Jill und mich ...

Wir kamen draußen an und setzten uns auf eine der Bänke.

»Keine Ahnung, was ich mir bei der ganzen Sache gedacht habe«, begann ich und stützte mich mit den Ellbogen auf meinen Knien ab. Ich beobachtete die Umgebung. Ein Student rauchte, während er dabei telefonierte. Eine größere Gruppe lernte auf der Wiese und sie genossen dabei das schöne Wetter. Ein Pärchen saß an einem Baum und kicherte.

»Ich glaube, du hast gar nicht gedacht. Das war wohl auch so bei Blake. Er hat auch nicht gecheckt, dass dieser Stress mit seiner Brillenschlange ein sehr langes Vorspiel gewesen ist«, erklärte Winter, griff in seine Tasche und steckte sich einen Kaugummi in den Mund. Er hielt mir auch einen hin, ich verneinte aber.

»Wenn das zwischen Jill und mir ein Vorspiel sein soll, dann ...« Ich schnaubte. »Muss der da oben einen wahnsinnigen Humor haben.«

»Ne, ich glaube eher, ihr beide habt absolut keinen Schimmer, was ihr da macht.«

Ich sah ihn abwartend an.

»Meine Fresse, du bist Nick O'Donnell, der Footballstar. Natürlich bist du jetzt nicht so beliebt wie ich oder so was ...«

»Komm auf den Punkt«, seufzte ich, weil das ja hoffentlich noch irgendwo hinführte.

»Seit wann lässt du dich von irgendwem stoppen?«
Ich runzelte die Stirn.

»Du spielst im Footballteam, trotzdem liest du ständig zu dicke Bücher. Falls du es nicht weißt: Das tun wir Footballspieler nicht! Du trinkst weniger als wir alle zusammen, ob wir gerade die Meisterschaft gewonnen haben oder nicht. Und beim Thema Frauen? Da bist du einer der wenigen, die zugeben, 'ne Beziehung führen zu können.«

Ich wollte gerade etwas erwidern, da redete Winter schon weiter.

»Trotzdem bist du der Meinung, Jill nur für dich zu gewinnen, indem du sie anlügst. Warum versuchst du es bei ihr nicht einfach mit der Wahrheit?«

Ich biss mir auf die Innenseite meiner Wange und seufzte dann. Ich ignorierte, dass es ausgerechnet Winter war, der mir mehr als bewusst machte, was für einen Mist ich gebaut hatte.

»Jill ist ... anders.«

Ich sah, wie er die Augen verdrehte. »Dir ist schon klar, dass Blake genauso über Amber spricht. Ich brauche mal Einzelheiten ...«

»Sie ist taff, klug, gibt ... Widerworte. Sie will mich nicht beeindrucken, aber sie tut es, weil Jill sie selbst ist. Da ist nichts Künstliches an ihr. Wenn sie in diesem hässlichen Badeanzug vor mir steht, da ...« Ich grinste, als mir ihr geschockter Ausdruck in den Sinn kam. »Sie ist tollpatschig, aber das ist süß. Es ist ... nicht gespielt. Du musst dir keine Sorgen machen, dass sie Dinge sagt, die sie nicht so meint ...«

»Mmh ...« Winters komisches Geräusch verstand ich jetzt nicht. Er sah es auch in meinem nachdenklichen Blick.

»Was?«

Er schüttelte den Kopf und nahm sich seinen Rucksack, um aufzustehen.

»Du und Blake seid so verknallt, dass es echt schon nicht mehr lustig mit anzusehen ist.«

Dazu konnte ich nichts sagen, weil ...

Er schien gehen zu wollen, drehte sich aber noch mal zu mir um, während er einem Mädel, das an uns vorbeiging, zuzwinkerte.

»Du bist felsenfest davon überzeugt, dass sie dir nie etwas vorspielt?«

Ich nickte.

»Tja, zu dumm, dass sie der felsenfesten Überzeugung ist, dass ihr zwei nur eine Abmachung habt!« Dann klopfte er mir auf die Schulter, als würde ich das brauchen, und verschwand dann.

Eigentlich war der Plan gewesen, Jill klarzumachen, dass sie mit mir zur Mottoparty gehen sollte. Aber was hatte ich erwartet? Ich ließ sie allein zurück in ihrem Zimmer, halbnackt und ... ich schüttelte den Kopf, um diesen Gedanken aus der Birne zu bekommen. Es war einfach nur lächerlich. Ich hätte mit ihr schlafen können und tat es nicht, weil ich ihr nicht nur zeigen wollte, wie es war, »nur« zu fühlen. Sie sollte mich in ihrem Leben haben wollen, nicht nur fürs Bett, verdammt!

JILL

»Ich möchte gerne einen Kaffee mit extra Sahne und einen Milchkaffee«, gab ich unsere Bestellung auf. Amber hatte sich bereits einen Platz gesucht.

Die Bedienung nickte. Ich dachte an die Begegnung mit Nick zurück. Instinktiv verwandelte sich dieser Gedanke in Stress, und bei Stress musste ich jedes Mal etwas essen.

»Und einen Muffin bitte, zwei Muffins.«

Die Bedienung musterte mich. »Noch etwas?«

»Das wäre alles.«

Als ich zurück an den Tisch ging, tippte Amber gerade wild an ihrem Handy herum. Wie war das? Sie hielt nicht viel von Handys und dem ganzen Kram?

Seit Blake warf sie quasi alles über den Haufen.

»Ich hab dir noch ,nen Muffin mitgebracht.«

»Danke, aber ...« Sie sah auf den Muffin und verzog den Mund. »Ich krieg irgendwie in letzter Zeit kaum etwas runter.«

Ich seufzte. »Du bist verliebt.«

Sie sagte nichts, als ich herzhaft in den Muffin biss. Moment mal ... sie sagte nichts?

Ich sah zu Amber, die überall hinsah, nur nicht zu mir, während sie von ihrem Milchkaffee trank.

»Oh, mein Gott«, hauchte ich.

»Wie geht's Nick?«, lenkte sie ab und hatte natürlich Erfolg damit.

»Gut«, antwortete ich und räusperte mich wie blöde.

»Lügnerin! Seit wann geht man mit der besten Freundin statt mit dem Freund zur Mottoparty?«

»Und du willst gar nicht hingehen!«, warf ich ihr vor.

Wir beide sahen uns wutentbrannt an.

»Wir sind schon verkorkst«, grinste Amber jetzt und ich erwiderte es.

»Irgendwie schon.«

»Jill! Hey, wir haben uns aus den Augen verloren!«

Dave. Er war gerade hereingekommen. Ambers Stirn runzelte sich, sie sagte aber nichts dazu.

»Hey, Dave«, murmelte ich und trank hastig ein Schluck von meinem Kaffee.

Er sah wieder mal viel zu gut aus. Das tat seinem Charakter nicht gut, musste ich leider zugeben. Ich hörte ein paar Mädels hinter uns kichern. Wenn die wüssten, wie Dave wirklich war ...

»Ich hatte eigentlich gehofft ...«

»Wir müssen lernen, Dave«, mischte sich Amber jetzt in das Gespräch ein.

Dave sah ganz genau, dass wir hier nur tranken und Muffins aßen. Aber er lächelte diese Tatsache einfach weg. Ich konnte mir gut vorstellen, dass er so bei vielen Dingen reagierte.

»Sicher, wir sehen uns«, verabschiedete Dave sich und lief zu der Schlange, um sich etwas zu bestellen.

Ich sah ihm einen langen Moment nach, dann drehte ich mich wieder um. Ambers Blick traf meinen. Sie hatte mich die ganze Zeit über beobachtet.

»Was?«

»Wir reden in letzter Zeit viel zu wenig über dich. Was läuft bei dir?«

Ich seufzte und schloss kurz die Augen. »Wenn ich das wüsste.«

Amber und ich sprachen nicht mehr wirklich viel miteinander, nachdem Dave gegangen war. Es lag einfach daran, dass ich nicht reden wollte. Sie war durcheinander genug wegen dieser ganzen Blake-Sache. Ich würde da nur stören.

Und jetzt saß ich in meinem Zimmer und zupfte an meinem neuen Kleid. Ich hatte Amber dazu überredet hinzugehen, aber selbst ich war mir nicht mehr sicher. Sollte ich auf diese blöde Mottoparty überhaupt noch gehen? Wem wollte ich einen Gefallen tun? Nick?

Mein Kleid war untenrum breiter, ein dicker Unterrock war dafür verantwortlich. Es war schwarz, mit großen weißen Punkten gemustert. Mein Haar war hochtoupiert, und ja, ich fühlte mich wie in den fünfziger Jahren. Und trotzdem ... ich drehte mich im Kreis und sah mich wieder in meinem kleinen Spiegel an der Wand an.

Meine Wimpern hatten eine Menge Volumen, sodass ich wie eine Diva aussah. Ich lächelte, als es plötzlich an der Tür klopfte.

Amber konnte es nicht sein, wir wollten uns vor der Halle treffen.

»Ich bin's«, rief Nick durch die Tür.

Einmal holte ich tief Luft, dann öffnete ich sie. Nick lief vor der Tür auf und ab, als er seinen Kopf hob und abrupt stehen blieb.

Er trug einen Smoking ... oh Gott, er sah aus wie ein junger, heißer James Bond.

»Oh, du hast die Tür aufge ...« Er wirkte überrascht, dann ging ein Ruck durch seinen Körper und ... er starrte mich mit großen Augen an. »Ähm ... irgendwie muss ich mich noch mal sammeln. Ich hatte nicht damit gerechnet, dass du so schnell die Tür öffnest. Nicht *so*.«

Nick wirkte ziemlich durcheinander, ließ mich aber für keinen Moment aus den Augen.

»Ich bin mit Amber verabredet, Nick.«

Er blinzelte nicht einmal, als ich ihn ansprach. Was war denn los mit ihm?

»Ist alles okay bei dir?«

»Es war ein Fehler!«, sprach er plötzlich wie aus der Pistole geschossen.

»W-was ...«

Bevor ich etwas erwidern konnte, hatte er sich zu mir bewegt, meinen Nacken ergriffen und mich geküsst.

Das hier war kein Rantasten, kein Versuch, irgendetwas zu starten, dessen Ausgang nicht ganz klar war. Das hier war Leidenschaft. Pure Sinnlichkeit, als ich den Kuss erwiderte und mich seinem Drängen hingab. Wir taumelten hinein in mein Zimmer, Nick hatte wohl die Tür zufallen lassen, ich war nicht mal fähig, meinen Gedankengängen richtig zu folgen, als wir auf mein Bett fielen. Gott sei Dank hielt das kleine Bett uns aus.

»Ich weiß nicht«, murmelte Nick, als er sich von meinen Lippen löste. »Ob ich so lange ...« Er blickte auf seinen Schritt. Die Erektion war nicht zu übersehen.

Und er war nur wegen mir so erregt. Nur wegen mir ...

Ich biss mir auf die Unterlippe und überlegte nicht lang. Nick O'Donnell lag hier auf meinem Bett und sah so ungeduldig aus, wie auch ich mich fühlte. Ich wollte ihn. Ich wollte ihn so sehr, und dass es ihm genauso ging, war ein Hochgefühl, das ich so schnell nicht vergessen wollte.

Ich zögerte nicht mehr. Ich nahm es mir jetzt einfach.

»Babe?« Nick verstand nicht, was ich vorhatte. Vermutlich dachte er noch, ich wollte gehen, so wie er mich stehen gelassen hatte. Aber darüber wollte ich nicht mehr nachdenken. Das war jetzt nicht wichtig.

Ich setzte mich auf seinen Schoß und war froh, wieder ein Kleid angezogen zu haben.

Nicks Hände berührten meine Hüfte, und diese hellblauen Augen, die mich immerzu ansahen, wirkten viel dunkler, viel tiefer, viel ... begieriger. Das spornte mich noch mehr an.

Mein Slip drückte genau an die Stelle, die mich genauso verrückt machte wie ihn. Er schloss die Augen, als ich mich an ihm rieb.

Ich lächelte in mich hinein, weil ich so viel Macht über ihn zu haben schien.

Ich habe Macht über ihn ...

»Wenn du nicht willst, dass ich meinen Anzug ruiniere, Babe, dann ...«

Ich hatte mich mittlerweile so schnell an ihm gerieben, dass ich völlig vergessen hatte, was ich hier eigentlich machen wollte.

Also drückte ich mich herunter und küsste ihn. Den Kuss erwiderte er sofort mit einer Gier, die mich zum Kichern brachte.

»Du hast keine Geduld, oder?«, murmelte ich gegen seine Lippen und unsere Blicke trafen sich.

»Dein Slip ist nass, Weib. Ich spüre es durch meine Hose, also entweder du machst jetzt ...«

Er wollte mir noch die Option lassen. Als gäbe es noch eine Wahl ...

Ich war feucht, ich war mehr als bereit ... Deswegen setzte ich mich wieder auf und begann seinen Gürtel zu öffnen. Nick ließ mich dabei nicht für eine Sekunde aus den Augen. Meine Finger begannen zu zittern, als ich es nicht sofort schaffte, diesen zu öffnen. Plötzlich spürte ich seine Hand auf meinen zittrigen Fingern. Ich sah ihn an. Ein mildes Lächeln schenkte er mir.

»Du musst dir nichts beweisen, Babe ...«

»Ich will aber«, antwortete ich leise.

»Und ich will dich«, antwortete er lächelnd. Ich erwiderte es, weil es sich einfach nur toll anfühlte. Nick fand mich attraktiv und wollte mich!

Ich lachte laut auf, als er sich aufsetzte und mich in seine Arme schob. Seine Lippen berührten meine Halsbeuge und ich seufzte zufrieden auf. Es fühlte sich fantastisch an, wenn er mich küsste.

Seine Lippen fuhren meinen Ausschnitt entlang.

»Bitte ... Nick!« Keine Ahnung, was ich ihm sagen wollte, aber das Pochen zwischen meinen Beinen wurde langsam unerträglich.

Er hob den Kopf und sah mich mit einem Glühen an, das er sicher auch in meinen Augen lesen konnte.

»Was Jill? Was willst du?« Es klang wie eine Warnung, und machte mich etwas nervös. »Sag es mir, und du bekommst es.«

»Ich will dich ... jetzt!«, antwortete ich, ohne eine Sekunde zu zögern.

»Du bekommst mich!« Er küsste mich, dann spürte ich, wie er den Gürtel gänzlich auszog. Seine Hose schob er runter, während ich mich etwas erhob, damit er seine Hose ganz hinunterziehen konnte. Die Unterhose von *Calvin Klein* war auch direkt verschwunden und ich konnte sehen, wie gut bestückt er war. Instinktiv biss ich mir auf die Unterlippe.

»Jill?«

Ich fühlte mich ertappt, grinste dann aber, als ich mich wieder auf seine Erektion setzte. Nick holte scharf Luft, als nur noch mein Slip die Barriere zwischen uns war. Schnell riss ich ihm das Jackett von den Schultern. Die Fliege saß noch immer perfekt und irgendwie war es total heiß, wenn das so bleiben würde.

Nick berührte meine Wange und blickte mich lange an. »Bekomm ich dich auch, Jill?«

»Bekommst du«, murmelte ich und erwiderte seinen Blick. Er blinzelte nicht einmal, bis ich die Initiative ergriff und ihn wieder küsste. Nick stöhnte in den Kuss hinein, weil ich auch meinen Slip beiseiteschob und ihn in mich aufnahm. Ich wollte keine Sekunde länger warten. Nicht mal nachdenken wollte ich über das, was hier passierte.

Wir beide stöhnten wieder auf, als ich mich langsam auf seinen Penis schob. Es war eng, es war ... ein so tolles Gefühl, dass ich gar nicht mehr sagen konnte, wer sich als erster begann zu bewegen.

Irgendwann bestanden wir nur noch aus Händen, die einander festklammerten. Lippen, die sich nicht voneinander trennen wollten und Geräusche, die immer lauter wurden.

Ich geriet in einen Rausch. Ein Rausch nach mehr von allem. Also steigerte ich das Tempo.

»Fuck, ich komme gleich ... ich kann es nicht ...«, stammelte er und auch ich wollte etwas Ähnliches sagen, aber ich war viel zu sehr gefangen. Mein Unterleib begann zu kribbeln, ich wurde immer lauter, konnte nichts mehr kontrollieren und dann kam ich. Ich biss vor Schreck in seine Schulter. Mir war es egal, dass er noch sein Hemd trug. Ich brauchte ihn.

Nicks Griff um meine Brust wurde fester, als er noch zwei weitere Male in mich pumpte. Ich lag wie ein zufriedenes Kätzchen in seinen Armen, während er seufzend meinen Rücken streichelte, nachdem er fluchend in mir gekommen war.

Wann lag ich das letzte Mal in den Armen eines Mannes? Patrick musste das gewesen sein. Mein süßer, netter Highschool-Freund, der mich über Monate mit Kristy, der Cheerleaderschlampe, betrogen hatte. Und jetzt saß ich auf Nick O'Donnells Schoß, nachdem wir unglaublichen Sex hatten. Wer hätte das jemals gedacht?

NICK

»Du musst jetzt gehen. Ich komme sonst noch zu spät. Amber wartet bestimmt schon.«

Jills Bitte holte mich in die Realität zurück. Das, was hier gerade abgelaufen war, hätte ich niemals verhindern können, weil ich es auch so dringend brauchte. Obwohl ich eigentlich hergekommen war, um ihr zu sagen, dass sie keinen Grund hatte, wütend auf mich zu sein. Aber als sie in diesem Kleid vor mir stand ... was zum Teufel hätte ich denn tun sollen? Meinem Schwanz wieder mal erzählen, dass es nicht ging. *Klar.* Wie lange wäre das denn noch gut gegangen? *Richtig.* Gar nicht.

Der Sex war ... ich fand nicht mal ein passendes Wort dafür. Wie sollte man etwas so Tolles beschreiben? Und jetzt tat die Frau - die genau wusste, wie phänomenal es war -, so als wäre nie etwas passiert.

»Jill ...« Ich zog mir meine Hose an, nachdem sie wieder hereinkam. Sie hatte sich wohl auf der Toilette gesäubert. Außer an ihren geröteten Lippen und den roten Wangen sah man ihr nicht an, was wir gerade getan hatten.

Als wäre nie etwas passiert ...

Der Gedanke war bitter. Sehr bitter.

»Ich gehe mit Amber zur Party, darüber diskutiere ich nicht!«, sprach sie und machte mich noch wütender, weil sie lieber nach ihrer Tasche griff, als mir in die Augen zu sehen. Selbst ich hatte so was wie Stolz.

»Mir ist die Party mittlerweile scheißegal!«

Jetzt sah sie mich endlich an und wirkte ziemlich überrascht. Ich war es nicht. Immerhin redete ich seit Tagen gegen eine verdammte Wand.

»Wir hatten gerade Sex, Jill! Du bist keine Frau, die das einfach so ...«

Sie schnaubte nickend. »Da hast du verdammt recht.«

»Dann lass uns darüber reden«, schlug ich ihr vor. Ich konnte Winter praktisch lachen hören über meinen eigenen Vorschlag.

»Worüber denn?«, murmelte sie leise, während sie zur Tür ging.

»Ich lass dich in Ruhe. Ich werde das Spiel nicht mehr spielen, Jill. Du musst es nur sagen.« Ich setzte alles auf eine Karte. Und sie reagierte, in dem sie einfach vor der geschlossenen Tür stehen blieb. »Ich weiß, ich habe damit angefangen. Ich habe dich um etwas gebeten, das nicht beinhalten sollte, dass wir ...«

»Dass wir was?«, fragte sie, drehte sich aber immer noch nicht zu mir um.

»Da ist etwas zwischen uns, Jill ... ich weiß es, und du weißt es mit Sicherheit auch«, erklärte ich ihr und ging auf sie zu. Ich hob den Arm, um sie zu berühren, ließ es aber sein. Vielleicht wollte sie gerade nicht berührt werden. Davon hatte ich einfach keine Ahnung.

»Und was sollen wir jetzt tun?«

»Könntest du dich umdrehen, damit ich nicht mehr mit deinem Rücken reden muss? Der wirklich sehr hübsch ist, aber ...«

Sie drehte sich um, und ich fand meine Worte nicht wieder. Ihre Augen wirkten glasig, als würde sie gleich weinen. Mir blieb die Luft weg bei diesem Anblick. Ich wollte alles von ihr, aber ganz sicher nicht diese Tränen. Denn sie kamen, weil sie Angst hatte. Jill konnte ganz einfach nicht mit dieser Situation umgehen.

Wenn sie eine von vielen gewesen wäre, ein Mädchen, das mir scheißegal wäre, das mich nicht ständig zum Lachen bringen würde, mich nicht in meinen Träumen verfolgen würde, dann ... ja dann, gäbe es dieses Gespräch nicht. Ich hätte es akzeptiert, dass sie nicht mehr mit mir reden wollte. Denn das wäre dann auch meine Hoffnung gewesen. Dass es ein One-Night-Stand war und danach alles wieder normal weiterlief.

Aber das hier war keine schnelle Nummer, die ad acta gelegt werden würde. Ich wollte sie. Ich wollte Jill schon, als ich nicht mal wusste, was ich genau wollte. Komisch, aber so war es. Und jetzt durfte ich mit ihr richtig zusammen sein. Ich hatte an der süßen Frucht genascht und ich wäre ein Vollidiot, wenn ich das nicht immer wieder tun wollte!

Jill war kostbar. So kostbar, dass sie es nicht mal wagen sollte, jetzt wieder etwas Falsches zu denken.

»Ich weiß, was du über mich denkst, Jill.«

Sie biss sich auf die Unterlippe. Das machte sie oft, wenn sie sich unwohl fühlte. Dennoch würde ich das Thema ansprechen. Da kam sie nicht wieder raus. Vermutlich war es das erste Mal in meinem Leben, dass ich es bereute, ein dämlicher Footballspieler zu sein.

»Ich meine, ich bin selbst schuld. Wir sind schuld. Immerhin haben wir uns oft wie die letzten Idioten verhalten. Okay, du hältst mich für einen Studenten, der zu viele Frauen hatte und sich wie ein Idiot verhält, aber … wenn ich mit einer Frau zusammen bin, dann länger. Ja, es gab One-Night-Stands, aber nicht so viele, dass ich zig Finger bräuchte, um sie zu zählen. Du bist kein Typ für etwas Lockeres, eine Affäre oder so. Dass du deswegen denkst, wir könnten nicht zusammenpassen, ist verständlich. Aber falsch!«

Ihr Blick traf wieder meinen. *Oh, Mann, sie hat mich so was von an der Backe …*

»Du willst mit mir zusammen sein? So richtig?«, fragte sie ungläubig.

Ich nickte und versuchte über ihre ungläubige Miene nicht zu schmunzeln. Das hier war wichtig. Ich musste ihr zeigen, dass ich es ernst meinte.

»Du musst das nicht tun, nur weil wir Sex hatten.«

»Oh, großer Gott, Jill. Hör doch auf!«

»Warum bist du jetzt …«

Ich ließ sie allein stehen und begann in ihrem kleinen Zimmer herumzulaufen.

»Ich versuche dir ständig zu zeigen, dass du ein völlig falsches Bild von mir hast. Winter sagt selbst …«

»Du hast mit Winter über uns geredet?«

»Auch wenn das schwer zu glauben ist, aber er hat wenigstens Augen im Kopf!«, machte ich ihr klar.

»Hey!« Jill verschränkte die Arme vor der Brust. Sie sah echt aus wie eine Lady aus den Fünfzigern. Nie hätte ich gedacht, dass mich so ein Look um den Verstand bringen würde. Und dazu dieses Kleid …

wenn ich nicht gerade erst Sex gehabt hätte, würde ich sie gerne wieder ...

Nein! Hier gibt es etwas zu klären! Später vielleicht.

»Was willst du eigentlich noch von mir hören? Ich habe dir gesagt, dass wir zusammenpassen. Ich bin nicht wie ein Arschloch abgehauen, nachdem wir Sex hatten.«

»Das beweist noch gar nichts«, betonte sie.

»Was willst du denn noch hören?«

Sie öffnete den Mund, schloss ihn aber wieder. Und da machte es »Klick.« Jill wollte etwas hören, das ich noch nie ausgesprochen hatte. Niemals. Deswegen versuchte ich etwas anderes.

»Du bist ungeschickt mit Eis, mit Muffins ...«

Jill schnaubte, aber ihre Reaktion war mir egal.

»Du glaubst, du wärst zu dick.«

Ihre Wangen glühten, aber sie sagte nichts weiter dazu.

»Aber wenn wir mal über deine eigene Wahrnehmungsstörung hinwegsehen,

willst du helfen. Du hast mir geholfen, du hilfst Amber. Es ist erstaunlich.« Ich lächelte. »Wenn Amber in Schwierigkeiten ist oder du das Gefühl hast, sie benötigt Hilfe, setzt du dich für sie ein. Das hast du all die Jahre schon so gemacht, wenn Blake und sie aneinandergeraten sind. Und wenn du angegriffen wirst? Dann nimmst du es dir so sehr zu Herzen, dass ich allein bei dem Gedanken, wie verletzt du dann bist, jedem eine reinhauen möchte.«

Jill wirkte erstaunt. Sie hatte wirklich keine Ahnung, wie lange ich sie schon beobachtet hatte. Das wurde mir auch selbst jetzt erst klar. Jedes Mal wenn ich sie neben Amber stehen sah, wenn Blake und ihre beste Freundin mal wieder etwas auszutragen hatten, beobachtete ich lieber Jill.

»Ich ... ich wusste nicht, dass du so über mich denkst.«

»Weil du dir nicht vorstellen kannst, was du in mir auslöst, Jill. Aber das ist mir jetzt egal. Ich ... will keine Spielchen mehr spielen. Ich will mit dir zusammen sein. Ohne ein Skript, ohne Hintergedanken. Du musst nur endlich begreifen, dass Menschen sich ändern können. Nicht jeder wird dir wehtun, verstehst du?«

Irgendein Arsch hatte sie verletzt. Das stand fest. Nicht umsonst würde sie sich so verhalten. Aber ich konnte nichts für ihr Erlebtes.

»Nick ...« Sie schloss die Augen, wirkte gequält. Bevor sie etwas sagte, das sie bereuen würde, hob ich die Hand.

»Du weißt, was ich will. Jetzt bist du dran.«

Auch wenn ich es nicht wollte. Ich verließ sie, ohne sie noch einmal zu berühren. Das war wohl das Schlimmste. Jill nicht anzufassen. Ihre warme Haut nicht unter meiner zu fühlen, diesen Blick nicht zu erwidern und sie nicht einfach wieder zu küssen.

Was ich jetzt nicht tun sollte, war, Jill jetzt zu bedrängen. Nicht, wenn sie sich gerade so schwach und hilflos fühlte.

Sie würde begreifen, dass ich nicht der Böse war. Sie würde es begreifen ...

Das redete ich mir zumindest ein, bis Kelly begann alles zu ruinieren.

Die Mottoparty zu Halloween übertraf wieder mal alles. Es gab tolles Essen, genug zu trinken und die

Deko war der Hammer. Es war alles perfekt abgestimmt. Unser Direx wusste, dass er sein Bestes geben musste. Denn wenn man auf einem College mit 10.000 Studenten offiziell Partys an Halloween verbietet, musste eine alternative Lösung her. Und das schaffte er, indem er jedes Jahr hier in der Sporthalle ,ne dicke Mottoparty schmiss. Alkohol war zwar nicht erlaubt, aber die Professoren schauten darüber hinweg. Lieber sollten wir hier saufen, als in den zig Verbindungshäusern.

Und jetzt saßen wir Idioten hier. Winter war bereits angetrunken, und wie immer fand er Spaß daran, andere bloßzustellen. Aber das hier war einfach zu viel des Guten.

Kelly hatte die glorreiche Idee, »Ich habe nie ...« zu spielen. Fuck. Den Scheiß spielten wir das letzte Mal, als wir alle stockbesoffen waren, am liebsten jedes Chick auf dem Campus vögeln wollten - es natürlich auch taten -, und Kelly damals noch echt witzig fanden.

Jemand stellte eine Frage in Form des Satzes »Ich habe nie ...« Lautete die Antwort »Ja«, musste man ein Schluck trinken. Bei »Nein« blieb der Becher auf dem Tisch stehen.

Aber jetzt war alles anders. Das sah ich in Blakes Gesicht, der Amber mit so einer Panik anschaute, dass nur ich es wirklich erkennen konnte. Er wirkte nervös, suchte einen Ausweg aus dem Mist, aber was sollten wir tun? Amber und Jill wirkten leicht verwirrt.

»Aaalso ...« Kelly hob siegessicher ihren Becher. »Ich habe noch nie an einem ungewöhnlichen Ort Sex gehabt.«

Wir tranken alle, außer Jill. Auch wenn diese Erfahrungen zu mir gehörten, wusste ich, wie verletzt sie war. Immerhin wollte ich ihr ja beweisen, dass ich dieser Typ nicht mehr war.

»Wodka?«, hakte Amber nach, nachdem sie getrunken hatte.

»Zu viel für dich?«, antwortete Kelly ihr spitz.

Ich ließ Jill nicht aus den Augen.

»Baby«, seufzte ich, aber sie starrte einfach nur geradeaus, als würde sie mich völlig ausblenden.

»Du bist dran, Blake«, erklärte Kelly mit zuckersüßer Stimme, die natürlich nicht echt war. Warum im Gottes Namen musste Blake sie so reizen? Hätte er das alles nicht eher mit ihr beenden können? Ich musste gerade davon reden ...

Kelly wollte sich rächen, weil Blake sie für Amber abserviert hatte. Wir alle waren nicht blöd. Aber dass wir den Scheiß jetzt alle ausbaden mussten, war doch einfach Kacke!

Ich sah zu Blake, dessen Kiefermuskeln wie verrückt arbeiteten. Er war wütend, was ich ihm nicht übel nehmen konnte.

»Und wehe, du sagst nichts Interessantes«, kam es von Kelly.

Er hob den Arm, und ich erwartete wirklich nix Dramatisches. So dumm wäre Blake nicht.

»Ich habe noch nie das Auto des Direx mit meinen beiden Idioten Nick und Winter angezündet.«

»Alter«, kommentierte ich seinen beschissenen Kommentar und trank einen Schluck. Winter lachte lauthals darüber, ich aber bekam langsam Schweißperlen.

Jills Blick schoss zu mir, als ich mich zu ihr umdrehte. Sie wirkte kühl, so kühl, dass es mir noch mehr Sorgen machte. Was dachte sie wohl?

Als nächstes war Amber dran. Sie würde sicher nichts ausgraben, das noch heikler werden würde als Kellys Spruch.

»Ich habe noch nie für eine gute Abschlussnote mit einem Professor geschlafen!«

Winter lachte wieder lauthals mit, mir blieb die Spucke weg, als Kelly tatsächlich den Becher hob. Amber wusste genau, wer hierbei antworten würde. Blake neben mir wirkte so angespannt, dass seine Vermutung, es könnte auch Amber gewesen sein, sofort von ihm abfiel, als ihr Becher auf den Tisch unberührt blieb.

Jill kicherte neben mir, und auch ich grinste. Die kurze Erleichterung tat gut.

»Zufrieden?«, zischte Kelly Amber an.

»Du wolltest spielen!«, antwortete Amber ihr selbstbewusst.

»Du bist dran, Nick.« Kelly wirkte nicht mehr so zufrieden wie zu Beginn des Spiels. Ich sah zu Jill, die lieber wieder woanders hinschaute als zu mir. Verdammt noch mal. Alles, was ich heute wollte, war, ihr zu beweisen, dass ich nicht der war, für den sie mich hielt.

»Baby ...«, sprach ich sie wieder an, aber es kam einfach keine Reaktion von ihr.

Also schüttelte ich den Kopf. »Keinen Bock zu spielen.« Es würde nur noch mehr Scheiße dabei herauskommen. Scheiße, an die niemand mehr dachte, aber die dank Kelly ausgesprochen werden würde.

»Du musst«, sprach dieses Miststück.

Wütend schaute ich sie an. Wollte sie mir hier gerade etwas befehlen? Kelly hielt meinem Blick stand und grinste dabei siegessicher. Sie dachte wirklich, ich wäre so blöde und krame alten Dreck aus.

Ich hob den Becher hoch. Winter grinste, als wüsste er bereits, dass es jetzt wirklich witzig werden würde. Wie viele Becher hatte er schon getrunken?

»Ich hatte noch nie gefühllosen Sex.«

Außer Kelly trank niemand. Ich blickte zu Jill, während ich demonstrativ den Becher oben hielt. Ihr schönes Gesicht bekam Risse. Sie blinzelte ein paar Mal, damit sie keine Träne weinte. Wenn sie es so nicht begriff, dann wusste ich es auch nicht mehr ...

Kelly und die anderen diskutierten kurz, als sie plötzlich zu Jill sah.

»Du bist dran, wie auch immer du heißt!«

Bevor ich ihr sagen konnte, dass sie lieber mal die Schnauze halten sollte, kam mir Amber zuvor.

»Sie heißt Jill.«

»Ja, ja.«

Jill sah mich kurz an und lächelte. Es schien ihr nichts auszumachen, dass Kelly mal wieder die Bitch spielte.

»Ich habe noch nicht Sex mit 10 oder mehr Leuten gehabt.«

So wollte sie das also ... Jill kicherte und ich stimmte mit ein. Ich hatte ihr erklärt gehabt, dass ich nicht so viele Frauen hatte, wie Jill glaubte. Allgemein dachte sie zu viel nach. Wann würde ich ihr wohl sagen, dass ich meine Jungfräulichkeit erst auf dem College verloren hatte? Vielleicht gar nicht, immerhin hatte ich die letzten drei Jahre dazu genutzt, alles nachzuholen. Dass es mehr als 10 Mädels waren, wusste Jill, aber es waren auch nicht deutlich mehr. Trotzdem würde ich für sie nicht den Arm heben. Nein. Das würde ich nicht tun.

Ich sah im Augenwinkel wie Amber den Becher hob und trank. Oho, das würde Blake gar nicht gefallen. Kelly hatte wieder mal Erfolg damit. Ich holte tief Luft. Was, wenn ich noch die Nerven verlor? Winter fand das alles urkomisch, weil der ständig nur lachte. »What the Fuck? Du willst mich umbringen, oder? So ist es doch!«

Blake verlor die Nerven. Wir alle wurden Zeuge davon.

»Wenn du etwas sagen willst, dann sprich es aus!«, redete Amber mit solch einer Ruhe in der Stimme, dass es selbst mich aufregen würde, wäre ich Blake.

Und selbstverständlich wirkte es. Blake atmete mehrmals hastig ein und aus.

Winter stand auf. »Ich bin dran!« Ich verdrehte die Augen, weil es nur noch schlimmer kommen konnte. »Das ist nur für die Ladys. Ich habe noch nie mit einem Sportler geschlafen.«

Es tranken alle außer Jill. Sie biss sich auf die Lippen und wirkte peinlich berührt. Ich war ihr nicht mal böse, dass sie es nicht zugab. So schützte sie sich vor Kelly, denn das hätte diese Schlange sofort zum Grund genommen, weiter zu intrigieren.

»Okay, das reicht!«, rief Blake in die Runde und stand auf. Dann ging es richtig los. Es hatte ihn die ganze Zeit gewurmt, dass er so viel bei dem Spiel über Amber herausbekam. Blake sprach von Josh, von vielen Dingen, die kaum Sinn ergaben, aber für die beiden anscheinend essenziell wichtig waren.

»Warum fragst du mich nicht, ob ich was mit der Streberin hatte?«, fragte Winter ziemlich erschüttert darüber, dass Blake nicht auf so eine Vermutung kam. Ich verdrehte die Augen über so viel Schwachsinn.

»Halt die Klappe, Winter. Ehrlich, sonst verpass ich dir so fest ...«, drohte ihm Blake.

»Hör auf, deine Freunde mit deiner kranken Eifersucht ...« Amber kam aber nicht mal so weit, den Satz zu beenden.

»Eifersucht? Ich wüsste ja nicht mal auf was und wen. Immerhin sind es mehr als 10 Kerle gewesen, oder? Von wie vielen reden wir hier also insgesamt? Oder sind wir schon dreistellig!«, sprach Blake.

Ich hörte Jill geschockt Luft holen und auch Blake wusste, dass er zu weit gegangen war.

»Amber ...«, sprach er sofort ruhiger auf sie ein, aber es war bereits zu spät.

»Lass es. Lass es einfach.«

Sie lief aus der Sporthalle, gefolgt von Blake.

»Willst du hinterher?«, fragte ich sofort Jill, die ihrer Freundin besorgt nachsah. Sie schien kurz darüber nachzudenken, dann schüttelte sie den Kopf.

»Blake hat Scheiße gebaut, das muss er selbst wieder ins Reine bringen.«

Ich nickte und war froh, dass Jill es so sah.

»Das Spiel ist zu Ende?«, hakte Winter nach. Kelly saß seufzend in ihrem Stuhl und sah immer noch Blake nach, der längst verschwunden war. Sie hatte sicherlich nicht geplant, dass der Abend so enden würde.

»Leg dich lieber nicht mehr mit Blake an, Kelly«, gab ich ihr den Tipp und nahm Jill an die Hand, damit sie mit mir kam. Winter hob grüßend den Becher hoch.

Sie schnaubte. Natürlich reagierte Kelly so. Hatte ich etwas anderes erwartet?

»Sagt mir ausgerechnet der Freund von Blake, der neuerdings auf Kühe steht.« Kellys abfälliger Blick galt Jill. Sie war es auch, die mich zurückhielt, als ich auf Kelly losgehen wollte.

Aber es war Winter, der mich eigentlich ablenkte. Denn der lachte lauthals, kriegte sich aber ziemlich schnell wieder ein. »Oh, süße Kelly ... du magst heiß sein, aber du siehst nicht das, was Blake oder Nick sehen, wenn sie die Streberin oder Jill anschauen.« Er schwenkte seinen Becher und schien ziemlich in Gedanken versunken.

»Pah, was sehen sie denn bitte?«

Winter brauchte seine Zeit, bis er den Kopf schüttelte und sich dann in den Stuhl sinken ließ.

»Keine Ahnung, komm, ich will dich vögeln.«

Er zog sie mit sich und natürlich reagierte Kelly, wie sie es immer tat. Sie ließ es mit sich machen.

Da saßen wir also nun. Jill und ich waren die Letzten an dem großen runden Tisch.

Ich spielte mit der roten Serviette herum, während sie dasselbe mit ihrem Becher tat.

»Ich dachte eigentlich, wir wären die Ersten, die abhauen würden«, klärte ich sie über meine Bedenken auf.

»Ich wollte auch gehen, nachdem raus war, was das für ein Spiel ist«, lachte sie spöttisch auf.

»Und warum bist du nicht gegangen?«, hakte ich nach und sah sie an. »Nicht, dass es schlimm gewesen wäre, wenn du es getan hättest. Ich weiß, dass Kelly alles immer mit einem Hintergedanken tut und ...«

»Sie ist ein Miststück, Nick. Das war sie schon immer.«

»Aber?«, fragte ich, weil ich spürte, dass ein »Aber« folgen würde.

»*Aber*«, betonte sie. »Ich wollte wissen, wie es sein würde.«

»Was?«

Sie suchte meinen Blick.

»Wenn ich damit konfrontiert werde, dass du nun mal Nick O'Donnell bist.«

»Jill ...«

»Nein, warte.« Sie hob die Hand, damit ich ihr zuhörte. »Ich weiß nicht, ob du es verstehen kannst. Aber ... für mich wart ihr Footballspieler immer sehr weit entfernt. Ich hielt euch für Idioten, die nichts weiter können, als einen Ball ein paar Yards weit zu werfen. Und weil ihr die Stars des Colleges seid, bekommt ihr natürlich auch die Chance auf die schönsten Mädchen.«

Seufzend sah ich das Mädchen, die Frau vor mir an. Sie wirkte etwas verunsichert.

Ich bekam mit, wie die Band einen langsamen Song von Elvis spielte.

»Komm mal mit mir ...« Ich ergriff ihre Hand und zog sie mit mir zur Tanzfläche. Ein paar andere Studenten hingen auch schon festumschlungen aneinander und tanzten zum Song.

Sie ließ es zu, dass ich sie zu mir zog und wir uns langsam zum Takt der Musik bewegten.

Warm und weich lag sie in meinen Armen. Ihr Kopf ruhte auf meiner Brust.

»Bevor du weiterredest«, begann ich. »Muss ich etwas klarstellen. Wir Footballspieler rennen mehr als ein paar Yards auf dem Feld herum, mein Rekord liegt bei ...«

Sie kicherte wie verrückt, bevor ich weiterreden konnte. Sie vergrub ihr Gesicht im Stoff meines Jacketts.

»Du lachst mich aus?«, fragte ich ungläubig.

Sie schaute auf und tatsächlich hatten sich ein paar Tränen in ihren Augen gebildet. Aber nicht aus Traurigkeit. Jill fand mich wirklich witzig.

»Sorry, aber dass du unbedingt klarstellen musst, wie weit du als Spieler rennst, das ist ...«

»Sehr witzig, Babe. Sehr witzig«, antwortete ich mürrisch.

»Ach, komm schon. Ich habe halt nicht so viel Ahnung vom Football. Schau es mir aber echt gerne an.«

»Dann nenn den Football nicht einfach nur Ball, so als Tipp«, konterte ich ihr.

»Und das meine ich ...«

»Was meinst du?«, fragte ich. Wovon sprach sie.

»Du hast gefragt, warum ich nicht einfach vom Tisch aufgestanden bin.«

Ich nickte und wartete ab.

»Du hast mir gesagt, bevor wir hierher kamen, dass du mir zeigen willst, dass ich falsch liege mit dem, was ich über dich denke. Dass du mir die ganze Zeit beweisen willst, dass du nicht der bist, den alle in dir vermuten. Den *ich* in dir vermute.«

Ich nickte und wartete ungeduldig auf die weiteren Sätze, die sie mir zu sagen hatte.

Sie schloss die Augen. »Ich habe oft eine falsche Wahrnehmung von mir. Ich ... ich weiß, du hättest andere Dinge in dem Spiel sagen können. Aber das hast du nicht getan. Du hast außerdem für mich gelogen, als du gesagt hast, du hättest weniger als 10 Frauen gehabt.«

»Jill ...«

»Nein, Nick! Lass mich ausreden, bevor ich es nicht mehr sagen möchte.«

Wieder nickte ich, bereit dazu, mit viel mehr Geduld, als ich eigentlich besaß, um diesem Gespräch zu folgen.

»Du hättest genauso das Weite suchen können, weil du das Spiel kanntest. Es hätte schiefgehen können, bei Amber und Blake ist es auch irgendwie ausgeartet ... wobei das Kelly jetzt auch nicht weitergebracht hat. Sie werden ihrem Temperament nachgeben und am Ende zusammen im Bett landen.«

»Oh ja, das werden sie«, lachte ich und war nicht überrascht, dass sie die beiden so einschätzte. Ich kam zu demselben Schluss. Am Ende würde es bei Amber und Blake so laufen.

»Aber du wusstest, wie du das Spiel für uns beendest, ohne dass es in einem Streit ausartet. Obwohl ich alles andere als einfach bin, denn ich zweifel an allem, was dich und mich betrifft.«

»Ach, wirklich?«, fragte ich und konnte den Sarkasmus einfach nicht zurückhalten.

Sie verdrehte die Augen, aber es war im Gegensatz zu ihren früheren Reaktionen eine positive.

»Du weißt, was ich meine, Nick. Wir haben mit einer Lüge begonnen und ...«

»*Du* machst es zu einer Lüge, Babe. Nicht ich. Meinst du, ich hätte dich aus reiner Verzweiflung gebeten, meine Freundin zu spielen?«

Überrascht sah sie mich an. »Hast du nicht?«

Jetzt verdrehte ich die Augen. »Ich habe dich darum gebeten, weil du hübsch und klug bist. Du bist loyal, geschickt mit der Zunge ...« Sie errötete, obwohl ich eigentlich einfach ihr Mundwerk meinte. Wie man es auch auslegen würde, sie war geschickt.

Ich ignorierte gekonnt die Tatsache, dass ich sie nie wirklich gebraucht hätte. Tanya hatte sich seit Wochen nicht bei mir gemeldet. Die Gefahr war eigentlich schon gebannt, bevor Jill ernsthaft als Freundin in Betracht gezogen wurde. Ihr das aber sagen? Jetzt, wo sie anscheinend endlich begriff, wie gut wir zusammen passten? Keine gute Idee!

»Du bist nicht der Mann, den ich gedacht habe zu kennen, Nick.« Sie fuhr mir durch mein Haar, das mittlerweile kein Haargel mehr enthielt. Vermutlich hatte ich es bereits bei ihr nicht mehr im Haar gehabt. Ich lächelte innerlich bei dem Gedanken. Immerhin hatten Jill und ich Sex gehabt. Phänomenalen Sex.

»Und wer bin ich dann?«, fragte ich, völlig fasziniert davon, wie schön ich ihre Berührung fand. Mittlerweile strich sie mir über mein Kinn. Auch wenn sich das für Winter und Blake ziemlich mädchenhaft anfühlen würde, musste ich zugeben, dass allein diese Berührung Gänsehaut hervorrief. An jeder verdammten Stelle meines Körpers.

»Du bist besser«, murmelte sie gegen meine Lippen, weil sie sich vorgebeugt hatte. Ich wartete nicht erst ab, sondern küsste sie.

Jill hatte es begriffen. Sie hatte begriffen, dass ich nicht der war, den sie erwartet hatte. Alles würde sich fügen ... ich hatte Zeit. Wir hatten Zeit.

Jill musste auf die Toilette, nachdem wir einige Songs eng umschlungen miteinander getanzt hatten. Es war, wie ich es mir gedacht hatte. Man verlor mit der richtigen Frau die Zeit, den Ort und den verdammten Kopf.

Dad hatte davon gesprochen.

»Es ist wie eine Droge, mein Junge. Ich mache keinen Spaß. Du kannst dir nicht vorstellen, wie es ist, wenn man nicht mehr will als dieses Mädchen. Noch bist du jung, aber wenn du sie siehst, weißt du es. Du weißt es einfach ...«

Ich hielt Dads Geplapper zwar nicht für den blanken Hohn, aber ich konnte mir damals noch nicht vorstellen, was er damit genau meinte.

Jetzt sah ich die Sache anders. Ich verstand ihn. Er liebte meine Mom, und ich liebte ...

»Sie weiß nicht Bescheid«, sprach Winter mich an, als ich mir am Buffet etwas zum Essen suchte.

»Was meinst du?«, fragte ich und stopfte mir ein paar Snacks in den Mund. Ich hatte ganz vergessen, wie hungrig ich war. Sex und Jill ... das brachte einen Mann an den Rand des Wahnsinns, musste ich feststellen.

Essen lenkte ab.

»Dir ist wirklich nicht mehr zu helfen«, konterte Winter, und wirkte nicht mehr so betrunken, wie vorhin.

»Was mischst du dich eigentlich ein? Dir dürfte es egal sein, was Jill weiß und ...«

Winter sah mich ernst an, schaute dann aber wieder nach vorne und grinste eine Studentin an, die ihn genauso interessiert musterte.

»Blake hat Stress mit Amber, wir bekommen seine nette Laune ab. Da er der Captain ist, sind die Trainingsstunden auch dementsprechend nett. Und jetzt versuchst du es mit einer Freundin. Mal wieder.«

»Alter, ich ...«

»Beziehungen waren nie Blakes Ding, deines schon.«

Ich seufzte, weil er endlich mal auf den Punkt kommen sollte. Jill würde gleich wieder auftauchen, und ich hatte keine Lust, dass Winter hier dann noch stand.

»Und jetzt hast du da echt ,ne tolle Frau erwischt und vergeigst es.«

»Woher zum Teufel willst du das wissen?«, fragte ich mit etwas weniger Wut nach.

Er zuckte mit der Schulter.

»Nur so ein Gefühl.«

»Na, vielen Dank auch, so fühl ich mich gleich besser«, schnaubte ich und stellte den halb gefüllten Teller wieder auf den Tisch zurück. Der Hunger war jetzt verschwunden.

»Ich will einfach nicht, dass ihr beide es mit euren Frauen verkackt, denn dann heult ihr wie Weicheier herum, ich muss mir den Scheiß anhören und ...«

Seufzend ließ ich ihn einfach stehen. Manchmal – nein, meistens - konnte Winter dafür sorgen, dass ein guter Kerl zum Mörder wurde.

Die Toiletten befanden sich hinten in der Halle. Es war keine Warteschlange vor den Räumen, also dürfte sie bald herauskommen.

»Hey, Footballstar!«

Ich stöhnte genervt auf, als mir Kelly hinterhergelaufen kam. Kellys Kleid war so kurz und saß so eng an ihrem Hintern, dass es mich nicht wundern würde, wenn es plötzlich platzen würde.

»Kelly.« Ich klang keineswegs freundlich. Das waren wir alle ihr gegenüber nicht. Aber aus irgendeinem Grund tat sie jedes Mal so, als würde sie es nicht hören. Wir standen direkt an den Türen zu den Toiletten. Immer noch war nichts von Jill zu sehen. Das war wohl jedes Mal die große Frage, die sich jeder Typ stellte. Was zum Teufel trieben die Frauen so lange auf dem Klo?

»Du scheinst auf deine Kartoffel zu warten«, mutmaßte sie. Sie hob abwehrend die Hand. »Nicht, dass sie Ausstrahlung hat und so, aber ...«

»Komm auf den Punkt, Kelly«, warnte ich sie und versuchte mir wirklich nicht vorzustellen, ihr eine reinzuhauen. Mom würde mich für diesen Gedanken an den Ohren langziehen und erst loslassen, wenn sie begriff, dass Kelly es wirklich, also wirklich verdient hätte.

»Was ist nur los mit euch Jungs?«, rätselte sie und wirkte ziemlich genervt.

»Erst du und dann Blake. Ich meine, er hatte mit mir das Beste, was er jemals hätte bekommen können. Den Jackpot!«

»Gott, Kelly«, seufzte ich und fuhr mir durch mein Haar. »Raffst du nicht ...«

»Was ist mit Tanya?«

Ich war überrascht, dass sie jetzt mit diesem Thema anfing. Das wusste sie auch, deswegen redete sie schnell weiter.

»Sie hat mir viel von dir und ihr erzählt. Du weißt, wir waren beste Freundinnen.«

Ich runzelte die Stirn. »Wart ihr das?«, hakte ich misstrauisch nach.

Eigentlich erinnerte ich mich nur daran, dass beide ständig darum buhlten, die meisten Footballspieler ins Bett zu bekommen. Kelly hatte vermutlich einen größeren Vorsprung, da Tanya nun mal nicht mehr auf dem College war.

»Ach, komm schon, Nick. Wir beide hatten doch auch unseren Spaß.«

Sie wollte meine Brust berühren, ich hielt sie aber davon ab, indem ich ihr sehr dünnes Handgelenk ergriff. Eine Warnung lag in meinem Blick, die sie sofort verstand.

Sie zog sich etwas zurück.

»Wir wissen beide, dass du zu mehr bestimmt bist.«

»Ach, was. Und lass mich raten, du denkst jetzt, dass du für einen wie mich bestimmt wärst.«

Sie bemerkte nicht mal, dass die Frage nicht ernst gemeint war. Denn Kelly biss sich spielerisch auf die Unterlippe und spielte mit einer ihrer Haarlocken.

»Vielleicht. Immerhin weiß ich durch unsere gemeinsame Nacht, dass du ...«

»Das war *eine* verdammte Nacht, Kelly. Eine!«

»Na und«, zuckte sie mit der Schulter und suchte wieder den Körperkontakt.

Ein paar Mädels kamen leicht schwankend und kichernd an uns vorbei, sodass ich Kelly nicht sofort von mir schieben konnte. Und natürlich sah sie das direkt als Einladung, sich an mich zu pressen.

»Tanya war auch recht erzählfreudig, was dich angeht, Nick. Wie war das? Du hast ihr immer erzählt, wie heiß du ihre Figur findest. Wie findest du meine? Ich trainiere viel, musst du wissen. Ach, das weißt du sicher. Du bist ja auch ein Sportler.«

Dieses Miststück versuchte wirklich, mich zu küssen, aber da würde ich nicht mitspielen.

Ihr Gelaber nervte, ihre Stimme war zu penetrant, der Geruch ihres überteuerten Parfums zu aufdringlich.

»Weißt du, was meine Mutter mir immer auf den Weg mitgegeben hat?«

»Nein«, antwortete sie und war wieder voll dabei, sich an mich ranzuschmeißen. Ich beugte mich etwas vor, damit sie auch ja kein Wort vergaß.

»Halte dich von verzweifelten Frauen fern, Nick. Denn sie sind nicht umsonst verzweifelt.« Ich sah mir ihren Aufzug an. »Sehr verzweifelt.«

»Du weißt gar nicht, was dir entgeht!«

»Eine Frau, die eigentlich meinen Captain will und es trotzdem darauf anlegt, seine besten Freunde ins Bett zu bekommen? Jepp, das entgeht mir sogar sehr gerne!«

»Du ... Du ...«

»Spar dir den Atem, Kelly.«

Sie stampfte mit einem Bein auf, aber als ich deswegen nur ein Grinsen übrig hatte, lief sie genervt davon. *Endlich ...*

Ich sah zur Damentoilette, die immer noch geschlossen war. Wo blieb Jill?

JILL

Ich wusch mir die Hände, nachdem ich meine Blase entleert hatte. Es war ein schöner Abend geworden, weil ich es endlich eingesehen hatte.

Nick war anders und ich musste endlich etwas ändern.

Mehr Vertrauen ...

Ich nickte meinem Spiegelbild zu. Mehr Vertrauen würde das mit mir und Nick schon richten. Er war nicht Patrick, er war nicht Dave. Er war ganz einfach ... meine Leseratte Nick, der seine Familie liebte und mich wollte. Mich!

Es war niemand sonst in der Toilette, als ich die Tür öffnete und Nick mit Kelly vor der Tür stehen sah. Nick stand mit dem Rücken zu mir. Er konnte mich nicht sehen.

»Was ist mit Tanya?«, fragte Kelly ihn plötzlich und instinktiv schloss ich die Tür so, sodass man mich nicht sehen, aber ich alles hören konnte.

»Sie hat mir viel von dir und ihr erzählt. Du weißt, wir waren beste Freundinnen«, redete sie weiter.

»Wart ihr das?«, hörte ich ihn reden.

»Ach, komm schon, Nick. Wir beide hatten doch auch unseren Spaß.«

Ich erstarrte. Nick hatte auch mit Kelly geschlafen? Natürlich hatte er das. Es nicht anzunehmen, wäre naiv gewesen. So naiv, wie ich es immer war.

»Wir wissen beide, dass du zu mehr bestimmt bist.«

»Ach, was. Und lass mich raten, du denkst jetzt, dass du für einen wie mich bestimmt wärst.« Lag Sarkasmus in Nicks Tonfall? Ich konnte gerade nichts richtig einschätzen.

»Vielleicht. Immerhin weiß ich durch unsere gemeinsame Nacht, dass du ...«

Ich lehnte mich an die Wand und starrte die Decke an.

»Das war *eine* verdammte Nacht, Kelly. Eine!«, antwortete Nick.

»Na und.«

»Tanya war auch recht erzählfreudig, was dich angeht, Nick. Wie war das? Du hast ihr immer erzählt, wie heiß du ihre Figur findest. Wie findest du meine? Ich trainiere viel, musst du wissen. Ach, das weißt du sicher. Du bist ja auch ein Sportler.«

Meine Lippen begannen zu zittern. Was tat ich hier eigentlich?

Es war doch offensichtlich, dass Nick sie nicht wegschicken würde. Warum auch? Kelly war hübsch, dünn und sie hatten schon mal etwas miteinander. Ausgerechnet sie. Und das I-Tüpfelchen bei der Geschichte war Tanya.

Sie war genauso dünn wie Kelly. Genauso hübsch wie Kelly.

Was machte ich also noch hier?

Ich lief zurück zum Waschbecken und starrte mein Spiegelbild an. Das Kleid passte mir plötzlich nicht mehr so gut. Trug das Kleid etwa auf?

Das Make-up, das mich schöner machen sollte, wirkte jetzt nicht mehr so. War ich überhaupt für so was gemacht?

Seufzend schüttelte ich den Kopf und starrte auf das halbgeöffnete Fenster oben in der rechten Toilettenkabine.

Variante 1: Ich würde hoch erhobenen Hauptes hinausgehen, Kelly sagen, dass sie eine Schlampe wäre und Nick dann für mich beanspruchen.

Ich schnaubte.

Variante 2 gefiel mir besser. Auch wenn es so typisch bescheuert war.

Ich ging in die rechte Kabine, kletterte die Fensterbank hoch, schob das Fenster auf und kletterte hinaus. Da es aber leider keine Erhöhung auf der anderen Seite gab, die mich bremste, flog ich mit dem Hintern auf die Wiese.

»Autsch.«

Es waren vielleicht zwei Meter, aber es tat schon echt weh.

Seufzend stand ich auf, klopfte mir den Dreck vom Kleid und zog meine hohen Hacken aus. Auch wenn ich abhauen wollte, ich musste das nicht mit Zehn-Zentimeter-Absätzen machen.

Als ich losging, dachte ich nicht darüber nach, wer mich sehen könnte. Nick würde warten, bis ich rauskäme. Zumindest schätzte ich ihn so ein.

Ich schnaubte über meine Gedanken. Warum dachte ich, ich würde ihn kennen?

Vor zwanzig Minuten hatte ich ihm noch gesagt, dass ich ihm glaubte. Dass Nick nie der Typ war, den ich gedacht hatte zu kennen. Und vor zwei Minuten wurde klar, dass er wie all die anderen war. Und wäre es bei dieser Sache geblieben? Wenn er nur mit Kelly geschlafen hätte? Meine Güte, jeder schlief mit ihr, aber ... er hatte ihr nicht widersprochen, als Kelly erwähnte, dass er auf schlanke, hübsche Frauen stand. Natürlich stand er auf Frauen wie Kelly oder Tanya. Sie waren wunderschön.

Wenn ich das zwischen uns weiterlaufen lassen würde, dann ... dann würde ich so enden wie mit Patrick. Ich würde ihm irgendwann nicht mehr genügen.

Mittlerweile war ich auf dem Gehweg angekommen und lief an ein paar Studenten vorbei, die vergnügt miteinander lachten.

»Jill?«

Dave verließ die Gruppe, rief ihnen etwas zu, dann folgte er mir. Er war nicht verkleidet, war also auch nicht auf der Mottoparty gewesen. Somit konnte er nicht wissen, was vorgefallen war. Das war gut. Sehr gut.

»Hey.«

Ich ging weiter, ohne ihn weiter zu beachten.

»Du siehst gut aus.«

Am liebsten hätte ich die Augen verdreht, ließ es aber sein. Dave war es einfach nicht wert. Ich würde mich wegen seiner Dreistigkeit nicht weiter aufregen.

»Ist die Party schon zu Ende?«, hakte er weiter nach, während wir über den Campus liefen.

»Für mich schon«, antwortete ich viel zu verbittert.

»Das tut mir leid.«

Jetzt verdrehte ich wirklich die Augen.

»Natürlich.«

Ich blieb an einer Laterne stehen, weil Dave mich am Arm ergriff.

»Ich meine das, was ich sage, Jill.«

Wieder einmal bewies Dave, warum er genauso beliebt war wie die Footballjungs. Seine Haare waren nicht mal gekämmt, er trug eine Jogginghose, und trotzdem würde ich sagen, er könnte, so wie er jetzt aussah, auf den Laufsteg.

Aber von gutem Aussehen sollte ich mich fernhalten. Sehr weit fernhalten.

»Du siehst traurig aus.«

Er ließ meinen Arm wieder los.

»Mir geht's gut«, log ich.

Dave wirkte ernsthaft besorgt. Vielleicht lag es an seinem Blick, aber ich verlor langsam die Nerven.

»Geht es dir nicht, Jill.«

Dave wirkte fast so, als würde ihm meine Stimmung leidtun.

»Ich muss weiter«, begann ich und hoffte einfach, endlich in mein Bett zu kommen.

»Klar, aber ich bring dich bis zu deinem Wohnheim. Sicher ist sicher.«

»Von mir aus.«

Nebeneinander liefen wir also weiter. Die Nacht war sternenklar, die Luft fühlte sich nicht so kühl an, wie gedacht.

»Warum bist du nicht auf der Mottoparty?«, hakte ich nach, weil irgendwas doch gesagt werden sollte. Sonst wäre die Stille zwischen uns einfach unangenehm.

»Na ja ...« Dave schaute in den Himmel und grinste dann. »Wir vom Schwimmteam verstehen uns nicht so gut mit dem Footballteam. Und wir beide auf derselben Party? Keine gute Idee.«

»Was ist das zwischen euch?«, fragte ich weiter nach.

»Zwei Alphamännchen, das verträgt sich halt nicht.«

»Das ist doch Unsinn«, beteuerte ich.

»Du bist ein Mädchen, du verstehst das nicht.«

»Und dahin war die Emanzipation«, seufzte ich.

Dave lachte, wobei ich das gar nicht witzig fand.

Wir kamen am Wohnheim an.

»Du bist witzig, Jill. Und hübsch noch dazu. Eine Seltenheit«, sprach Dave und musterte mich intensiv. Ich fühlte mich geschmeichelt, aber das war es irgendwie auch schon. Was hätte ich dafür gegeben, wenn ich ihm früher aufgefallen wäre? So einiges, das wusste ich. Aber früher war nicht mehr heute. Und heute gab es Nick. Der auf schlank und hübsch stand. Die Ironie dieser Feststellung war nicht ansatzweise so witzig wie gedacht.

»Danke, dass du mich begleitet hast.«

»Immer gerne.«

Ich wusste, er sah mir nach, als ich ins Wohnheim ging.

Nick schrieb mir eine halbe Stunde später mehrere Nachrichten und versuchte mich insgesamt dreizehnmal anzurufen. Ich antwortete ihm erst Stunden später, nachdem klar war, dass ich nicht schlafen konnte, wenn ich ihm zumindest die Sorgen nicht nehmen konnte.

Nick, 21.34 Uhr: **Wo bist du?**

Nick, 21.39 Uhr: **Ich habe dich nicht aus der Toilette gehen sehen! Wo bist du verdammt?**

Nick, 21.42 Uhr: **Geh an dein Handy oder ich rufe die Cops!**

Nick, 21.44 Uhr: **Irgendein Mädel hat dich draußen gesehen. Draußen, Jill! Was ist los? Wo bist du?**

Ich, 23.43 Uhr: **Mir geht es gut.**

Nick rief praktisch sofort nach meiner Nachricht an. Ich lag bereits in meinem Bett, das ich selbstverständlich erst einmal neu beziehen musste. Hier roch es nicht nur nach Sex, sondern auch nach Nick. Irgendwann wollte ich auch mal ein Auge zumachen können.

Und weil ich eine Idiotin war, nahm ich den Anruf an.

»Nick ...«

»Wo bist du?«, fragte er mit einer ziemlichen Wut in der Stimme. Er schien sich draußen aufzuhalten. Musik war nicht zu hören, nur seine schnellen Schritte.

»Ich liege im Bett.« Ich verdrehte die Augen, wegen meiner bekloppten Antwort. »Ich meine, ich bin im Wohnheim.«

»Du bist im Wohnheim?«, fragte er mich ungläubig. »Ist dir eigentlich klar, dass ich den gesamten Campus abgesucht habe? Mehrmals? Und du liegst in deinem Bett?«

Mein schlechtes Gewissen meldete sich. Was machte ich hier eigentlich? Ich hätte ihm wenigstens Bescheid geben sollen.

»Tut mir leid«, entschuldigte ich mich und spielte mit meiner Bettdecke herum.

Er seufzte in den Hörer.

»Was ist passiert, Babe?«

Ich schloss die Augen und versuchte nicht groß darüber nachzudenken, wie weh es mir getan hatte, dass Nick anscheinend doch lieber auf Frauen wie Kelly oder Tanya stand. Wenn ich jetzt wieder zuließe, dass wir uns näherkommen, dann ... wäre nichts mehr von mir übrig, wenn Nick sich eine andere, eine schlankere und hübschere Freundin suchen würde.

»Ich war müde und ich ... ich kann das so nicht, Nick.«

»Babe, lass uns reden, okay. Ich bin gleich bei dir und ...«

»Nein!«, antwortete ich so schnell, dass ich mich sogar vor Schreck aufsetzte. »Du kannst nicht herkommen, Nick.«

»Jill, ich ...« Ich hörte, wie seine Schritte schneller wurden.

»Nein, Nick. Ich kann das einfach nicht. Ich dachte, ich könnte es, aber das stimmt nicht. Du ... lass mich bitte einfach in Ruhe. Geh nach Hause. Bitte.«

Am liebsten hätte ich jetzt aufgelegt, aber das konnte ich dann doch nicht. Ich wollte ... was ich wollte, war etwas anderes, weil es mir am Ende nur wehtun würde.

»So willst du es also haben? Ich habe keine Chance, mit dir darüber zu reden?«

Gequält schloss ich die Augen. Warum wollte er das hier so unbedingt? Er musste etwas in mir sehen, das in Wirklichkeit gar nicht da war. *Ja, so musste es sein.*

»Mhmm«, murmelte ich in den Hörer.

»Das ist keine Antwort, die ich so akzeptieren kann! Du bist dir doch selbst nicht mal sicher, Jill.«

Ach, jetzt war ich auf einmal wieder nur Jill für ihn?

»Ich. Will. Dich. Nicht. Sehen. Kommt das bei dir an, Nick?«

Einen kurzen Moment lang sagte er nichts.

»Wenn du es so möchtest ...«

Er ließ mir immer noch die Wahl. Ich schloss die Augen, um ihn auszuschließen. Was wieder mal völliger Blödsinn war, immerhin telefonierten wir miteinander.

»Ich möchte es so.« Diesmal legte ich auf, weil ich Angst hatte, dass er noch etwas sagen würde.

Ich schlief nicht mehr ein, wollte es auch eigentlich nicht mehr. Wer wusste schon, welchen Mist ich noch träumen würde?

Das gesamte restliche Wochenende versteckte ich mich in meinem Zimmer. Wie gut, dass ich eh für einen Test lernen musste.

Nick meldete sich nicht mehr, was ich auch nicht erwartet hatte. Der Wunsch, dass er es tun würde, überwog aber trotzdem.

Als ich Nick Montagmorgen auf dem Campus traf, waren wir Gott sei Dank nicht allein. Amber und Blake waren jetzt offiziell ein Paar. Kellys blödes Spiel hatte sich also positiv auf beide ausgewirkt. Er sah mich an, ich sah ihn an, aber zu einem Gespräch kam es nicht. Irgendwann zog Winter ihn mit zum Training.

Und dann überschlug sich irgendwie alles.

Nach einem Spiel, bei dem ich nicht anwesend war, wurde Blake von einem Auto angefahren. Und das alles nur, weil Kelly Amber eine Lüge aufgetischt hatte. Daraufhin war Blake seiner Freundin hinterhergelaufen um klarzustellen, dass an Kellys

Behauptung nichts dran war und wurde von diesem besagten Auto erwischt.

Seine Karriere war zu Ende, bevor sie überhaupt richtig beginnen konnte. Aber meine beste Freundin raffte endlich, was sie an ihm hatte, und so wurden die beiden doch noch unzertrennlich. Als hätten sie es jemals geschafft, sich voneinander fernzuhalten. Schon vor diesem ganzen Hin und Her zogen die beiden sich wie Magnete an.

Heute saß ich fünfzehn Minuten eher als sonst in der Mensa. Meine neuen Zeiten passten perfekt, um keinem der Jungs zu begegnen. Amber fand es weniger witzig. Ihr ging es zwar nicht mehr so schlecht, weil Blake wieder zur Uni gehen konnte, aber ich war trotzdem nicht für sie da momentan. Das lag einfach daran, dass ich Nick nicht begegnen wollte. Und das wäre früher oder später der Fall, denn Amber gehörte jetzt zum Team.

Schon eine ganze Weile starrte ich mein volles Tablett an, während ich an einer Pommes knabberte.

»Da hat aber eine Hunger«, neckte Winter mich und setzte sich direkt neben mich.

»Und du hast jetzt was für ein Problem?«, herrschte ich ihn an.

Winter öffnete vor Überraschung den Mund.

»Na ja ...«

»Was: na ja? Unter Stress esse ich halt. Was tust du unter Stress?«

Wieder wollte er etwas sagen, ich schüttelte aber genervt den Kopf.

»Sag es mir ja nicht. Ich kann es mir schon denken!«
Dann griff ich mir den ersten Muffin und biss wütend
hinein.

»Ich bin leicht irritiert«, begann er.

»Aha«, murmelte ich und biss ein zweites Mal ab.

So langsam füllte sich die Mensa, während Winter
sprach.

»Nick läuft wie ein frustrierter Gockel durch die
Gegend. Ich dachte nicht, dass es dir auch so gehen
würde ...«

»Ich bin doch nicht frustriert«, erklärte ich ihm. Das
war doch lächerlich!

Winter sah auf mein Tablett, als wäre das genau die
Antwort auf seine Feststellung.

»Wie gesagt, ich habe ein bisschen Stress momentan.«

»Mhm, schon klar. Stress kannst du schnell und gut
abbauen; das, was Nick und du habt, das sitzt viel
tiefer.«

»Ach, und du bist jetzt ein Profi in diesen Dingen?«

»Ganz sicher nicht«, behauptete er ehrlich. »Aber
Nick hat mich gezwungen, am letzten Samstag nach
dir zu suchen, Jill. Er ist fast wahnsinnig geworden
und wollte mir einfach nicht glauben, dass du vermutlich aus dem Toilettenfenster abgehauen bist.«

Vielsagend schaute er mich an, und mich machte
es einfach nur sprachlos. Er erwartete eine Antwort,
obwohl er die Wahrheit ganz sicher schon in meinen
Augen lesen konnte.

»Und ... er hat dir nicht geglaubt?«

Winter grinste dreckig. »Ich hatte eine Menge getrunken. Das glaubte auch Nick.«

Ich nickte. Er glaubte ihm also nicht. Gut. Das war sehr gut.

»Hey, invalider Mann, du tauchst auch mal auf?«, begrüßte Winter Blake, der auf Krücken angelaufen kam. Schweratmend setzte er sich auf die Bank und stellte die Gehhilfe auf die Bank, nur damit sie Sekunden später wieder auf den Boden fallen konnten. Blake verdrehte die Augen.

»Nenn mich nicht so«, murrte er.

»Du kannst dich momentan nicht mal selbst anziehen, Alter.«

»Ich kann sehr gut auf mich selbst ...«

»Wo ist Amber?«, hakte Winter grinsend nach.

Blakes Blick verfinsterte sich.

»Sie holt uns Frühstück.«

Winter lehnte sich zufrieden zurück, sodass er die Wand als Rückenstütze hatte. »Ich sag doch, invalid.«

»Ich bin nicht ...« Blake sah auf mein Tablett und runzelte die Stirn. Dann begegnete er meinem Blick. Obwohl er momentan wirklich ziemlich angeschlagen war, wusste ich, warum Amber auf Blake stand. Er war einfach irre sexy, und dazu dieser Südstaatenakzent. »Sagst du mir vielleicht, warum du und Nick nicht mehr ...«

»Was geht dich das an, Blake?«, konterte ich und legte den Rest meines Muffins auf das Tablett. Jetzt hatten sie es doch geschafft, und mein Hunger war verschwunden.

»Weil er mein Freund ist, weil wir zusammen wohnen und weil ich nicht mehr im Team bin, und Nick jetzt meinen Job übernehmen soll.«

»Ja, und wenn ihr verliert, ist das jetzt meine Schuld, oder was?«

»Nein, ich wollte nur ...«, begann Blake zu murmeln. »Keine Ahnung, wie Amber das immer macht, wenn's dir schlecht geht, aber ich wollte eigentlich nur ...«

»Ha! Siehst du!«, rief Winter und hielt Blake sein Handydisplay kurz hin. Dann las er vor. »Invalid bedeutet eine dauernde Beeinträchtigung der körperlichen sowie geistigen Leistungsfähigkeit aufgrund eines Gebrechens.«

Blake sah aus, als würde er gleich auf Winter losgehen, bis Amber plötzlich das Tablett mit voller Wucht auf den Tisch stellte.

Ihre Wut galt Winter. Ihr Blick war mörderisch und das bemerkte auch Winter.

»Du bist echt gruselig«, murmelte Winter zu Amber und vertiefte sich dann wieder in sein Handy. Amber setzte sich neben Blake und gab ihm ein Sandwich. Sie lächelten sich an, als wären wir nicht an ihrem Tisch. Vermutlich war es für sie so. Die beiden waren frisch verliebt, alles was bisher zwischen ihnen stand, schien vergessen.

»Stimmt es, dass Nick mit Kelly geschlafen hat?«

Ich spürte, wie sie mich alle jetzt ansahen. Amber sah zu Winter und Blake, die ziemlich unschlüssig aussahen. Das war ja irgendwie Antwort genug.

»Ernsthaft?«, hakte Amber bei Blake nach. »Nick auch?«

»Ja, aber das war vor Jill«, verteidigte er Nick.

»Kann ich bestätigen«, sagte Winter und wirkte ziemlich ehrlich. »Das muss auf dieser Schaumparty gewesen sein. Ich meine in unserem ersten Jahr. Nick war hackedicht und ...«

Blake hatte eine seiner Krücken genommen und Winter in den Bauch gestoßen.

»Hey!«

Blake machte wilde Bewegungen mit seinen Augen.

»Ihr sollt nichts beschönigen. Es war doch irgendwie klar, dass er was mit Kelly hatte«, seufzte ich und starrte auf mein Essen. Ich hatte mir viel zu viel gekauft.

»Kelly hatte jeder Typ von hier bis L.A.«, lachte Winter und kassierte wieder einen Stoß von Blakes Krücke. »Aua!«

»Wo er recht hat«, murmelte jetzt auch Amber und trank einen Schluck.

Blake verdrehte die Augen, weil er die Spitze schon verstanden hatte.

»Alles in Ordnung, Jill?« Amber sah mich fragend an.

»Sicher.«

Sie wusste, ich log. Aber gerade wollte ich nicht darüber reden. Ich wollte eigentlich gar nicht mehr reden.

Amber winkte plötzlich jemandem zu. Ich sah hin. Es war Gin, ihre Mitbewohnerin. Sie lief an uns vorbei und grüßte zurück.

»Hey, Sweetie!«, grüßte Winter sie, und prompt zeigte die ihm den Mittelfinger und ging weiter.

Wir alle sahen ihn fragend an, der zuckte nur mit der Schulter.

»Muss wohl das PMS sein«, murmelte er.

Ich schnaubte. Sicher.

NICK

»*Als Auslöser des Dreißigjährigen Krieges gilt der Prager …*«

Ich war gerade dabei etwas für mein nächstes Seminar vorzubereiten, als meine Eltern über Skype anriefen. Wieder mal.

Seufzend nahm ich diesmal ab. Die letzten zehn Anrufe wollte ich mir einfach sparen.

Dad tauchte auf dem Bildschirm auf. »Du lebst ja. Heißt das also, ich kann die Vermisstenanzeige zurückziehen«, schnaubte er. Mein Dad sah mir ziemlich ähnlich. Das bekam ich zumindest immer zu hören. Er war über 20 Jahre älter als ich und trotzdem noch gut in Schuss.

»Ich hatte viel zu tun.«

Dad beugte sich etwas vor, sodass praktisch nur noch seine Poren zu sehen waren.

»Dad! Nicht so nah an die Kamera.«

»Entschuldige, aber ich wollte mir deine Augenringe genauer ansehen.«

»Meine?« Ich drückte mir den Nasenrücken. »Ich habe nicht so viel Schlaf bekommen, mehr nicht.«

»Am Sport kann es nicht liegen. Ihr seid erfolgreich.« Er lächelte stolz, und wäre die Situation anders, würde es mich auch freuen. Aber nicht heute.

Nicht jetzt. »Du trinkst nicht übermäßig viel, und du sorgst dafür, dass du genug Schlaf bekommst. Was ist los mein Sohn?«

Hatte ich schon mal erwähnt, dass ich es hasste, wenn er mich so nannte? Weil ich intuitiv ein schlechtes Gewissen bekam, wenn ich ihn anlog.

»Ist Nick endlich rangegangen?«, hörte ich Moms Stimme rufen.

»Er lebt und ist unverletzt«, berichtete er ihr und schon tauchte Moms Gesicht auf. Sie prüfte mein Äußeres.

»Ich habe mich ein paar Tage nicht gemeldet, das ist doch ...«

»Er sieht gar nicht gut aus, Darling«, befand Mom.

»Sehe ich genauso«, antwortete Dad.

»Hat er gesagt, was los ist?«, fragte Mom nach.

»Er zögert. Vermutlich ist es ...«

Seufzend drückte ich mir wieder auf den Nasenrücken. »Ich bin noch hier, falls euch das interessiert.«

»Entschuldige, Schatz«, antwortete meine Mom. »Aber was ist denn los? Können wir dir irgendwie helfen?«

»Mom, ehrlich, es ist nichts.«

Sie schaute mich eine Weile ernst an. »Es ist ein Mädchen, oh nein, Schatz. Hast du es mit Jill vermasselt?«

»Du hast es mit Jill vermasselt?«, fragte Dad überrascht. »Und was ist mit Thanksgiving? Wir wollten sie kennenlernen!«

Ich wollte eigentlich erst mal mit Jill darüber reden, wie sie Thanksgiving feiern wollte, aber natürlich sahen das meine Eltern anders. Für sie war die Sache schon geritzt.

»Jetzt lass ihn doch mal mit dem Thanksgivingessen in Ruhe, Victor. Du siehst doch, dass es deinem Sohn nicht gut geht.«

Ich verdrehte die Augen, weil es jetzt losgehen würde. Wenn Mom meinen Dad bei seinem Vornamen ansprach, dann wurde es gefährlich für ihn.

»Ja, deswegen frage ich ja nach!«, beteuerte Dad.

»HEY!«, rief ich in die Runde.

Beide wurden endlich still.

»Jill und ich ... ich und Jill ...« Mir fehlten die richtigen Worte. Was wollte ich ihnen eigentlich sagen?

»Ach Mensch, du bist ja völlig durcheinander«, seufzte Mom.

»Es hat dich erwischt, mein Junge.« Dad hätte es nicht besser treffen können.

»Och, ist das nicht romantisch. Wie wir auf dem College, Schatz. Erinnerst du dich noch?«

»Als wäre es gestern gewesen«, murmelte Dad ihr zu und sie sahen sich verträumt an.

»Gott, ich bin noch anwesend!«, gab ich gereizt von mir.

Mom zuckte zusammen und sah wieder in die Kamera.

»Entschuldige, ich bin wieder ganz bei dir und deinem Problem mit Jill. Was ist denn los?«

»Mom, ich weiß nicht, was los ist!«, fuhr ich sie wütend an. Aber Mom wäre nun mal nicht meine Mom, wenn sie jetzt wegen meines Tonfalls genauso reagieren würde. Sie sah mich einfach abwartend an. Und ich knickte ein. Jetzt wurde ich wieder mal daran erinnert, warum wir früher immer nach Moms Pfeife tanzten, wenn sie Urlaub in den Bergen machen wollte oder einen Sommer in Norwegen durchsetzen konnte. Dad hatte bei ihr einfach keine Chance »Nein« zu sagen. »Wir waren da auf dieser Mottoparty.«

»Oh, Mottopartys«, klatschte Mom aufgeregt in die Hände. Als sie meinen genervten Gesichtsausdruck sah, setzte sie sofort wieder eine ernste Miene auf. »Alles klar, fahr fort.«

»Da gibt es eigentlich nicht viel zu erzählen. Vor der Party haben wir, also wir sind ...« Verflucht. Ich sprach hier wirklich gerade mit Mom und Dad über Dinge, die ich eigentlich niemals mit ihnen besprechen wollte. Aber ich war verzweifelt. Mein Vorsatz, Jill in Ruhe zu lassen, wankte, aber ich wusste einfach, dass ein Gespräch momentan zwecklos war. Sie verhielt sich, wenn wir uns auf dem Campus trafen, wie ein Eisklotz. *Und ich bin das Kreuzfahrtschiff, das immer wieder dagegen fährt ...*

»Deine Mom und ich können uns schon vorstellen, was ihr gemacht habt«, räusperte sich Dad. Wenigstens wollte er auch nicht darüber reden.

»Wir hatten einen netten Abend, dann musste sie auf die Toilette und ...«

»Und?«, hakte Mom nach.

»Ja, sie war weg«, antwortete ich.

»Wie weg?«, hakte Mom nach. »Sie kann doch nicht einfach verschwinden.«

»So war es aber. Ich habe mich noch mit dieser Bitch, ich meine, ich habe mich unterhalten. Dann verging die Zeit, ich schaute nach und sie war weg. Ich hab Stunden nach ihr gesucht, bis sie endlich an ihr Handy ging und ... Scheiße, ich weiß bis heute nicht, was genau da passiert ist.« Ich fuhr mir frustriert durch mein Gesicht. Ich fühlte mich total fertig, obwohl ich momentan nicht mehr machte, als zu trainieren und in meinem Zimmer zu sitzen.

»Es muss doch einen Auslöser gegeben haben«, fragte sich selbst Dad jetzt. Ich zuckte mit der Schulter.

»Jill ist oft unsicher und ...«

Ich runzelte die Stirn. Winter war bis heute der Auffassung, dass Jill aus dem Toilettenfenster geklettert war, um unbemerkt aus der Halle zu kommen. Ich aber hielt das für Unsinn. Aber wohin war sie sonst gegangen? Die Toilettentüren hatte ich die ganze Zeit über im Blick. Wie hätte sie sonst abhauen können? Und warum hatte sie das getan? Es musste etwas gegeben haben, das sie ...

Frustriert stöhnte ich auf.

»Ich glaube, er hat es«, hörte ich Mom sagen.

»Sie könnte etwas gehört haben, das sie vielleicht falsch verstanden hat«, seufzte ich.

»Vielleicht?«, mischte Winter sich ein, der mit Blake in mein Zimmer kam. »Wir können dir definitiv sagen, dass sie etwas mitbekommen hat.« Winter sah meine Eltern. »Hallo Mr. O'Donnell, Mrs. O'Donnell.« Die anzügliche Betonung als er meine Mom begrüßte, entging niemanden. Mom fühlte sich wie immer geschmeichelt, Dad schüttelte nur den Kopf.

»Corey, Blake. Oh je, Blake. Ich habe es schon gehört, wie geht's dir?«, hakte Mom nach.

»Mir geht's gut. Danke Mrs. O'Donnell«, antwortete der ihr.

»Er ist invalide, Mrs. O'Donnell, wie soll es ihm da schon gehen?«, grinste Winter.

Blake verdrehte die Augen.

»Was hast du mir jetzt sagen wollen?«, fragte ich Winter.

»Jill hat uns gefragt, ob du wirklich etwas mit Kelly am Laufen hattest«, begann Blake und hatte so einen mitleidigen Ton für mich übrig, dass ich am liebsten frustriert aufgeschrien hatte. Entweder hatte Kelly es ihr allein gesteckt, oder aber sie hatte unser Gespräch vor den Toiletten gehört. Ich tippte auf Letzteres.

»Egal wie, aber Kelly sorgt ständig für Ärger«, erklärte ich.

»Wem sagst du das«, murmelte Blake.

Hätte Kelly keine Lügen verbreitet und erzählt, dass Blake Amber mit ihr betrogen hätte, wäre Blake nie vor die Räder geflogen. Deswegen entschied Blake auch, mit dem Fooballspielen aufzuhören. Aber das war jetzt ein ganz anderes Thema.

»Wer ist Kelly?«, fragte Mom jetzt nach.

»Schatz«, murmelte Dad. »Ich denke, sie gehört zu den Mädchen, die damals schon sehr freizügig ... na ja, die eher für den Spaß da waren.«

Ich wollte nicht wirklich wissen, von welchen Mädels mein Vater sprach. Für ihn gab es nur meine Mom, egal was vorher war. Etwas anderes wollte sich der eigene Sohn nicht vorstellen müssen!

»Ähm, ich muss jetzt erst mal aufhören. Ihr versteht das sicher. Danke, dass ihr zugehört habt.«

Bevor die beiden noch etwas sagen konnten, schloss ich den Laptop.

Ich wandte mich Blake und Winter zu, die mich neugierig musterten.

»Was?«, fragte ich nach.

»Ich war wegen Amber oft verzweifelt, aber niemals würde ich mit meinen Eltern darüber reden«, erklärte Blake sich.

»Du musst so ziemlich am Ende sein«, sagte Winter und sah sich dann in meinem Zimmer um. »So riecht es auch hier!«

»Schnauze. Ihr habt sie also gesprochen?«

»Ja, wenn du es nicht tust, müssen wir ja mal nachhaken«, verteidigte Winter sich und legte sich auf mein Bett, um es sich gemütlich zu machen.

»Und?«, fragte ich ungeduldig nach. Warum musste ich ihnen alles aus der Nase ziehen?

»Sie war sauer«, informierte Blake mich.

»Oh ja«, lachte Winter.

»Das war alles? Sie war sauer?«, fragte ich ungehalten.

»Es ist besser, als wenn sie gar keine Gefühle zeigt«, sagte Blake. »Denn dann hast du es wirklich verkackt. Also, was ist jetzt los?«

»Jill ist aus dem Toilettenfenster geklettert, weil irgendwas zwischen ihm und Kelly gelaufen ist«, sprach Winter und griff nach meinem Buch, das auf dem Bett lag. Er schaute es sich irritiert an.

Blake stöhnte laut auf. »Ist das dein Ernst? Du willst wirklich, dass wir beide leiden, oder?«

»Was hast du denn damit zu tun?«

Blake schob Winter mit einer seiner Krücken zur Seite, sodass er Platz auf meinem Bett bekam. Dieser stellte mein Buch wieder weg, als hätte es die Pest. Idiot.

»Wenn du Jill verletzt, verletzt du damit auch Amber. Und Amber ist meine Freundin, also ...«

»Kelly hat ihre Spielchen gespielt. Sie hat davon erzählt, wie viel Spaß wir miteinander hatten und ...«

»Tanya war auch recht erzählfreudig, was dich angeht, Nick. Wie war das? Du hast ihr immer erzählt, wie heiß du ihre Figur findest. Wie findest du meine? Ich trainiere viel, musst du wissen. Ach, das weißt du sicher. Du bist ja auch ein Sportler.«

Kellys Erwähnung über meine bevorzugten Figuren war kein Zufall gewesen. Sie hatte mich bis dato nie darauf angesprochen. Das tat sie jetzt, weil sie wusste, sie konnte Jill eins reinwürgen. Und ich Idiot hatte es nicht verstanden. Ich hatte gedacht, das Problem Kelly losgeworden zu sein.

»Lass mich raten. Sie hat irgendeinen Scheiß gelabert, damit Jill Dinge annimmt, die nicht stimmen«, vermutete Winter. Es war immer wieder überraschend zu sehen, wie gut er eins und eins zusammenzählen konnte. »Was ja auch nicht schwer war, immerhin hast du ihr ja immer noch nicht ganz die Wahrheit darüber erzählt, warum sie deine Freundin spielen sollte.«

»Was?«, mischte sich jetzt Blake wieder ein. »Oh, shit, Alter, das will ich nicht hören. Wenn ich etwas weiß, was Amber nicht weiß, dann werde ich bald nichts mehr wissen, weil sie mir den Kopf mit einem ziemlichen dicken Stein zertrümmern wird.« Er wirkte so in dieser Fantasie gefangen, dass ich mir schon vorstellen konnte, dass Amber genau diese Worte zu ihm gesagt hatte.

Ich stand vom Stuhl auf. »Ich muss mit ihr reden. Lange genug habe ich mich ferngehalten, weil ich nicht wusste, was ich ihr sagen soll.«

»Gute Idee«, antwortete Winter und setzte sich auf. »Wenn du das Gespräch überlebst, such dir mit dem da ...«, er zeigte auf Blake, »... eure Eier wieder. Das ist kaum noch auszuhalten!«

Ich rief Jill mehrmals an, während ich auf dem Campus nach ihr suchte. Jills Seminare waren für heute zu Ende, aber ich wusste, dass sie ab und an noch in die Bibliothek ging.

Gerade war ich dabei aus dem Gebäude zu laufen, als mir jemand direkt in die Arme lief.

Was zum Teufel ...?

Ich sah hinunter und erstarrte. Tanya war in mich hineingelaufen.

»Tanya?«

Sie sah auf und lächelte.

»Hey, Nicky-Boy!«

Die Leute liefen an uns vorbei, aber ich brauchte erst mal einen Moment, um das hier, diese Begegnung, zu verarbeiten. Dann aber schob ich sie etwas von mir weg.

»Was machst du hier? Du bist wieder auf dem College?«

Tanya winkte ab. »Ich wollte dich nur besuchen. Meine Therapie ist beendet und ...«

Darfst dich mir eigentlich nicht mehr als 25 Meter nähern.

Aber diese Sache war jetzt eh hinfällig. Was sollte ich auch tun? Die Cops rufen?

Ich zog sie etwas an die Seite, damit uns niemand belauschen konnte.

»Du solltest nicht hier sein, das ist dir doch klar, oder?«, fragte ich sie und hoffte, dass sie etwas

Verstand zurückerlangt hatte. Da sie aber gerade hier war, zweifelte ich sehr daran.

»Ja, aber ich wollte dich sehen.« Sie machte einen Schmollmund. Ich seufzte. Es hatte sich nichts verändert. Sie trug wieder einen kurzen Rock, zu viel Make-up und hatte ihre Haare noch blonder gefärbt, wenn das überhaupt möglich war.

»Tanya«, betonte ich so ruhig wie möglich. Der Schlafmangel wurde immer schlimmer, eigentlich hätte ich längst etwas essen sollen. Aber das zählte gerade alles nicht. Ich wollte zu Jill, musste sie dazu erst einmal finden ... und jetzt stand Tanya vor mir. Die Ironie dieser ganzen Geschichte war mir bewusst.

»Dir ist doch klar, dass du etwas Falsches getan hast, oder?« Als sie nicht reagierte, sprach ich weiter. »Du hast dich in meine Wohnung geschlichen, auch wenn ich nicht mal da war. Du hast meine Sachen angezogen, sie gestohlen und ...«

»Aber ich wollte ...«

»Du bist in der Geschlossenen gelandet, Tanya, weil du etwas Falsches getan hast. Das muss dir doch klar sein.«

»Ich dachte ...«

»Du dachtest, du kannst da weitermachen, wo du aufgehört hast? Tanya, ich habe mich bereits Wochen vor deinem Aufenthalt in der Klinik von dir getrennt.«

Ihre Züge wurden härter, so als würde sie diese Aussage niemals akzeptieren können. Ich seufzte.

»Stimmt es, dass du eine Freundin hast?«

Woher wusste sie das jetzt schon wieder? Ich schloss kurz die Augen, um mich zu sammeln. *Kelly nicht umbringen. Kelly nicht umbringen.*

JILL

»Verdammt!«

Ich bekleckerte meine Bluse mit einer dicken Portion Ketchup. Hier hinten würde mich sicher niemand finden, während ich eine Pause machte. Meine eigenen vier Wände konnte ich einfach nicht mehr sehen.

Ich legte meinen Hot Dog auf die Serviette und versuchte den Fleck mit einer weiteren zu säubern. Wer Ketchup kennt, weiß welch hartnäckige Flecken das Zeug hinterlässt.

Und da ich sowieso momentan eher schlecht auf Negatives reagierte, ließ ich es dann auch sein. Seufzend schüttelte ich den Kopf.

Was würde wohl noch alles passieren?

»Du hast da einen Fleck«, begrüßte Amber mich und setzte sich zu mir. Natürlich wusste sie, wo ich zu finden war. Ab und an saßen wir beide hier hinten, wenn sie Stress mit Blake oder zu Hause hatte. Ihre kleine Schwester war Autistin, ihre Mutter mit ihr allein ... da war Kummer vorprogrammiert. Jedes Mal, wenn es so weit bei ihr war, saßen wir einfach hier an unserem Baum und genossen das schöne Wetter. Wir brauchten nur wenige Worte in diesen Momenten, weil wir nicht hier waren, um über die Probleme zu reden. Wir wollten einfach … zusammen sein.

»Ich weiß«, murmelte ich und dann begann die Ruhe, von der ich gerade gesprochen hatte.

Heute war es bisschen windig, und da wir uns etwas entfernt vom nächsten Gebäude befanden, war es dementsprechend menschenleer. Ein Schmetterling flog an uns vorbei. Wir beide sahen ihm lang nach.

»Was ist los, Jill?«

Ich schloss die Augen. Das war das erste Mal, dass einer von uns die Ruhe und Stille unterbrach.

»Was soll los sein?«

»Ach, komm schon«, herrschte sie mich an. »Ich hatte so viel im Kopf wegen Blake und meiner Mom und …« Sie schüttelte den Kopf. »Darum geht es jetzt nicht. Was ist los bei dir, Jill? Was ist los bei dir und Nick?«

Amber wartete auf eine Antwort von mir.

»Nichts ist …«

»Jill!«

»Es stimmt!«, antwortete ich ihr und wurde dabei auch lauter. »Es ist nichts zwischen mir und Nick!«

Ungläubig schaute sie mich an. Sie hatte ihre normale Brille zu Hause gelassen. Heute trug sie eine Sonnenbrille, die sie sich auf den Kopf geschoben hatte.

»Was soll das heißen?«

»Das, was ich gesagt habe! Wir waren nie wirklich zusammen. Das alles war …« Ich fuchtelte mit den Händen herum. »Er hat mich drum gebeten, seine Freundin zu spielen. Ich hab es gemacht, weil … keine Ahnung, warum ich so verrückt war. Aber so war es okay. Ich habe die Freundin von Nick O'Donnell nur gespielt!«

Einen langen Augenblick schaute sie mich einfach nur an. Es war kein Ausdruck in ihrem Gesicht zu erkennen. War sie nicht mal wütend? War sie vielleicht enttäuscht? Oder hatte sie sich das schon so gedacht? Immerhin konnte ich es ja auch nie wirklich ernst nehmen, dass Nick ausgerechnet mich als Alibifreundin haben wollte.

»Was ist passiert?«, fragte sie mich plötzlich.

»Passiert?«, fragte ich ungläubig.

»Ich war die letzten Tage bei Blake, und Nick war ...« Sie runzelte die Stirn.

»Nick war?«, fragte ich hastig nach. Was war er? Krank? Mit einer anderen Frau zusammen? Was?

»Er hat gegrüßt, wenn er mal aus seinem Zimmer kam, aber das war auch schon alles. Sonst ist er freundlich, er redet wenig, aber wenn, dann ist es immer eine nette Unterhaltung gewesen. Er war der Einzige, bis vor Kurzem, mit dem ich mich aus dem Team verstanden habe. Und jetzt ... Nick ist nicht mehr wiederzuerkennen.«

Ich senkte den Kopf. Er war nicht mehr wiederzuerkennen?

»Und du bist übrigens auch total verändert.«

Unsere Blicke trafen sich, als ich Ambers Worten wieder folgte.

»Du trägst figurbetonte Kleider und ... du wirkst viel offener für die Welt als früher. Ich muss gestehen, manchmal habe ich mir Sorgen um dich gemacht. Du warst lieber für dich, was völlig okay war. Ich dachte ja auch immer, das wäre es, was ich wollte. Aber ehrlich? Das passt zu uns beiden nicht. Nur jetzt hängst du nur noch herum und scheinst nachzudenken.«

Amber lächelte mich an.

»Nick hat dich verändert, Jill. Positiv. Und ich glaube, das weißt du auch ganz genau.«

»Mag sein«, murmelte ich. »Aber ... er ist ... wir sind ...« Ich dachte an den hübschen blonden Surfertypen Nick. Er war so vieles für mich geworden, dass ich nicht mal bemerkte, wie sehr das stimmte, was Amber sagte. Ich hatte mich verändert, weil Nick mir gezeigt hatte, was ich alles sein konnte, wenn ich wollte.

»Ihr habt miteinander geschlafen.«

Meine Lippen öffneten sich, um ihr zu sagen, dass es nicht stimmen würde, aber wieder lügen? Und Amber wusste sowieso die Wahrheit.

»Er steht auf Frauen wie Kelly.«

Amber schnaubte. »Wer hat dir das gesagt? Ich vermute mal, es war die Bitch!«

Ich nickte, Amber schnaubte noch einmal etwas verächtlicher. »Aber sie wusste nicht, dass ich es gehört habe - oder doch?« Jetzt begann selbst ich zu zweifeln.

Sie wollte Amber und Blake auseinanderbringen, warum zum Teufel würde sie bei Nick und mir haltmachen? Nein. Das würde sie mit Sicherheit nicht. Kelly und verlieren? Niemals.

»Sieh mich doch an, Amber. Du weißt, dass ich ...«

»Dass du nicht am Hungertuch nagst? Ja, das tust du nicht. Und da bin ich auch ziemlich froh drum. Hier versucht jede zweite Studentin so auszusehen wie Kelly. Aber wenn die Weiber mal genau hinsehen würden, dann würden sie das ganz schnell wieder vergessen. Kelly intrigiert, weil sie nichts anderes machen kann. Kein Typ mit Grips im Kopf würde mit ihr eine längere Beziehung eingehen.« Amber verschränkte die

Arme vor der Brust. Sie wirkte wild entschlossen, mir diesen Gedanken wegen Kelly und Nick auszureden. Ein kleiner oder auch großer Teil von ihr war vermutlich noch wütend auf Kelly. Immerhin machte sie Blake und Amber ziemlich viel Ärger.

Dann suchte sie wieder meinen Blick.

»Vergiss das also ganz schnell wieder, Jill.«

»Es ist nicht so einfach.«

»Ihr habt das wirklich nur alles gespielt? Warum um alles in der Welt habt ihr dann miteinander geschlafen? Nick ist heiß, aber du bist nicht der Typ Frau, der einfach ...«

»Er ... er wollte mit mir zusammen sein.«

Verständnislos sah sie mich an.

»Also so richtig.«

»Das hat er dir gesagt?«, fragte sie plötzlich aufgeregt und drehte sich mit dem ganzen Körper zu mir um. »Wow. Und dann? Okay, ihr hattet Sex, das kam dabei raus.«

Ich biss mir auf die Unterlippe, um mich von meinen Gedanken abzulenken. Ja, wir hatten Sex. Tollen Sex.

Plötzlich schlug sie mir auf den Oberarm. »Aua!«

»Du hast mir nichts davon erzählt!«

»Weil du diese ewige Vorspielnummer mit Blake abgezogen hast!«

Ambers Wangen röteten sich, dann lachten wir beide lauthals.

»Jill«, seufzte Amber, nachdem sie sich beruhigt hatte. Ich fand langsam auch wieder Zeit zum Atmen. »Ich bin deine beste Freundin. Egal wie viele Blakes oder Nicks zwischen uns stehen und nerven, wir müssen miteinander reden.«

Ich wollte ihr gerade sagen, dass wir das doch getan haben, aber sie fiel mir sofort wieder ins Wort. »Auch über dich und deine Dinge, die du dir da verrückterweise einredest.«

»Ich rede mir gar nichts ...«

»Kennst du noch Tim aus dem Literaturkurs im ersten Uni-Jahr?«

Keine Ahnung, warum sie jetzt auf den kam.

»Der, der immer seine Lieblingschucks trägt? Mit den Totenköpfen?«

Amber nickte. »Genau. Der kam vor ungefähr ...« Sie sah in den Himmel und wirkte konzentriert. »Der kam vor einem Monat zu mir und wollte wissen, ob er deine Nummer haben kann.«

»Was?«, fragte ich ungläubig.

Amber nickte ernst. »Er war nicht der Einzige. Da war der stumme Typ aus dem Spanischkurs, ein Typ aus dem Wissenschaftsteam und ... egal, es waren genug. Sie alle hofften, dass du gaaanz schnell wieder solo bist. Und ganz sicher waren sie da nicht an Nicks gutem Ruf interessiert. Er hat ihnen nur die Augen geöffnet, wie toll du eigentlich bist.«

»Du hast nie etwas gesagt«, sagte ich.

»Warum auch? Du warst, bist ... was auch immer mit Nick zusammen gewesen. Warum im Gottes Namen würde ich dann zu dir gehen? Oder hättest du Interesse gehabt an einem von denen.«

»Nein«, antwortete ich ehrlich. »Es ist nur ... ich ...«

»Schau mal, da kommt Jill. Die Kugel!«

»Du bist fett!«

»Ekelhaft!«

»Sorry, Jill, Kristy hatte einfach ... verdammt, sie ist heiß, versteh das doch!«

Es gab viele Momente in meinem Leben, in denen ich wegen meines Aussehens und meiner Figur beleidigt wurde. Am Ende war es Patrick, meine erste große Liebe, der mir das Herz gebrochen hatte und zu weit gegangen war.

Man konnte vieles vergessen, wenn man jemanden hatte, der einen liebte. Aber als Patrick sich als noch viel schlimmer erwies, was konnte ich da gegen meine Selbstzweifel tun?

Ich kam aufs College und versuchte hier mein Bestes, um alles zu vergessen. Amber war meine beste Freundin geworden, ich fühlte mich wohl und doch fehlte mir die Liebe. Drei Jahre lang war ich allein geblieben, weil ich dachte, es wäre besser so.

Nick tauchte jetzt so schnell in meinem Leben auf, dass ich nie wirklich verarbeiten konnte, was da gerade mit mir passierte.

»Du liebst ihn, Jill«, redete Amber mich plötzlich an und ich vergaß meine Gedanken, die ich gerade gehabt hatte.

»Lieben?«

Amber lächelte, weil ich ziemlich verwirrt aussah.

»Du bist kein Mensch, der einem etwas vorlügen kann, Jill. Und da Nick nicht auf den Kopf gefallen ist, weiß der das mit Sicherheit auch.«

»Hey, ich habe sehr gut seine Freundin gespielt!«, verteidigte ich meine schauspielerischen Künste.

Jedes Mal wenn Mom ihren »tollen« und »schmackhaften« Hackbraten machte, war ich diejenige, die ihn »köstlich« und »mordsmäßig« fand. In Wirklichkeit schmeckte ein Haufen Heu besser und war dann vermutlich auch saftiger.

»Ach, wirklich?«, fragte sie mich und begann auf-zuzählen.

Finger Nummer eins hob sich. »Jedes Mal, wenn ich über dich und Nick reden wollte, kamen nur kurze und knappe Antworten von dir. Ja, wir haben uns im Sommer getroffen. Es ist kompliziert.«

»Na und!«, presste ich heraus. »Das ist doch ...«

Finger Nummer zwei war zu sehen. »Die Initiative ging meist von ihm aus. Oh, da war doch die Nummer in der Mensa. Halleluja, bist du rangegangen.«

Sie wirkte begeistert, ich lief rot an. Nick hatte mir geschrieben, ich sollte mehr Gefühle zeigen. Prompt bewies ich ihm das.

»Ich wette, er hat dir gesagt, du sollst mehr Einsatz zeigen oder so was«, sprach Amber und traf natürlich die Sache auf den Punkt. Das ärgerte mich noch mehr. Aber sie hörte auf, Dinge aufzuzählen, die ich nicht mehr hören wollte. Das war ja schon mal was.

»Dein Gesichtsausdruck sagt mir gerade, dass es genau so war«, lachte meine beste Freundin. Vielleicht war sie es bald nicht mehr, so witzig wie sie diese ganze Sache gerade fand. Dann wurde sie plötzlich wieder ernst.

»Warum hast du dich darauf überhaupt eingelas-sen? Das verstehe ich nicht ...«

Warum jetzt zögern, wenn sie sowieso schon das Meiste wusste?

»Ich wollte jemanden beeindrucken.«

»Du meinst Dave Miller?«, hakte sie nach, aber mit keinem Hauch von Verwunderung in der Stimme.

»Du weißt das mit Dave?«

Sie verdrehte die Augen. »Du hast ihn immer ange-starrt, sobald er in unsere Nähe kam. Ich weiß es seit drei Jahren. Aber nur so als Tipp, Jill. Wenn man drei Jahre jemanden toll findet, übernimmt man irgendwann die Initiative.«

»Ich weiß«, seufzte ich. »Er ist ein Arsch. Wollte mit mir ausgehen, obwohl er dachte, ich wäre mit Nick zusammen.«

Amber schnaubte verächtlich. »Jetzt bin ich stolz auf dich, dass du ihn vorher nicht mal auf einen Kaffee oder so eingeladen hast. Du hast dir eine Enttäuschung erspart.«

Eine weitere Enttäuschung ... Aber den Gedanken behielt ich für mich.

»Wann hat Dave dich angemacht?«, hakte sie jetzt neugierig nach.

Ich zuckte mit der Schulter.

»Irgendwann am Anfang ...«

»A-ha«, antwortete sie kurz.

»Was a-ha?«

Sie zuckte mit der Schulter. »Ich frage mich gerade, warum du dann weiterhin Nicks Freundin gespielt hast.«

»Er brauchte Hilfe. Seine Ex, diese Tanya, hätte zurückkommen können und ...«

»Moooment mal!« Amber hob die Hand, als hätte sie genug gehört. Völlig verwirrt schaute sie mich an. »Er hat dir erzählt, du sollst seine Freundin spielen, um diese Tanya von ihm fernzuhalten?«

Ich nickte, verstand ihre Frage aber jetzt nicht.

»*Falls* sie wiederkommt?«, hakte sie noch nach, als hätte sie Probleme beim zuhören.

Wieder nickte ich.

»Jill!« Sie nahm meine Hand und grinste. »Du bist so naiv, dass es schon wieder absolut niedlich ist.«

Ich sah stirnrunzelnd auf ihre Hände, die meine hielten.

»Nick ist Footballspieler. Er wiegt wie viel? 180 Pfund? Und du willst mir sagen, dass er Probleme damit hat, eine kleine Blondine von sich fernzuhalten? Glaubst du, Tanya wäre die Einzige, die er mal abserviert hat?«

»Sie ist bei ihm eingebrochen, hat nicht die Tür benutzt, sondern die Fassade!«

»Okay, sie ist verrückt. Aber glaubst du nicht, dass die Polizei sich um den Fall gekümmert hat? Es gibt so was wie Kontaktverbot, Jill, das man dafür beantragen kann.«

Ich erinnerte mich daran, dass die Jungs damals die Cops gerufen hatten.

Sie drückte meine Hände.

»So blind ich im Bezug auf Blake war, so blind bist du bei Nick.«

Dann ließ sie meine Hand wieder los und ich blieb verwirrt zurück.

»Du bist so sehr in deinen Selbstzweifeln gefangen, dass du dir nicht mal vorstellen kannst, dass er dich mögen könnte.«

»Er mag mich, das weiß ich ... aber ...«

»Du glaubst, er würde so was wie Patrick durchziehen«, beendete sie den Satz für mich. Ich konnte es einfach nicht aussprechen, vielleicht würde es dann wirklich noch einmal passieren.

»Er liebt dich, Jill!«

»Wer? Patrick?«, fragte ich verwirrt nach.

Amber machte ein lautes brummendes Geräusch. »Nein, ich rede nicht von diesem Arschloch! Ich rede von Nick. Nick, der dich unter einem Vorwand gebeten hat, seine Freundin zu spielen. Keiner von uns hat geglaubt, dass das alles gespielt ist. Wobei ich vermute, dass Corey etwas weiß. Dieses wissende Grinsen, dass er über etwas Bescheid weiß, und ich nicht, macht mich noch wahnsinnig.«

Sie holte einmal tief Luft, als müsste sie die Wut über Winter zurückdrängen. Das Grinsen konnte ich kaum zurückhalten.

»Zurück zum Thema. Du hast anscheinend den Kontakt abgebrochen. War es so? Das würde Nicks Verhalten erklären.«

»Ähm ... ich bin vielleicht auf der Mottoparty durch die Toilettenkabine nach draußen verschwunden«, erzählte ich ihr kleinlaut.

»Was? Wieso ... sollte ich da jetzt wirklich nachfragen?«

»Kelly hat sich mit Nick unterhalten und ...«

»Oh, Gott«, fluchte Amber, schaute wieder in den Himmel, dann wieder zu mir.

»Muss ich dir wirklich erklären, dass Kelly auf einem Friedhof geboren wurde, Satan ihr Vater ist und sie in einem Sarg schläft? Dieses Miststück ernährt sich von Intrigen, Jill.«

Ich öffnete den Mund, aber wieder mal kam sie mir zuvor.

»Wenn es um Corey gehen würde, würde ich immer Zweifel haben. Der Mann ist ein wandelndes Kondom, das ständig nach seiner nächsten Mahlzeit sucht.«

Ich grinste, weil das gut passen könnte.

»Aber Nick? Nick macht keine halben Sachen. Wenn er etwas tut, steht er dazu. Also, wenn du

Kelly nicht vornübergebeugt gesehen hast und Nick hinter ihr, will ich verdammt noch mal nichts davon hören!«

Ich seufzte, weil Amber tatsächlich recht hatte. Und ich hatte unrecht.

»Du solltest, nein ... du musst aufhören, in jedem Kerl Patrick zu sehen, Jill.«

Ich sah sie lang an.

»Ich habe ... einen Fehler gemacht, oder?«, fragte ich sie jetzt, weil mir einiges bewusst wurde.

Amber nickte und wirkte ziemlich froh, dass ich so langsam die Wahrheit hinter allem erkannte.

Wenn das alles stimmte, was Amber meinte, dann hatte Nick mich wirklich nur als Freundin haben wollen, weil ... er mir näherkommen wollte.

Hastig stand ich auf meinen Beinen und suchte mein Kram zusammen. Als ich meine Tasche über die Schulter warf, lächelte ich meine beste Freundin an.

Sie lächelte zurück.

Ich suchte eine halbe Stunde auf dem Campus. Immer wieder rief ich Nick auf dem Handy an, aber er ging einfach nicht ran. Vielleicht wollte er nicht mit mir reden? Oder er hatte zu tun? Training stand nicht an, aber womöglich war er mit Lernen beschäftigt.

Einige Studenten grüßten mich. So manch einen kannte ich nicht, aber gut ...

»Jill!«

Dave stand ein paar Meter von mir entfernt bei seinem Team. Er kam auf mich zugelaufen. Ich seufzte, weil ich jetzt gerade wirklich kein Interesse hatte, mit ihm zu reden. Wo war Nick verdammt?

Ich sah mich um. Gerade wechselten einige Seminare, deswegen kamen immer mehr Studenten auf den Campus.

»Wie geht's dir? Bei der Mottoparty wirktest du etwas ...«
Ich schüttelte den Kopf. »Alles wieder gut. Hast du Nick gesehen?«

Er verneinte. »Wenn du ihn nicht findest, erinnere ich dich gerne an unser Date, das du mir noch schuldest.«

Jetzt hatte er meine gesamte Aufmerksamkeit. Seit wann schuldete ich ihm ein Date?

Dave grinste. Er wusste ganz genau, wie er meine Aufmerksamkeit bekam. *Krank.*

»Wir schmeißen heute Abend eine Party bei uns am Bootshaus. Wenn du auch Lust hast, würde ich mich freuen. Ich schwöre dir, die Party wirst du so schnell nicht vergessen.«

»Ich denke eher nicht«, antwortete ich und ließ ihn stehen, weil ich ein paar Meter weiter meinte, Nick erkannt zu haben.

Ein paar Studenten versperrten mir den Weg, als ich tatsächlich Nick sah. Er stand direkt an der Tür zum Bibliotheksgebäude. Meine Lippen teilten sich geschockt, als ich das blonde Mädchen neben ihm sah. Nein, es war kein Mädchen. Sie war eine Frau, schön und einfach feminin. Tanya ...

Sie musste es sein. Langes blondes Haar, große Oberweite, kurzer Rock und dann drehte sie ihren Kopf in meine Richtung. Ja, es war Tanya.

Was machte sie hier? Was wollte sie?

Immer mal wieder liefen mir Studenten ins Bild. Als Nick wehmütig auf sie hinuntersah, stürzte sie plötzlich in seine Arme und er ... hielt sie fest.

Immer wenn ich irgendeine Schnulze mit Amber geschaut hatte, verstand ich es wie keine andere, mich über so manche kitschigen Szenen lustig zu machen. Und jetzt befand ich mich genau in so einer.

Vermutlich hätte ich so etwas gesagt wie: »Sie ist so dumm! Statt ihm eine reinzuhauen und ihm die Eier abzuschneiden, steht sie da und bemitleidet sich selbst.«

Ich schüttelte den Kopf über mich selbst. Warum tat ich mir das überhaupt noch an?

Schnell wandte ich mich um, nur damit ich Dave wieder begegnete, der mir versuchte, ein Lächeln zu schenken, das er sich sonst wohin stecken konnte. Mitleid brauchte ich einfach nicht! Nicht jetzt! Nicht, da ich es wirklich versuchen wollte. Ich wollte Amber glauben, dass Nick wirklich nur an mir interessiert war.

»Wo war diese Party noch mal?«, fragte ich ihn.

Diesmal schenkte er mir eines seiner Gewinner-Lächeln, das er wohl schon viele Male vor dem Spiegel geübt hatte.

NICK

»Warum sehen wir uns die Serie noch mal an?«, hakte ich nach und schaute gerade zu, wie mal wieder jemand abgeschlachtet wurde.

Winter saß auf dem anderen Sofa und kaute genüsslich Chips.

»Weil nichts geschnitten wird, alles total detailgetreu ist und ... weil es Schwester und Bruder miteinander treiben und das verdammt noch mal schon in den ersten Folgen! Was zum Teufel soll da noch an Steigerung kommen? Mann, das ist so genial!«, lachte Winter.

Stirnrunzelnd sah ich ihn an. »Du brauchst Hilfe, Winter. Ernsthaft.«

»Sagt ausgerechnet der Mitbewohner, der mit dem Ziel, Jill zu suchen auf Tanya traf und sie eine halbe Stunde lang trösten musste, weil deine Hausfassade jetzt einer anderen Frau gehört.«

»Das ist nicht lustig!«, murmelte ich und wollte diesen Tag einfach nur noch zu Ende bringen.

»Für dich ist es das sicher nicht.« Winter sah mich an und seine Brust vibrierte amüsiert. »Für mich aber schon!«

Blake kam aus seinem Zimmer gehumpelt. Ohne Krücken.

»Habt ihr mein Handy gesehen?«, fragte er in die Runde.

Wir beide verneinten.

»Was schaut ihr da?«

»Games of Thrones«, antwortete Winter und war gerade vertieft darin, diese weißhaarige Tussi zu begaffen.

»Ach so, das ist doch die, die später ihren Neffen oder so vögelt. Wie hieß der noch? Jon Schnee?«, sagte Blake, und Winter stöhnte genervt auf.

»Michaels! Du Idiot!«, meckerte er und ich grinste. Er hatte es aber auch verdient.

»Hast du noch nicht gewusst?«, fragte Blake ihn verständnislos.

»Würde ich hier sitzen, wenn es so wäre? Mein Gott. Du bist so ein ...«

Plötzlich wurde die Haustür aufgerissen und Amber stürmte herein.

Sie hatte die Tür zugeschmissen und kam dann auf uns zu. Sie sah so wütend aus, dass wir instinktiv alle etwas zurückwichen, auch wenn das Sofa nicht nachgeben konnte.

»Ich habe ja schon miese Idioten kennengelernt, aber du übertriffst sie alle!«, brüllte sie mich an und hielt mir so nah ihr Handydisplay vors Gesicht, sodass ich überhaupt nichts erkennen konnte.

»Wovon sprichst du?«, fragte ich.

»Honey? Vielleicht solltest du ihm dein Display etwas länger vors Gesicht halten«, versuchte es jetzt auch Blake mit vorsichtigem Ton.

Sie ignorierte ihn ganz einfach und las aus ihrem Handy vor. »Tanya ist wieder da, und Nick hat sich mit ihr getroffen.«

»Von wem hast du denn das?«, fragte ich sie.

»Von wem? Von wem?«, rief sie und ich könnte schwören, ihre Stimme änderte sich um mehrere Oktaven. Sie wurde immer höher. »Ich habe mir heute meinen Mund fusselig geredet, als ich Jill erklärt habe, wie viel du ihr bedeutest. Ich habe deinen verdammten Job erledigt! Und was ist der Dank? Du triffst Tanya?«

Als ich nicht sofort etwas erwidern konnte, einfach weil ich überrascht war, was hier gerade passierte, griff sie nach einem Sofakissen und begann mich damit zu schlagen. Natürlich tat eine Polyesterfüllung nicht sonderlich weh, aber es störte.

»Hey, Honey!« Blake hatte es geschafft zu ihr zu humpeln und entriss ihr das Kissen. »Es bringt dir nichts, Nick mit einem Kissen zu schlagen. Du solltest dir seine Version anhören.«

»Er hat eine Version? Na, da bin ich ja mal gespannt!« Dann schaute sie mich an, als würde sie mich bei einem einzigen falschen Wort erschlagen.

Ich schluckte, weil mich ihr Blick nervös machte.

»Sie ist plötzlich aufgetaucht, als ich Jill gesucht habe.«

»Warum hast du sie gesucht?«, fuhr sie mir wütend dazwischen und verschränkte die Arme vor der Brust.

»Weil es so nicht mehr weitergehen kann, okay! Jill geht mir aus dem Weg, weil sie Dinge annimmt, die nicht stimmen.«

Sie musterte mich einen langen Moment, dann nickte sie. »Weiter!«

»Ich hatte keine Ahnung, dass Tanya so schnell rauskommt. Und es wundert mich. Sie ist nämlich immer noch der Meinung, wir passen super zusammen. Von der Trennung wollte sie auch nichts wissen.«

»Und dann?«

Ich fuhr mir genervt durchs Haar. Wäre sie nicht Blakes Freundin und würde ich sie nicht mögen, wäre sie jetzt schon rausgeflogen. Aber ich verstand ihre Reaktion.

»Ich habe ihr klargemacht, dass es für mich eine andere gibt und ich ...«

»Und du?«, hakte sie immer noch mit scharfem Ton nach.

»Und ich sie liebe«, antwortete ich ihr.

»Tanya, du bist nett und hübsch und ... wir hatten viel Spaß zusammen, aber du und ich? Das hätte nie funktioniert. Du hast etwas Besseres verdient als mich. Du brauchst jemanden, der dich so nimmt, wie du bist, und der dich liebt. Ich liebe meine Freundin. Ich liebe sie.«

Die Worte, die ich zu Tanya über Jill gesagt hatte, entsprachen der Wahrheit.

Danach fiel sie mir in die Arme, und dann brachte ich sie zurück in die Klinik. Da Jill immer noch nicht ans Handy ging, war ich wieder nach Hause gefahren. Das alles erklärte ich auch so Amber.

Einen langen Moment musterte sie mich, dann entspannte Amber sich merklich.

»Ich dachte schon, ich bin kompliziert, aber Jill und du übertrefft wirklich alles.«

»Amen!«, rief Winter uns zu und griff in die Chipstüte. Ich seufzte.

»Wo ist sie?«, fragte ich und überlegte fieberhaft, wie es für Jill gewesen sein musste, als sie mich mit Tanya zusammen gesehen hatte.

»Ich habe keine Ahnung. Im Wohnheim war sie nicht, von dort kam ich, als ich ihre SMS bekommen habe«, antwortete Amber mir.

»Es ist Freitagabend«, mischte Winter sich jetzt ein und stand vom Sofa auf. Einige Krümel fielen daraufhin zu Boden. »Es wimmelt nur so von Partys auf dem Campus.«

»Du glaubst, sie ist feiern gegangen?«, fragte Blake ungläubig.

Winter schnaubte. »Sie glaubt, du treibst es wieder mit Tanya.« Er sah mich an und wirkte ziemlich genervt von dieser Tatsache. »Ich weiß nicht, wie das bei euch ist, aber ich bräuchte viel Alkohol und nette Gesellschaft, um den Scheiß zu vergessen.«

Nette Gesellschaft? In Bezug auf Winter war mir klar, was er damit meinte, aber Jill würde doch nicht ... nein! Niemals. Aber wer wusste schon, an welchen Idioten sie geraten würde.

»Ich telefonier mal rum«, murmelte Winter und zog sein Handy aus der Tasche.

Wenn jemand erfuhr, was so los war auf dem Campus und wer sich dort tummelte, dann Winter.

»Aua!«, rief Blake plötzlich aus. Ich drehte mich zu den beiden um. Amber hielt wieder das Kissen in der Hand, dann funkelte sie ihre bessere Hälfte wütend an.

»Hast du etwa gewusst, dass Nick und Jill mir etwas vorspielen?«

Blake sah aus, als würde er gerade lieber woanders sein wollen. Dann schaute er mich an. »Ich habe dir gesagt, ich wollte es nicht wissen. Honey, komm schon.« Er wandte sich seiner Freundin wieder zu. Blake strich ihr über den Oberarm.

»Wir haben ein Problem«, begann Winter jetzt. Wir alle drehten uns zu ihm um. Er holte tief Luft und wirkte dabei ziemlich angespannt. Jetzt war ich es, der aufstand.

»Wo ist sie?«, fragte ich tonlos, und machte mich auf alles gefasst, bis auf die Antwort, die Winter uns gab.

»Bootshaus!«

»Fuck«, rief Blake aus.

Ich verlor die Fassung, sah mich wie verrückt um, dann lief ich in die Küche, um meinen Autoschlüssel zu holen.

»Was hast du vor? Was ist los?«, fragte Amber, die absolut keine Ahnung hatte, was Jill im Begriff war zu tun. Wenn ich nicht schon zu spät käme. *Nein! Darüber darf ich nicht einmal nachdenken!*

Als ich die Schlüssel hatte, kam Amber auf mich zugerannt. Sie wirkte besorgt. »Nick?«

Ich sah zu Blake, und gab ihm ein Zeichen, es ihr zu erklären. Ich war gerade nicht bereit, irgendwas zu sagen.

»Ich nehme meinen Wagen!« Blake nickte mit ernster Miene, denn er wusste, was jetzt kommen würde.

»Wir kommen nach.« Er würde in seinem Zustand nur dafür sorgen, dass wir zu lange bräuchten.

Ich nickte und Winter folgte mir hinaus. Er sah mich an und versuchte sich an einem Grinsen. Aber es wirkte genauso angespannt wie ich, als ich es versuchte. Denn das hier war nicht witzig. Es war eine Katastrophe und das erste Mal in meinem Leben wusste ich nicht, ob es reichen würde, wenn ich mein Bestes gab.

JILL

»Und das ist Andie. Er spielt auch im Team«, stellte Dave mir jetzt noch einen Kerl vor, der mich auch musterte, als wäre ich ein rohes Stück Fleisch, das er mal probieren könnte. Dave brachte mich dann direkt weiter.

Als ich mich für die Party umgezogen hatte, hielt ich das hier alles noch für eine gute Idee. Zwei Stunden später war es nicht mehr der Fall.

Das Bootshaus war erst ein paar Jahre alt und somit noch ziemlich gut in Schuss. Das Schwimmteam konnte hier sicher sehr gut trainieren.

Einige von ihnen starrten mich die ganze Zeit an, als wüssten sie ganz genau, wozu ich hier wäre.

Gott sei Dank nahm mir Dave schnell den Wind aus den Segeln, als er ein paar Storys über jeden Einzelnen erzählte. Viele schienen vergeben und waren schlecht drauf, weil sie das letzte Spiel verloren hatten usw.

Seine Geschichten klangen alle plausibel.

Vermutlich interpretierte ich auch einfach zu viel in deren Blicke. Ich traute meinem Urteilsvermögen sowieso nicht mehr.

»Hier.«

Er überreichte mir einen Becher mit Punsch.

»Danke, aber ...«

»Es geht nichts über Alkohol, wenn einem das Herz gebrochen wird. Glaub mir«, sprach er so verständnisvoll mit mir, dass ich doch an dem Becher nippte. Erdbeerpunsch. Lecker. Ich nahm einen größeren Schluck.

Das Bootshaus bestand aus einem großen Aufenthaltsraum, der viele Auszeichnungen an den Wänden zeigte. Außerdem hingen dort auch Kajaks herum. Hinten befanden sich wohl noch ein paar Zimmer. Dorthin liefen wir dann auch.

»Hier drüben kann man sich besser unterhalten«, erklärte er, und tatsächlich war die laute Musik nicht mehr so zu hören. »Also, sagst du mir, warum du doch gekommen bist?«

Er wusste, warum ich hier war. Immerhin hatte er das mit Tanya und Nick mitbekommen.

Dave öffnete eine Tür, damit ich mit ihm hineinging, während ich einen weiteren Schluck vom Punsch nahm. In dem Zimmer befand sich ein Schreibtisch, zwei Stühle und ein fast leer geräumtes Regal. Kein Raum, der oft benutzt wurde, so wie es schien.

Ich setzte mich auf einen der Stühle.

»Ablenkung«, murmelte ich und nippte an dem Becher, um etwas zu tun zu haben.

Dave drückte sich an den Schreibtisch und sah mich abwartend an.

Auf was wartete er?

»Dann bist du genau am richtigen Ort«, sprach er und grinste.

Dave sah wie immer attraktiv aus. Dunkelblaues Hemd, Stoffhose. Tolles Haar, tolle Augen, tolle ... ach, ich konnte den ganzen Abend so weitermachen, aber ich hatte einfach kein Interesse.

Nick war der Mann, der das Kribbeln in mir verursachte. Die Zeit, in der ich Dave jede Minute am liebsten angesehen hatte, fühlte sich weit weg an.

»Dave, ich wollte dir sagen ...«

Mein Hals begann zu kribbeln oder war es meine Zunge? Dann verschwamm vor mir leicht Daves Statur. Mehrmals blinzelte ich, bis das Bild wieder klarer wurde.

Dave sah mich immer noch lächelnd an.

»Du bist wirklich hübsch, weißt du das? Ist mir echt peinlich, dass mir das erst jetzt aufgefallen ist«, begann er.

Ich ertastete meine Stirn. Fieber hatte ich keines.

»Danke«, murmelte ich, und wieder begann alles vor meinen Augen zu verschwimmen.

»Du kannst mir später danken.«

Ich blinzelte wie verrückt, bevor ich darüber nachdenken konnte, was Dave gesagt hatte.

»Schade, dass du heute Jeans trägst.«

»Ich habe genug von Kleidern«, antwortete ich ehrlich und meinte eigentlich damit Nick. Aber die Kleider aus meinem Schrank zu verbannen, war die erste Maßnahme, ihn endlich zu vergessen.

Plötzlich spürte ich etwas an meinem Bein. Ich schaute hinunter und erkannte, dass es Daves Hand war, die über meinen Oberschenkel strich. Obwohl es eine einfache Berührung war, fühlte es sich an, als würden tausende kleine Nadeln meine Haut berühren. Was war denn los mit mir?

»Ich muss ...«, setzte ich an, und war im Begriff mich zu erheben, als Dave mich wieder auf den Stuhl zurückdrückte.

»Das schaffst du eh nicht«, kommentierte er meinen Versuch und hatte recht. Mir wurde schwindelig und ich bekam das Gefühl, als würde der Raum sich drehen. »O'Donnell macht sich wirklich nichts aus dir, wenn er zulässt, dass du hierherkommst«, flüsterte er mir ins Ohr, und ich zuckte zusammen, weil ich das nicht kommen gesehen hatte.

»Dave, lasch misch ...« Ich begann zu nuscheln, als wäre ich stockbesoffen. Der Boden drehte sich weiterhin, mein Magen begann zu schmerzen. Oh Gott, das war nicht normal. Das war keine normale Reaktion meines Körpers!

Der Becher fiel mir aus der Hand und landete wohl auf dem Boden, ich konnte nicht so viel erkennen. *Er hat mir etwas in den Becher gekippt.*

»Du wirst ihn in den Mund nehmen und schön saugen, hast du das verstanden, Jill?«

WAS?

Ich wankte auf dem Stuhl, konnte aber nicht mal mehr die Kraft aufbringen, um aufzustehen und wegzurennen. Denn das hätte wohl jedes vernünftige Wesen gemacht. Nur war ich Idiotin auf diesen Vergewaltiger reingefallen. Wie dumm konnte man sein? Wie dumm konnte ich nur sein?

Auf einmal spürte ich, wie mir mein Shirt über den Kopf gezogen wurde. Wie eine Puppe ließ ich es geschehen. Der Nebel, der sich um meinen Kopf gebildet hatte, wurde immer dichter. Egal wie sehr ich das hier nicht wollte, mein Körper konnte sich nicht dagegen wehren.

Am liebsten hätte ich laut aufgeschrien. Aber mehr als ein Ächzen kam nicht über meine Lippen. Weitere

Nadelstiche folgten an meinem Oberarm. Mittlerweile sah ich nur noch einen dunklen Fleck vor mir stehen. Dave fing an, mich zu berühren. Nein! Das wollte ich nicht!

Dann passierte es ganz schnell. Es polterte. Ich hörte Rufe und weiteres Gepolter. Und alles bekam ich auf diesem Stuhl mit, auf dem ich schlaff wie ein schutzloses Baby saß.

NICK

»Wo ist sie?«, brüllte ich Josh an, den ich an seinem verschissenen Kragen packte und bedrohlich ansah. Er wusste ganz genau, wen ich meinte. Seine Augen waren vor Überraschung vergrößert, er begriff aber schnell, dass eine Lüge ihn so einiges kosten würde, wie z.B. eine gebrochene Nase.

Die Party war schon im vollem Gange und natürlich befanden sich unter dem Schwimmteam kaum Frauen. Viele wussten bereits über diese kranke Scheiße Bescheid, die hier ablief.

Winter stand hinter mir und hielt sich im Hintergrund. Ich wusste, er würde eingreifen, falls es nötig wäre.

Die Musik war längst leiser geschaltet und alle starrten uns an.

»In einem der Hinterzimmer«, antwortete Josh, der Captain des Teams. Er hatte sich bereits mit Blake angelegt gehabt, als dieser Amber angemacht hatte. Noch so ein Idiot von denen würde nicht so glimpflich davonkommen.

Mit viel Wucht ließ ich von ihm ab. Josh stolperte zurück.

Während ich mich auf alles bereit machte, was mich in diesen Zimmern erwarten würde, redete Josh sich heraus.

»Sie ist aus freien Stücken hier. Wenn sie zu dir gehört, hättest du ...«

»Du kannst davon ausgehen, dass du tot bist, wenn ihr was passiert ist«, rief ich ihm nach und marschierte nach hinten.

»Er meint das ernst. Scheiß dir schon mal in die Hose, du Witzfigur von einem Sportler«, erklärte Winter ihm lachend.

Es befanden sich drei Türen hier hinten. Ich brach die erste Tür auf, wie ich es auf dem Spielfeld tun würde. *Mit voller Wucht in den Mann bzw. in das Holz.*

Die Tür gab nach.

Mir fiel sofort Jills schlaffer Körper in dem Stuhl auf und dass sie kein Shirt mehr trug. Dieser miese Dreckskerl stand direkt vor ihr, er war gerade dabei seine Hose zu öffnen. Die Rechnung mit ihm musste endlich beglichen werden.

Der Schock saß tief in seinem Gesicht, als er mich erkannte.

»Warte!«, rief er aus, aber da stürzte ich mich schon auf ihn.

Mir gingen tausend Dinge durch den Kopf. Einer davon war, wie Mom mir im zarten Alter von sechs Jahren erklärt hatte, dass Gewalt niemals eine Lösung war.

»Ich weiß, dass du sauer auf diesen Simon bist, mein Schatz. Aber wenn du ihn auch haust, geht das immer so weiter. Ihr solltet euch nicht prügeln, nur weil ihr euch nicht leiden könnt. Gewalt ist keine Lösung.«

Und wie das eine Lösung war!

Ich griff mir sein Hemd und zog ihn um mich herum direkt in das Regal vor uns. Es fiel krachend zusammen, als Dave hineinsackte.

Dann schlug ich ihm meine Faust ins Gesicht und dann gleich nochmal. Dave kam nicht einmal dazu, sich zu wehren.

Er hat sie betäubt. Er hat sie angefasst. Er wollte ...

»O'Donnell!«

Jemand berührte mich an der Schulter, während ich mir diesen Pisser noch mal greifen wollte. Ich wandte mich um und sah Winter, der mich mit so einer ruhigen Gelassenheit anschaute, dass ich mehrmals blinzeln musste.

»Nick, das mach ich, okay. Kümmere dich um dein Mädchen!«

Winter und ich nannten uns nie beim Vornamen, deswegen wusste ich, dass es genau das Richtige war.

Ich sah zu Jill, die immer noch reglos in ihrem Stuhl saß. Winter hatte ihr wohl eine Decke übergelegt, damit sie niemand in dem Zustand sehen konnte.

Hastig ging ich zu ihr und kniete mich runter, um sie genauer anzusehen.

Als ich die Hand auf ihren Oberschenkel legte, begann sie zu zittern.

Ihre Augen wirkten glasig, ein paar Tränen hatte sie bereits geweint. Jill war blass wie die weiße Wand hier drin.

»Jill, ich bin es. Nick.«

Ich berührte ihre Wange und fühlte, wie kühl sie war. Kalter Schweiß.

Sie reagierte noch immer nicht, als sie sich auf einmal nach vorne beugte und sich vor meinen Füßen erbrach.

Instinktiv hielt ich ihr die Haare zurück.

»Wie viel habt ihr Jill gegeben?«, fragte Winter Dave wütend und zog ihn vom zerstörten Regal weg. Dieser blutete bereits heftig aus Nase und Mund.

»K-keine Ahnung. Josh hat wie immer dosiert«, antwortete der zitternd.

Blake kam mit Amber und ein paar anderen Jungs durch den Flur ins Zimmer.

Amber starrte Jill geschockt an, und Blake wirkte auch ziemlich fertig bei dem Anblick. Dann funkelte er mich wütend an.

»Nehmt die Bude auseinander und ruft einen Krankenwagen«, rief er und meinte damit die weiteren Jungs aus dem Team. Dankend nickte ich ihm zu und bemerkte, dass Jill aufgehört hatte sich zu übergeben.

»Jill?« Ich kniete mich wieder hin. »Ich nehme dich jetzt auf den Arm, hab keine Angst, okay?« Sie reagierte wieder nicht, nur das Zittern wurde stärker. Ich biss mir auf die Innenseite meiner Wange, um die Wut, die ich spürte, zu kompensieren. Sie hatten ihr wehgetan, und ich hatte sie nicht beschützen können, weil ständig diese Missverständnisse zwischen uns standen.

Ich ignorierte Ambers Tränen, als ich an ihr vorbeiging. Ich ignorierte mein Team, das hier alles klitzeklein schlug, und ich ignorierte all die Bastarde, die das letzte Mal diesen Scheiß abgezogen hatten. Jetzt zählte nur noch Jill. Meine Jill ...

JILL

Ich sah nichts außer Dunkelheit. Mein Hals kratzte, meine Glieder fühlten sich taub an. Wo war ich?

»Ach, komm schon. Wir warten doch nur darauf, dass Jill aufwacht«, hörte ich Winter reden.

Winter? Was machte der denn hier?

»Ich sagte Nein!«, antwortete ihm eine Frauenstimme. »Sie braucht Ruhe!«

Die kam mir auch bekannt vor.

»Ich könnte dir auch ... arrgh.«

Ich hörte jemanden schmerzvoll aufstöhnen.

»Sie hat ... hat mir in die Eier getreten!«, rief Winter stöhnend auf.

»Mit dem Knie«, beteuerte die Frau. »Und jetzt raus! Alle! Und lasst eure Gesichter von einem Arzt ansehen!« Dann hörte ich eine Tür zufallen.

Von einem Arzt? Wo befanden wir uns denn?

Mein Hals kratzte immer schlimmer, als sich dann auch noch meine Lippen so merkwürdig anfühlten, öffnete ich meine Augen.

Mehrmals blinzelte ich gegen das helle Licht an, als Gin plötzlich vor mir stand. Sie lächelte. Gin war Ambers Mitbewohnerin. Warum stand sie vor meinem Bett?

»Du bist wach.«

»Was machst ... machst du denn hier?«, krächzte ich mit rauer Stimme.

»Ich arbeite hier, um ein bisschen nebenbei zu verdienen.« Das würde die grüne Krankenhauskleidung erklären, die sie trug. »Hier.« Sie reichte mir einen Becher mit Strohhalm. »Aber nur kleine Schlucke.«

Als ich genug getrunken hatte, runzelte ich die Stirn, weil ich mich fragte, warum ich augenscheinlich in einem Krankenhaus war. Ich befand mich immerhin als Patienten hier, wenn man dieses Bett, meinen Aufzug und diese Kopfschmerzen bedachte.

»Und was mache ich hier?«

»Das wird dir der behandelnde Arzt sagen.«

»Nein, ich will es jetzt wissen«, herrschte ich sie an und hatte nicht mal ein schlechtes Gewissen, dass ich sie so anmachte. Ich hatte keine Erinnerung daran, was ich hier zu suchen hatte.

Ich setzte mich leicht auf.

»K. O.-Tropfen«, antwortete Gin ohne zu zögern.

»Was?«

Ich starrte auf meine zitternden Hände. Egal wie sehr ich mich auch konzentrierte, ich konnte dieses Zittern nicht beenden.

»Das sind Nebenwirkungen, Jill. Dir wird es bald wieder besser gehen.«

»Aber ...«

Es klopfte jemand laut und mit Gewalt an der Tür. Gin verdrehte die Augen.

»Das ist dann wohl dein Freund.«

»Ich habe mich behandeln lassen! Darf ich jetzt endlich wieder rein?«, rief Nick durch die Tür hindurch.

Nick war hier?

Gin seufzte. »Von mir aus!«

Die Tür wurde sofort aufgerissen und Nick trat herein. Er blieb abrupt stehen, als er mich erblickte.

»Du bist wach!«

Nick kam zu meinem Bett und ich sog erschrocken die Luft ein. Sein Gesicht war nicht wiederzuerkennen. Über der Stirn befand sich ein dickes Pflaster, unter dem linken Auge konnte man einen blauen Fleck sehen und seine Unterlippe war auch aufgeplatzt.

»Was ist mit deinem Gesicht passiert?«

Nick sah zu Gin, die nur den Kopf schüttelte und sich dann aus dem Zimmer verzog.

»Wie geht es dir, wie fühlst du dich?« Er setzte sich auf den Stuhl, der die ganze Zeit auf der anderen Seite gestanden hatte.

Ich sah immer noch in sein zerschundenes Gesicht.

»Ich weiß es nicht. Was tue ich hier?«

»Woran erinnerst du dich noch?«, fragte er und griff nach meinen Händen, als würde er diese Berührung brauchen. Er hatte ja keine Ahnung, dass es mir auch so ging.

Ich runzelte die Stirn, um mich an die letzten Erinnerungen zu klammern, die mir durch den Kopf gingen.

»Ich habe mich fertig gemacht, für die Party bei Dave und dem Schwimmteam.«

»Und danach weißt du nichts mehr?«, hakte er nach und wirkte angespannter als noch zuvor.

Ich bekam so langsam eine Ahnung davon, was er mir sagen wollte.

»Jemand hat mir K. O.-Tropfen gegeben. Gin sagte das.«

»Nicht irgendwer, sondern Dave. Josh hat es dosiert, Dave hat es dir gegeben.«

Geschockt sah ich ihn an. Dave hatte mich belogen! Von wegen, er war der einfühlsame Schwimmstar. Dieser miese Dreckskerl!

»Oh Gott, hat er …«

Sofort waren wieder Nicks Hände da.

»Er hat nichts tun können. Wir waren eher da.« Ich beruhigte mich augenblicklich.

»Wir?«

»Amber schläft draußen bei Blake. Winter ist auch hier.«

»Wie lange bin ich denn schon hier?«

»Dir musste der Magen ausgepumpt werden. Diese Wichser haben dir viel zu viel gegeben. Du hast ein paar Stunden geschlafen.«

»Ich danke euch. Ich danke dir!« Ich umarmte ihn und er zuckte kurz zusammen. Hatte ich ihm wehgetan?

Hastig ließ ich von ihm ab.

»Habe ich dir wehgetan?«

»Nein, schon gut. Deine Umarmungen sind alles andere als schmerzhaft«, grinste er, wirkte aber leicht schmerzerfüllt.

»Warum bist du überhaupt verletzt?«

»Na ja … wir haben dich hierhergebracht. Der Krankenwagen hat einfach zu lang gedauert. Und während du geschlafen hast …« Er sah mir nicht in die Augen, weil ich es mir schon denken konnte.

»Ihr seid zurück zum Bootshaus, oder?«

»Ich musste es tun«, antwortete er und sah mich wieder mit diesem entschlossenen, fast schon zu entschlossenen Gesichtsausdruck an. Mein Herzschlag verdoppelte sich, weil ich es immer wieder faszinierend fand, wie intensiv mich ein Mann, dieser Mann hier, anschauen konnte.

»Hast du Dave eine von mir verpasst?«

Er schmunzelte leicht. »Nicht nur eine. Die Cops gingen dazwischen, aber da Blakes Dad mit dem Polizeipräsidenten befreundet ist, kommen wir glimpflich davon. Außerdem sind die Cops ziemlich glücklich über die Tatsache, das Schwimmteam endlich überführt zu haben. Es gab schon lange Gerüchte, aber keine Beweise, dass sie Mädchen Drogen verabreichen, um ...«

Das beruhigte mich ziemlich. Sie würden ihre Strafe bekommen.

Als diese Fragen geklärt wurden, tauchten plötzlich andere auf. Fragen, die nie geklärt wurden.

»Warum bist du überhaupt auf die Party gegangen? Du hasst solche Sachen!«

Ich drückte mich ein Stück von ihm weg.

»Das ist doch egal ...«

»Ist es nicht! Amber war bei mir, bevor ich wusste, wo du überhaupt warst. Sie hat mir alles erzählt!«

»Was?«, krächzte ich und erinnerte mich daran, dass meine Stimme immer noch nicht so wollte wie ich. »Es ist nicht so, wie du denkst. Dave hat mich null interessiert, aber ich habe gehofft, einen Abend nicht an uns zu denken.«

Er wusste also, dass ich auf dem Weg war, um mit ihm zu reden.

»Tanya ist wieder in der Klinik.«

Von seinem plötzlichen Themenwechsel war ich völlig überrascht.

»Was? Aber ich habe sie ...«

»Babe ...« Er berührte plötzlich meine Wange und lächelte.

»Hör auf, dir immer das Schlimmste vorzustellen, was passieren könnte.«

»Aber du ...«

Er schüttelte den Kopf und schmunzelte wieder. »Wir werden jetzt nicht weiter darüber diskutieren, warum du einfach durch die Toilette abgehauen bist, wir werden genauso wenig darüber reden, dass du ständig alles falsch verstehst, weil du eines einfach nicht in den Kopf bekommen willst ...«

»Nick«, fiel ich ihm warnend ins Wort, weil er gerade alles andere tat, als *nicht* darüber zu reden.

»Dass ich dich liebe.«

»Was?« Ich musste mich verhört haben.

»Du tust immer noch so überrascht«, schüttelte er den Kopf und rückte noch ein bisschen näher zu mir. Wieder suchte er meine Hände und drückte sie zart. »Du brauchst noch viel Ruhe, also werde ich das alles langsam angehen müssen. Was wahnsinnig verrückt ist, wenn man mal darüber nachdenkt, dass die Zeichen immer wieder auf meiner Stirn geschrieben waren.«

Instinktiv sah ich auf seine Stirn, und er lachte laut auf.

»Du bist einzigartig, Babe. Einzigartig.« Er berührte wieder meine Wange und lächelte so offen und ehrlich, dass ich dieses Kompliment nicht für einen einzigen Moment falsch auffassen konnte. Mit »einzigartig« meinte er wirklich etwas Gutes.

Und er liebte mich. Nick O'Donnell liebte mich.

Zwei Wochen später

JILL

»Ich hasse ihn!«, murmelte ich und setzte mich neben Amber auf die Tribüne.

Zwei Wochen waren vergangen, seit Nick mir gesagt hatte, dass er mich lieben würde. Zwei Wochen, die aber nichts an der Tatsache änderten, dass wir uns weder geküsst hatten noch ...

»Er behandelt mich, als wäre ich nur eine gute Freundin.«

Amber neben mir seufzte. Sie sagte im Grunde nie etwas dazu, wenn ich mich deswegen aufregte.

Okay, die ersten Tage ging es mir wirklich nicht gut. Immer wieder war mein Kreislauf nicht so stabil, wie ich gehofft hatte, und nach dem Krankenhausaufenthalt hatte ich immer wieder Probleme einzuschlafen. Und das war merkwürdig, weil ich mich nicht mehr an Dave und diese ganze Sache erinnern konnte. Mein Unterbewusstsein schien das anders zu sehen, deswegen bekam ich wohl erst jetzt so langsam wieder mehr Schlaf.

»Jill, hab doch Geduld«, gab mir Amber den Tipp. Den Tipp, den sie mir seit gut einer Woche gab.

»Er war es, der gesagt hat, dass es keine Missverständnisse mehr zwischen uns geben soll, und er hat gesagt, er würde mich lieben.«

Amber schmunzelte, während immer mehr Zuschauer sich hinsetzten.

»Warum lachst du?«

»Nur so.«

»Seit Blake in der Reha ist, bist du wirklich komisch«, antwortete ich und sah mit an, wie das gesamte Footballteam aufs Spielfeld kam.

»Hey!«, begrüßte uns plötzlich Gin, die sich an zwei Leuten vorbeiquetschte, um sich zu uns zu setzen.

»Hi!«, begrüßten wir beide sie und waren überrascht, dass sie sich hierher verirrt hatte. Amber zuckte mit der Schulter, als ich sie fragend anschaute.

»Ich will nur schauen, ob Corey auch genug abbekommt. Der Typ hat wirklich einen Schaden.«

Ihre blauen Strähnen, die sie neuerdings trug, wehten im Wind.

Die Leute jubelten, kreischten und selbstverständlich wollten sie auch ein paar Kinder von ihnen. Ich verdrehte die Augen.

Die Nummer 32 fiel mir wie immer sofort ins Auge. Nick. Ich lächelte. Er war die letzten zwei Wochen die ganze Zeit für mich da gewesen. Ja, er hatte sich wirklich zurückgehalten, berührte mich so gut wie gar nicht, aber er war da. Wir verbrachten die Pausen zusammen, saßen in unseren wenigen gemeinsamen Kursen immer zusammen, und wenn wir uns ansahen, wusste ich ganz genau, dass ich ohne Nick nicht mehr sein wollte.

Wir hatten nicht großartig über die Dinge geredet, die vor Dave passiert waren. Was ich aber wusste, war, dass Nick Tanya weggeschickt hatte und nichts zwischen ihnen lief.

Das Spiel war im vollen Gange und es sah so aus, als würden unsere Jungs auch diesmal wieder gewinnen. Gin jubelte auch mit, was Amber und mich wunderte. Sie hielt sich eigentlich bei solchen gesellschaftlichen Veranstaltungen zurück.

Dann plötzlich - in den letzten Minuten des Spiels - stand es punktgleich. »Lauf!«, riefen wir wie verrückt, weil Nick gerade dabei war an Winter abzugeben, wie es aussah und dann ...

»TOUCHDOWWWWWN!«, schrie der Stadionsprecher und wir sprangen vor Freude auf. Amber und ich hüpften vor Glück auf und ab, selbst Gin klatschte beeindruckt in die Hände.

Das Team feierte sich, und ich schaute dabei zu, wie Nick und Winter die Hände stolz hoben und sich dann Brust an Brust aneinander schmissen. Man hörte sie brüllen.

Nicks Kopf drehte sich dann zu mir um, während alle anderen noch feierten.

»Jungs!«, rief er plötzlich.

Das gesamte Team stellte sich auf einmal vor unsere Tribüne. Vergessen schien der verdiente Sieg. Nick kam die Treppen hoch und blieb tatsächlich vor unserer Sitzreihe stehen. Er schien auf etwas zu warten.

»Na, geh schon«, flüsterte Amber mir zu.

Das tat ich dann auch. Ich lief zu ihm, als er den Helm auszog. Seine feuchten Haare fielen ihm über die Augen, trotzdem lächelte er.

»Wir haben gewonnen!«

»Glückwunsch!«, grinste ich und sah mich um. Jeder Zuschauer starrte uns an. »Warum stehen wir hier?«

»Weil ich nicht nur als Sportler der Sieger sein will ...«

»Was?«

»Jungs!«, rief er noch mal, ohne mich für eine Sekunde aus den Augen zu lassen.

Ich bemerkte im Augenwinkel, dass sie sich bewegten, also schaute ich direkt hin.

Sie alle hatten sich umgedreht, und standen mit dem Rücken zu mir. Jeder einzelne Spieler trug einen Buchstaben, selbst die Ersatzspieler und der Wasser-Junge.

»Darf ich dein Muffin sein?«, las ich laut vor und grinste bis über beide Ohren. Einige Zuschauer lachten unter vorgehaltener Hand, aber das machte Nick anscheinend nichts aus.

»Ich dachte schon, du würdest nie fragen«, brachte ich ironisch heraus, woraufhin er grinste, und mich dann küsste. Nicht vorsichtig, nicht mit Bedacht. Er küsste mich, als wäre es unser erster oder letzter Kuss. Aber beides traf nicht zu. Er war einer von ganz vielen!

»Ich liebe dich«, murmelte ich gegen seine Lippen, weil ich mich nicht groß von ihm entfernen wollte. Nick grinste zufrieden. Kichernd fielen wir Stunden später auf sein Bett. Nicks Hand befand sich schon unter meinem Kleid. Er spielte mit dem Bund meines Slips herum. Wir hatten noch ein bisschen seinen Sieg gefeiert, die Party ging im Wohnzimmer noch weiter, aber wir wollten endlich allein sein.

»Und ich dachte, du wolltest mir nicht mehr näherkommen«, seufzte ich, als ich mich ein bisschen, wirklich nur ein bisschen an ihm rieb.

Nick schnaubte. »Das waren die schlimmsten zwei Wochen meines Lebens. Du warst verletzt worden,

Babe. Ich wusste nicht, ob du die Nähe willst, die ich mir mit dir wünsche.«

So viel Verständnis lag in seinem Blick und in seiner Stimme, dass ich wirklich fast vor einer Ohnmacht stand. Aber nur fast. Ich wollte diesen Moment nicht verpassen.

Die Verletzungen in seinem Gesicht waren komplett verheilt. Winter hatte genauso schlimm ausgesehen wie er, weil beide mit dem Team zusammen das Schwimmteam wortwörtlich plattgemacht hatten. Ich würde ihnen allen für immer dankbar sein. Vor allem, weil sie dafür sorgten, dass nichts, was auf der Party passiert war, nach außen drang. Niemand wusste auf dem Campus Bescheid. Ich hatte ganz vergessen, wie viel Einfluss die Footballspieler hier hatten. Was alle wussten, war: Dass das gesamte Schwimmteam vom Campus geschmissen wurde.

»Nick, ich kann mich an nichts mehr erinnern. Es ist gruselig, zu wissen, dass Dave mich anrühren wollte. Aber er hat es nicht getan. Du hast mich rechtzeitig gefunden«, erklärte ich ihm und schaute ihn dankbar an. Er war mein Held.

Er nickte, aber wirkte immer noch ziemlich nachdenklich.

»Meine Mom und mein Dad haben mir immer gesagt, dass das passieren wird. Aber ich habe mir eingeredet, dass sie Schwachsinn reden oder ich erst mit 40 in den Genuss kommen würde«, redete er.

»Was meinst du?«

Mit dem Finger streichelte er mir verträumt über meinen Puls am Hals. Er konnte mit Sicherheit fühlen, wie dieser aufgrund seiner Berührung jetzt viel schneller schlug.

»Dass du die Richtige bist. Die Richtige für einfach alles. Ich weiß, wenn die Jungs mich jetzt sehen würden, müsste ich bis zum Ende des Semesters die Wasserflaschen nachfüllen, aber ich schwöre dir, Babe ...« Er konzentrierte sich wieder ganz auf mich.

»Ich kann auch der Richtige für dich sein, wenn du es zulässt.«

Abwartend schaute er mich an. Konnte es sein, dass er nervös war?

»Nick ...«

»Ich habe dich immer angesehen, wenn Amber und du auf dem Campus wart.«

»Ach ja?«, fragte ich ungläubig.

Er lächelte. »Jedes Mal warst du es, die ich anstarren musste. Die meisten Fights zwischen Amber und Blake habe ich nicht mal mitbekommen. Ich habe mich gefragt, ob du wirklich so schüchtern bist. Aber jedes Mal, wenn du es unfair fandest, wie Blake sie behandelt hat, bist du dazwischengegangen. Das war ... faszinierend zu sehen. Du hast mich fasziniert, Jill. Und ... als ich die Chance bekam, dich dazu zu bringen, dass du meine Freundin spielst ...« Er zuckte mit der Schulter. »Ich konnte einfach nicht widerstehen.«

»Nick ...«

»Mhm?«

Ich beugte mich etwas vor, sodass unsere Lippen sich fast trafen. Aber nur fast.

»Hör auf zu reden.«

Er grinste und küsste mich dann. Abrupt löste er sich dann aber plötzlich wieder.

»Ich habe noch was vergessen!«, sprach er, stand vom Bett auf, ließ mich allein im Zimmer, nur um zwei Minuten später wieder hereinzukommen. Das anzügliche Grölen der Jungs aus dem Wohnzimmer ignorierten wir beide.

»Wo warst du?«

»Es gab keine Muffins, aber ...« Er hob einen Becher Eis hoch. Ich runzelte die Stirn, er grinste anzüglich.

Einen Löffel hatte er auch mitgebracht, den er mir prompt vor den Mund hielt. Zögerlich aß ich davon. *Lecker. Schokoladeneis.*

Ich ließ Nick nicht aus den Augen. Er mich auch nicht.

»Siehst du, was du mit mir machst, wenn du isst? Das schaffst wirklich nur du, Babe.«

Ich sah auf seine Jeans, die unten drohte zu platzen, so groß war seine Erektion. Er fand das wirklich attraktiv!

Auch wenn ich immer noch glaubte, dass ich zu viel auf den Rippen hatte, fand Nick O'Donnell mich schön so.

»Du bist wirklich verrückt«, grinste ich, als er auch einen Löffel vom Schokoladeneis nahm.

»Was sagst du erst, wenn ich dir erzähle, wie heiß mich deine schönen Füße machen«, grinste er zurück und ich lachte laut auf.

Dann wurde ich richtig mutig, nahm ihm den Löffel weg, legte ihn zur Seite und griff mir den Becher. Mit dem Finger löffelte ich mir jetzt etwas Eis heraus und leckte genüsslich die Schokolade ab. Nick stöhnte frustriert auf. Vermutlich wollte er jetzt der Finger sein.

Noch nie in meinen fast 22 Jahren fühlte ich mich so begehrenswert, während ich etwas aß.

Ich fühlte mich wie eine Königin. Nicks Königin.

JILL

»Nick!«, mahnte ich ihn, weil er schon wieder den Weg unter mein Kleid fand.

»Es kann niemand sehen!«, murmelte er gegen mein Ohr, während ich zu Amber sah, die direkt neben mir saß.

Neben Nick befand sich Jason. Es würden also so einige sehen!

Seine Hände streichelten so verführerisch meine Haut und er wusste, ich würde mich nicht lange gegen ihn wehren können.

Auf einmal ertönte Tom Jones aus den Lautsprechern. Wir alle sahen uns verwirrt um. Die gesamte Mensa hatte keinen Schimmer, was jetzt los war.

Da sahen wir im Augenwinkel Winter auf einen Tisch klettern. Er begann sich zu bewegen und zog sich plötzlich das Shirt über den Kopf. Die Mädels pfiffen, einige Typen buhten ihn aus. Aber das schien ihn nicht aufzuhalten, sondern nur noch mehr anzustacheln.

»Was zum Teufel macht der Idiot da?«, fragte Jason.

Nick grinste, Amber nahm es mit dem Handy auf. Sie suchte seit Wochen eine Gelegenheit, sich an Winter für den Fischsoßenangriff zu rächen.

»Keine Ahnung, aber es ist witzig«, lachte Nick, und ich boxte ihm auf den Oberarm. »Autsch!«

Ich konnte mir schon denken, warum Winter das machte. Aber das war ... eine ganz andere Geschichte.

Eine Weile sagten wir nichts, genossen den Anblick eines halbnackten Winters. Aber irgendwann beugte Nick sich zu mir herunter.

»Hast du schon alles gepackt?«

Weihnachten stand vor der Tür. Nachdem wir Thanksgiving bei Nick verbracht hatten, war diesmal meine Familie dran.

Ich freute mich, dass Mom und Dad Nick endlich persönlich kennenlernten. Und ich wusste, dass meine Eltern ihn und auch seine Familie mögen werden. Nicks Familie war einfach so wunderbar freundlich gewesen, als wir sie vor Wochen besuchten. Seine Eltern waren nach über 20 Jahren immer noch total verrückt aufeinander, und Molly, Nicks kleine Schwester war, wie es mir gedacht hatte, ein wunderbares Mädchen.

Die letzten Wochen lernten Nick und ich uns noch weiter kennen. Wir sprachen über die vielen Missverständnisse, und auch ich lernte, dass es besser war, erst zu reden, anstatt Reißaus über das Toilettenfenster zu nehmen. Heute war mir das mega peinlich, und Nick zog mich oft damit auf.

»Wir können losfahren, sobald unser Literaturkurs zu Ende ist«, antwortete ich ihm, und er küsste meine Nasenspitze.

»L.A. und wir beide. Das wird interessant«, murmelte er mir gegen das Ohr.

»Ja?«, fragte ich neugierig nach.

»Oh ja. Diesmal trägst du übrigens einen Bikini am Strand.«

Es war Dezember, aber für Nick wohl kein Grund, nicht baden zu gehen.

Entsetzt schaute ich ihn an. Meine Figur und ein Bikini? Niemals!

Nick grinste anzüglich. »Glaub mir, er wird dir stehen.«

Ich zweifelte das nicht an, weil Nick mich niemals in eine Lage bringen würde, die ich nicht wollte. In den letzten Wochen zeigte er mir jede Nacht, wie attraktiv er mich fand.

»Und dann bist du bitte wieder so tollpatschig und lässt dein Eis zwischen deine Schenkel fallen«, redete er weiter, und ich lachte lauthals auf.

Ja, das würde eine schöne Reise werden. Und es wäre nicht die Letzte mit ihm, aber dieses Mal hatte ich keine Angst davor.

Ende

DANKSAGUNG

Teil 2 meiner College-Reihe ist zu Ende erzählt.

Okay, okay, ihr habt ja recht. In Teil 3 kommen Amber und Blake sowie Nick und Jill auch vor. Darin werdet ihr erleben, wie es mit allen vieren weitergeht. Dennoch wird sich der voraussichtlich letzte Teil hauptsächlich um unseren guten alten Corey Winter drehen.
Wem wird er wohl das Herz rauben? Oder wird sie die Diebin sein?

Da ich mehrere Projekte dieses Jahr bereits geplant habe, wird es Corey vermutlich Anfang 2019 bei euch in die Regale schaffen. Näheres erfahrt ihr wie immer auf meiner Facebookseite.

Ich bedanke mich wie immer zuallererst bei meinem Mann. Während »I want you, Babe« aufs Blatt gebracht wurde, kam die Grippewelle. Heißt: Viel Zeit ging für die Genesung drauf, und während er die Kinder hütete, konnte ich das Buch doch noch pünktlich beenden. Ich liebe dich.

Anja, jeder Schnipsel ging durch deine Hände, bevor es ins Buch kam. Ein großer Teil davon ist also auch dir gewidmet. Ich hab dich lieb.

An das Lektorat und die vielen klugen Köpfe, die Korrektur lesen:
Danke für eure großartige Arbeit. Eure Zuverlässigkeit und euer Können machen jedes Buch von mir zu etwas Tollem!

An meine Coverdesignerin: Vor allem diese Reihe fällt so toll auf, weil du sie gestaltest! Es ist mir immer wieder eine Freude, mit dir zusammenzuarbeiten.

Vielleicht habt ihr es gemerkt. Dieses Buch ist allen Menschen gewidmet, die viele Selbstzweifel hegen oder einfach nicht glauben können, dass sie so, wie sie sind, völlig in Ordnung sind.
Das bist DU aber! Niemand kann dir vorschreiben, wie viele Piercings du dir stechen lässt, wie viele Muffins du essen oder was für Klamotten du tragen sollst!
(Es sei denn, du bist noch nicht volljährig ;-) !)
Die Welt wäre ziemlich langweilig und eintönig, wenn wir nur eine ART von Menschen vorzuweisen hätten.
In diesem Sinne ...

Eure Emma

Weitere Infos gibt es auf meiner Autorenseite:
https://www.facebook.com/EmmaSmithAutorin/